聊斋志异

第四册

〔清〕蒲松龄 著
李楠 编译

岳神

扬州提同知，夜梦岳神召之，辞色愤怒。仰见一人侍神侧，少为缓颊。醒而恶之。早诣岳庙，默作祈禳。既出，见药肆一人，绝肖所见。问之，知为医生。及归，暴病。特遣人聘之。至则出方为剂，暮服之，中夜而卒。或言：阎罗王与东岳天子，日遣侍者男女十万八千众，分布天下作巫医，名『勾魂使者』。用药者不可不察也！

【译文】

扬州一位姓提的同知，晚上梦见岳神召见他，言辞神色都十分愤怒。他抬头见一个人侍候在神的旁边，脸色稍微好些。醒来之后，他对这个梦很厌恶，便一早就来到东岳庙，在神像前默默祈祷，希望消灾。出了庙门，看到药店里有个人，很像梦里见到的那个人。一问，才知道他是医生。提同知回到家里，突然得了病，特地派人去请那个医生。医生到了之后就开方抓药，晚上吃了药，半夜就死了。有人说：阎罗王和东岳天子，每天派男女侍者十万八千人，分散到天下做巫士、医生，叫作『勾魂使者』。用药的人，不能不考察一下啊。

药僧

济宁某，偶于野寺外，见一游僧，向阳扪虱；杖挂葫芦，似卖药者。因戏曰：『和尚亦卖房中丹否？』僧曰：『有。弱者可强，微者可巨，立刻见效，不俟经宿。』某喜求之。僧解衲角，出药一丸，如黍大，令吞之。约半炊时，下部暴长；逾刻自扪，增于旧者三之一。心犹未足，窥僧起遗，窃解衲，拈二三丸并吞之。俄觉肤若裂，筋若抽，项缩腰橐，而阴长不已。大惧，无法。僧返见其状，惊曰：『子必窃吾药矣！』急与一丸，始觉休止。解衣自视，则几与两股鼎足而三矣。缩颈蹒跚而归，父母皆不能识。从此为废物，日卧街上，多见之者。

【译文】

济宁有个人在一座野寺外面游玩，看见一个游方僧面对太阳捉虱子，手杖上挂着个葫芦，像是卖药的。便给他开玩笑说：『和尚也卖房中的丹药吗？』和尚说：『有哇，弱者可以变强，微者可变大，马上见效，用不着一夜。』那人高兴地向他买药。和尚解开僧衣，从衣角上取出一粒玉米那么大的丸药叫他吞下。才过烧熟半顿饭的时间，下部猛长，过了一会儿自己一摸，比过去长了三分之一。他心里还不满足，看见和尚解手去了，偷偷地解开僧袍，拈起两三颗药丸一口吞下去。一下就感到皮肤像要裂开，筋都缩成一团，颈子向下缩，腰往下勾，但下部长个不停。他吓坏了，不知怎么办才好。和尚从厕所回来看到他这副模样，惊慌地说：『你一定偷我的药吃啦！』连忙给他吃了另一种药丸，才把局面控制住。自己解衣一看，下部几乎长得和两脚一般长了，他缩着脖子蹒蹒跚跚走回家里，父母亲都认不出他来了。从此变成一个废物，每天睡在街边上，很多人见了都摇脑袋。

于中丞

于中丞成龙，按部至高邮。适巨绅家将嫁女，妆奁甚富，夜被穿窬席卷而去。刺史无术。公令诸门尽闭，止留一门放行人出入，吏目守之，严搜装载。又出示谕阖城户口，各归第宅，候次日查点搜掘，务得赃物所在。乃阴嘱吏曰：『设有城门中出入至再者，捉之。』过午，得二人，一身之外，并无行装。公曰：『此真盗也。』二人诡辩不已。公令解衣搜之，见袍服内着女衣二袭，皆奁中物也。——盖恐次日大搜，急于移置，而物多难携，故密着而屡出之也。

又公为宰时，至邻邑。早旦，经郭外，见二人以床舁病人，覆大被；枕上露发，发上簪凤钗一股，侧眠床上。有三四健男夹随之，时更番以手拥被，令压身底，似恐风入。少顷，息肩路侧，又使二人更相为荷。于公过，遣隶回问之，云是妹子垂危，将送归夫家。公行二三里，又遣隶回，视其所入何村。隶尾之，至一村舍，两男子迎之而入。还以白公。公谓其邑宰：『城中得无有劫寇否？』宰曰：『无之。』时功令严，上下讳盗，故即被盗贼劫杀，亦隐忍而不敢言。公就馆舍，嘱家人细访之，果有富室被强寇入家，炮烙而死。公唤其子来，诘其状。子固不承。公曰：『我已代捕大盗在此，非有他也。』子乃顿首哀泣，求为死者雪恨。公叩关往见邑宰，差健役四鼓出城，直至村舍，捕得八人，一鞫而伏。诘其病妇何人。盗供：『是夜同在勾栏，故与妓女合谋，置金床上，令抱卧至窝处始瓜分耳。』共服于公之神。或问所以能知之故。公曰：『此甚易解，但人不关心耳。岂有少妇在床，而容入手衾底者？且易肩而行，其势甚重，交手护之，则知其中必有物矣。若病妇昏瞶而至，必有妇人倚门而迎；止见男子，并不惊问一言，是以确知其为盗也。』

【译文】

于成龙任巡抚时，巡查所属州县来到高邮州。正巧遇上一个大户人家要嫁女儿，嫁妆十分丰厚，夜里被强盗凿穿墙壁进了家，将嫁妆席卷一空。知州想不出破案的办法。于公命令关闭城门，只留下一个城门放行人出入，派掌管缉盗的官员守在那里，严格搜查出入人员的行装。又贴出告示，通知全城各家各户的人都回家，等候第二天大搜查，务必寻找出赃物在什么地方。暗中又嘱咐把守城门的缉盗官员，说：『假若有人多次出入城门，就抓住他。』到下午，抓住两个人，两手空空，并没有携带行装。于公说：『这才是真的强盗！』二人不停地诡辩。于公命令解开他们的衣服搜查，见他们在外面穿的袍子里面竟然还穿着两套女人衣服，都是失窃的嫁妆里面的东西。原来，强盗们担心第二天的大搜查，急于把赃物转移；然而东西多难以携带，所以便穿在身上屡屡出入城门，一次次往外送。

于公做县令时，一次到邻县去。早上，经过城外，见两个人用床抬着一个病人。病人身上盖着一床大被子，枕头上露出头发，头发上插着一支凤钗，侧着身躺在床上。有三四个健壮的男人在床两边跟随着，不时轮番用手掖被子，把被子塞到病人身底下，好像怕灌进风去。走了不大一会儿，抬床的人便在路边歇肩，又换了两个人抬。于公过去后，派了个衙役去查问，说是妹妹病危，要送回丈夫家去。于公走了两三里路，又让衙役回去，看看他们进了哪个村。衙役尾随着他们，来到一个村庄的房舍跟前，见有两个男人迎出来。衙役返回，把看到的禀报了于公。于公对这个县的县令说：『城里莫不是有强盗抢劫的案子？』县令说：『没有。』当时朝廷对官员的考核很严格，官府上上下下都忌讳有强盗，所以即使真发生了强盗抢劫杀人的案子，也都隐忍着不说。于公在旅店住下，嘱咐家人出去细细访查，果然有个富户被强盗闯入家内，被强盗残酷地折磨死了。于公把富户家的儿子喊来，询问事情经过，死者的儿子却坚决否认。于公说：『我已经替你捉住了大盗，就在这里，没有别的意思。』死者的儿子才连连叩头，哀求为死者报仇。于公便去县衙面见县令，派遣健壮的衙役在四更时分出城，直扑那个乡村房舍，一共抓到八个人，一审讯就全部招供了。问他们那个病了的妇人是谁，强盗供述说：『那一夜我们都在妓院里，所以与一个妓女商量，把抢来的金子放在床上，让她躺在床上抱在怀里，转移到窝赃处再瓜分。』众人都敬服于公的神明。有人问于公为什么能看出来，于公说：『这很容易明白，只是人们都不关心罢了。哪里有少妇躺在床上，还让人把手伸进被子里的？况且抬床的人还要歇肩换人，可以看出床必定很重。跟随的人伸手遮护着，可知其中必定有东西。假若病危的妇人被昏昏沉沉地送到家，肯定有女人迎出门来；只有男人出来接，而且并不惊讶，也不问一句话，因此可以确知他们是强盗。』

绩女

绍兴有寡媪夜绩，忽一少女推扉入，笑曰：『老姥无乃劳乎？』视之，年十八九，仪容秀美，袍服绚丽。媪惊问：『何来？』女曰：『怜媪独居，故来相伴。』媪疑为侯门亡人，苦相诘。女曰：『媪勿惧，妾之孤，亦犹媪也。我爱媪洁，故相就，两免岑寂，固不佳耶？』媪又疑为狐，默然犹豫。女竟升床代绩，曰：『媪无忧，此等生活，妾优为之，定不以口腹相累。』媪见其温婉可爱，遂安之。夜深，谓媪曰：『携来衾枕，尚在门外，出溲时，烦捉之。』媪出，果得衣一裹。女解陈榻上，不知是何等锦绣，香滑无比。媪亦设布被，与女同榻。罗衿甫解，异香满室。既寝，媪私念：遇此佳人，可惜身非男子。女子枕边笑曰：『姥七旬，犹妄想耶？』媪曰：『无之。』女曰：『既不妄想，奈何欲作男子？』媪愈知为狐，大惧。女又笑曰：『愿作男子，何心而又惧我耶？』媪益恐，股战摇床。女曰：『嗟乎！胆如此大，还欲作男子！实相告：我真仙人，然非祸汝者。但须谨言，衣食自足。』媪早起，拜于床下。女出臂挽之，臂腻如脂，热香喷溢；肌一着人，觉皮肤松快。媪心动，复涉遐想。女哂曰：『婆子战栗才止，心又何处去矣！使作丈夫，当为情死。』媪曰：『使是丈夫，今夜那得不死！』由是两心浃洽，日同操作。视所绩，匀细生光；织为布，晶莹如锦，价较常三倍。媪出，则扃其户；有访媪者，辄于他室应之。居半载，无知者。后媪渐泄于所亲，里中姊妹行皆托媪以求见。女让曰：『汝言不慎，我将不能久居矣。』媪悔失言，深自责；而求见者日益众，至有以势迫媪者。媪涕泣自陈。女曰：『若诸女伴，见亦无妨；恐有轻薄儿，将见狎侮。』媪复哀恳，始许之。越日，老媪少女，香烟相属于道。女厌其烦，无贵贱，悉不交语，惟默然端坐，以听朝参而已。乡中少年闻其美，神魂倾动，媪悉绝之。有费生者，邑之名士，倾其产，以重金啖媪。媪诺，为之请。女已知之，责曰：『汝卖我耶？』媪伏地自投。女曰：『汝贪其赂，我感其痴，可以一见。然而缘分尽矣。』媪又伏叩。女约以明日。生闻之，喜，具香烛而往，入门长揖。女帘内与语，问：『君破产相见，将何以教妾也？』生曰：『实不敢他有所干，只以王嫱、西子，徒得传闻，如不以冥顽见弃，俾得一阔眼界，下愿已足。若休咎自有定数，非所乐闻。』忽见布幕之中，容光射露，翠黛朱樱，无不毕现，似无帘幌之隔者。生意炫神驰，不觉倾拜。拜已而起，则厚幕沉沉，闻声不见矣。悒怅间，窃恨未睹下体；俄见帘下绣履双翘，瘦不盈指。生又拜。帘中语曰：『君归休！妾体惰矣！』媪延生别室，烹茶为供。生题『南乡子』一调于壁云：『隐约画帘前，三寸凌波玉笋尖，点地分明，莲瓣落纤纤，再着重台更可怜。花衬凤头弯，入握应知软似绵；但愿化为蝴蝶去裙边，一嗅余香死亦甜。』题毕而去。女览题不悦，谓媪曰：『我言缘分已尽，今不妄矣。」媪伏地请罪。女曰：「罪不尽在汝。我偶堕情障，以色身示人，遂被淫词污亵，此皆自取，于汝何尤？若不速迁，恐陷身情窟，转劫难出矣。」遂襆被出。媪追挽之，转瞬已失。

【译文】

绍兴有位老寡妇经常在夜里纺线。一天晚上，一个年轻女子推门进来，笑着说：「老妈妈不累吗？」老寡妇看这姑娘，十八九岁的年纪，容貌秀丽，衣着华美，惊讶地问：「你从什么地方来啊？」姑娘回答说：「我觉得您自己一个人住很孤单，所以就过来陪您做伴。」

老寡妇怀疑她是从大户人家跑出来的，姑娘说：「您不要害怕，我和您一样，也是孤身一人。我喜欢您好干净，所以就来找您做伴。两个人在一起，免得太寂寞，这样不好吗？」

老寡妇又怀疑姑娘是狐狸精，就犹豫着不说话。姑娘竟然自己坐到床上，替老妇人纺线，并说道：「您不用担心，我很擅长做这种活计，肯定不会拖累您的。」老妇人看姑娘并无坏心，也就安心了。

夜深了，姑娘对老妇人说：「我带过来的行李还在门外，您出去上厕所的话，麻烦帮我拿进来。」老妇人出门之后，果然拿回一包衣物。姑娘包裹放在床上解开，里面的被子也不知道是什么锦绣布料做的，又香又软，老妇人也在姑娘那张床上铺了被子，打算和她同床睡。

姑娘刚一解开衣服，屋子里就充满了奇异的香气。等到睡下之后，老妇人偷偷地想：我遇到了这种美女，只可惜自己不是男人啊！姑娘在枕头边上笑着说：「老妈妈都七十岁了，还胡思乱想啊？」老妇人说：「我没有。」姑娘又说：「既然没有，那为什么想当男人呢？」

老妇人这下更确定她是狐狸精了，心中有些害怕起来。姑娘又笑着说：「想当男人打的什么主意，现在怎么又害怕我了呢？」老妇人更加害怕了，两条腿哆嗦得厉害，连床都跟着晃动起来。姑娘又说：「啊呀！就这么点胆量，还想当男人呢？实话告诉你吧，我就是狐仙，不过不会给你带来灾祸的。」

第二天老妇人起来就在床下跪拜姑娘。姑娘伸出手臂拉她起来，老妇人感觉那条手臂就像油脂一样光滑，散发着温热的香气。从此之后，两个人感情十分融洽，每天一起干活纺线。她们所纺出的线，匀称纤细，又闪闪发光。这些线织出布以后，就像丝绸一样有光泽，价钱是平常的三倍。

老妇人只要一出门，就把自己的房门锁上。有客人来探访，老妇人也都是去别的房间应酬他们。所以姑娘在这儿住了半年，也没有人知道她的存在。后来，老妇人把这件事情泄露给了自己亲近的人，附近的姐妹都托老妇人帮忙，想要见一见狐仙。狐仙得知后便说：『你说话不谨慎，我在这里住不久了。』老妇人十分后悔。这之后求见狐仙的人越来越多，皆用权势来威胁老妇人。

老妇人哭着把这些都告诉了狐仙。狐仙说：『如果是女性朋友，我见一见也没什么妨害。但我担心有轻薄的男子，见面之后会侮辱我。』老妇人又一再哀求，狐仙才同意。第二天，老太婆、大姑娘、小媳妇都拿着香烛前来拜见，一路上络绎不绝。狐仙很厌烦，就一直没有说话，只是沉默着正襟危坐，接受她们的参拜而已。附近的年轻人听说狐仙十分貌美，魂都飞了。

有一个姓费的书生，是县里的名士。他倾尽家产，用重金贿赂了老妇人。老妇人答应他，为他请狐仙出来相见。但狐仙早就知道了这件事，责备老妇人说：『你这是要卖我吗？』老妇人赶忙趴在地上请罪。狐仙说：『你贪图他的贿赂，我感激他的痴情，所以可以见他一面。但是咱们两个人的缘分算是到头了。』老妇人又趴在地上磕头。

狐仙约费生第二天见面。费生听说之后十分高兴，第二天就准备好香烛，来到老妇人家中。费生进门之后，鞠了一个大躬，狐仙在帘子里面和他说话。狐仙问：『你倾尽家产来见我，有什么要向我请教的吗？』费生说：『我实在不敢有其他要求。只不过听说您有王昭君和西施的美貌，如果您不嫌弃我的愚昧顽固，让我开开眼界，我就知足了。至于祸福，上天就注定了。』

忽然，狐仙的面貌从布帘之中透了过来，不管是翠绿的眉毛，还是鲜红的嘴唇，全都清清楚楚就像没有帘子隔着一样。看到这一场景，费生激动不已，不觉倒身下拜。费生拜完之后再站起来，帘幕却变得又厚又重，什么也看不见了。费生心中正郁闷自己没有看到狐仙的下半身，却忽然发现帘子下面有一对绣鞋翘了起来，鞋子瘦得没有手指宽。费生又一次跪拜行礼。狐仙在帘子里说：『您回去休息吧！我累了！』

于是，老妇人就把费生请到了别的房间，上茶款待。费生在房间的墙上题写了一首《南乡子》说：『隐约画帘前，三寸凌波玉笋尖。点地分明落莲瓣，纤纤，再着重台更可怜。花衬凤头弯，入握应知软似绵。但愿化为蝴蝶去裙边，一嗅余香死亦甘。』

题完之后，费生就走了。狐仙看到这首词很不高兴，对老妇人说：『我说咱们的缘分到头了，如今果真没错。』老妇人赶紧趴在地上请罪。狐仙说：『并不全是你的过错。我偶然坠入情网，给人看了我的相貌，所以才会被这轻薄的词所玷污。这一切都是我自找的，为何要怪罪你呢？如果我不赶快搬走的话，恐怕会坠入情网之中，就算历尽劫难都难以逃脱了。』

于是，狐仙收拾好行李就出门了。老妇人追出去想挽留她，但转眼之间，狐仙已经不知去向了。

红毛毡

红毛国，旧许与中国相贸易。边帅见其众，不许登岸。红毛人固请：『赐一毡地足矣。』帅思一毡所容无几，许之。其人置毡岸上，仅容二人；拉之，容四五人；且拉且登，顷刻毡大亩许，已数百人矣。短刃并发，出于不意，被掠数里而去。

【译文】

红毛国历来被允许和中国互相贸易。边帅看到他们来的人很多，不让他们登陆。红毛人反复要求说：『只要给一块毡毯大的地方让我们站着立下脚就可以了。』边帅想一块毡毯容不下几个人，便答应了。红毛人把毡放在岸边只容得下两个人，拉开后可容下四五个人了，顷刻之间扩大到了一亩多地，上面站上了几百人了。突然间几百人一齐拔出短刀，因为事情出乎意料，被他们抢掠了好几里路的范围才跑了。

张鸿渐

张鸿渐，永平人，年十八，为郡名士。时卢龙令赵某贪暴，人民共苦之。有范生被杖毙，同学忿其冤，将鸣部院，求张为刀笔之词，约其共事。张许之。妻方氏，美而贤，闻其谋，谏曰：『大凡秀才做事，可以共胜，而不可以共败：胜则人人贪天功，一败则纷然瓦解，不能成聚。今势力世界，曲直难以理定，君又孤，脱有翻覆，急难者谁也！』张服其言，悔之，乃宛谢诸生，但为创词而去。质审一过，无所可否。赵以巨金纳大僚，诸生坐结党被收，又追捉刀人。张惧，亡去。至凤翔界，资斧断绝。日既暮，踟蹰旷野，无所归宿。欻睹小村，趋之。老妪方出阖扉，见生，问所欲为，张以实告。妪曰：『饮食床榻，此都细事；但家无男子，不便留客。』张曰：『仆亦不敢过望，但容寄宿门内，得避虎狼足矣。』妪乃令入，闭门，授以草荐，嘱曰：『我怜客无归，私容止宿，未明宜早去，恐吾家小娘子闻知，将便怪罪。』妪去，张倚壁假寐。忽有笼灯晃耀，见妪导一女郎出。

张急避暗处，微窥之，二十许丽人也。及门，见草荐，诘妪；妪实告之。女怒曰：『一门细弱，何得容纳匪人！』即问：『其人焉往？』张惧，出伏阶下。女审诘邦族，色稍霁，曰：『幸是风雅士，不妨相留。然老奴竟不关白，此等草草，岂所以待君子！』命妪引客入舍。俄顷，罗酒浆，品物精洁；既而设锦茵于榻。张甚德之，因私询其姓氏。妪曰：『吾家施氏，太翁夫人俱谢世，止遗三女。适所见，长姑舜华也。』妪去。张视几上有《南华经》注，因取就枕上，伏榻翻阅。忽舜华推扉入。张释卷，搜觅冠履。女即榻捺坐曰：『无须，无须！』因近榻坐，腆然曰：『妾以君风流才士，欲以门户相托，遂犯瓜李之嫌。得不相遐弃否？』张皇然不知所对，但云：『不相诳，小生家中，固有妻耳。』女笑曰：『此亦见君诚笃，顾亦不妨。既不嫌憎，明日当烦媒妁。』言已，欲去。张探身挽之，女亦遂留。未曙即起，以金赠张，曰：『君持作临眺之资；向暮，宜晚来，恐旁人所窥。』张如其言，早出晏归，半年以为常。一日，归颇早，至其处，村舍全无，不胜惊怪。方徘徊间，闻妪云：『来何早也！』一转盼间，则院落如故，身固已在室中矣，益异之。舜华自内出，笑曰：『君疑妾耶！实对君言：妾，狐仙也，与君固有夙缘。如必见怪，请即别。』张恋其美，亦安之。夜谓女曰：『卿既仙人，当千里一息耳。小生离家三年，念妻孥不去心，能携我一归乎？』女似不悦，曰：『琴瑟之情，妾自分于君为笃；君守此念彼，是相对绸缪者，皆妄也！』张谢曰：『卿何出此言！谚云：「一日夫妻，百日恩义。」后日归念卿时，亦犹今日之念彼也。设得新忘故，卿何取焉？』女乃笑曰：『妾有褊心：于妾，愿君之不忘；于人，愿君之忘之也。然欲暂归，此复何难，君家咫尺耳。』遂把袂出门，见道路昏暗，张逡巡不前。女曳之走，无几时，曰：『至矣。君归，妾且去。』张停足细认，果见家门。逾垝垣入，见室中灯火犹荧。近以两指弹扉。内问为谁，张具道所来。内秉烛启关，真方氏也。两相惊喜，握手入帷。见儿卧床上，慨然曰：『我去时儿才及膝，今身长如许矣！』夫妇依倚，恍如梦寐。张历述所遭。问及讼狱，始知诸生有瘐死者，有远徙者，益服妻之远见。方纵体入怀，曰：『君有佳偶，想不复念孤衾中有零涕人矣！』张曰：『不念，胡以来也？我与彼虽云情好，终非同类；独其恩义难忘耳。』方曰：『君以我何人也？』张审视，竟非方氏，乃舜华也。以手探儿，一竹夫人耳。大惭无语。女曰：『君心可知矣！分当自此绝矣，犹幸未忘恩义，差足自赎。』过二三日，忽曰：『妾思痴情恋人，终无意味。君日怨我不相送，今适欲至都，便道可以同去。』乃向床头取竹夫人共跨之，令闭两眸，觉离地不远，风声飕飕。移时，寻落。女曰：『从此别矣。』方将叮嘱，女去已渺。怅立少时，闻村犬鸣吠，苍茫中见树木屋庐，皆故里景物，循途而归。逾垣叩户，宛若前状。方氏惊起，不信夫归，诘证确实，始挑灯呜咽而出。既相见，涕不可仰。张犹疑舜华之幻弄也;又见床卧一儿,如昨夕,因笑曰:『竹夫人又携入耶?』方氏不解,变色曰:『妾望君如岁,枕上啼痕固在也。甫能相见,全无悲恋之情,何以为心矣!』张察其情真,始执臂欷歔,具言其详。问讼案所结,并如舜华言。方相感慨,闻门外有履声,问之不应。盖里中有恶少,久窥方艳,是夜自别村归,遥见一人逾垣去,谓必赴淫约者,尾之入。甲故不甚识张,但伏听之。及方氏亟问,乃曰:『室中何人也?』方讳言:『无之。』甲言:『窃听已久,敬将以执奸也。』方不得已,以实告。甲曰:『张鸿渐大案未消,即使归家,亦当缚送官府。』方苦哀之,甲词益狎逼。张忿火中烧,把刀直出,剁甲中颅。甲踣,犹号;又连剁之,遂死。方曰:『事已至此,罪益加重。君速逃,妾请任其辜。』张曰:『丈夫死则死耳,焉肯辱妻累子以求活耶!卿无顾虑,但令此子勿断书香,目即瞑矣。』天明,赴县自首。赵以钦案中人,姑薄惩之。寻由郡解都,械禁颇苦。途中遇女子跨马过,一老妪捉鞚,盖舜华也。张呼妪欲语,泪随声堕。女返辔,手启障纱,讶曰:『表兄也,何至此?』张略述之。女曰:『依兄平昔,便当掉头不顾;然予不忍也。寒舍不远,即邀公役同临,亦可少助资斧。』从去二三里,见一山村,楼阁高整。女下马入,令妪启舍延客。既而酒炙丰美,似所夙备。又使妪出曰:『家中适无男子,张官人即向公役多劝数觞,前途倚赖多矣。遣人措办数十金,为官人作费,兼酬两客,尚未到也。』二役窃喜,纵饮,不复言行。日渐暮,二役径醉矣。女出,以手指械,械立脱,曳张共跨一马,驶如龙。少时,促下,曰:『君止此。妾与妹有青海之约,又为君逗留一晌,久劳盼注矣。』张问:『后会何时?』女不答;再问之,推坠马下而去。既晓,问其地,太原也。遂至郡,赁屋授徒焉。托名宫子迁。居十年,访知捕亡寝怠,乃复逡巡东向。既近里门,不敢遽入,俟夜深而后入。及门,则墙垣高固,不复可越,只得以鞭挝门。久之,妻始出问。张低语之。喜极,纳入,作呵叱声,曰:『都中少用度,即当早归,何得遣汝半夜来?』入室,各道情事,始知二役逃亡未返。言次,帘外一少妇频来,张问伊谁,曰:『儿妇耳。』问:『儿安在?』曰:『赴郡大比未归。』张涕下曰:『流离数年,儿已成立,不谓能继书香,卿心血殆尽矣!』话未已,子妇已温酒炊饭,罗列满几。张喜慰过望。居数日,隐匿房榻,惟恐人知。一夜,方卧,忽闻人语腾沸,捶门甚厉。大惧,并起。闻人言曰:『有后门否?』益惧,急以门扇代梯,送张夜度垣而出,然后诣门问故,乃报新贵者也。方大喜,深悔张遁,不可追挽。张是夜越莽穿榛,急不择途;及明,困殆已极。初念本欲向西,问之途人,则去京都通衢不远矣。遂入乡村,意将质衣而食。见一高门,有报条粘壁上,近视,知为许姓,新孝廉也。顷之,一翁自内出,张迎揖而告以情。翁见仪容都雅,知非赚食者,延入相款。因诘所往。张托言:『设帐都门,归途遇寇。』

翁留诲其少子。张略问官阀，乃京堂林下者；孝廉，其犹子也。月余，孝廉偕一同榜归，云是永平张姓，十八九少年也。张以乡、谱俱同，暗中疑是其子；然邑中此姓良多，姑默之。至晚解装，出『齿录』，急借披读，真子也。不觉泪下。共惊问之。乃指名曰：『张鸿渐，即我是也。』备言其由。张孝廉抱父大哭。许叔侄慰劝，始收悲以喜。许即以金帛函字，致告宪台，父子乃同归。方自闻报，日以张在亡为悲；忽白孝廉归，感伤益痛。少时，父子并入，骇如天降，询知其故，始共悲喜。甲父见其子贵，祸心不敢复萌。张益厚遇之，又历述当年情状，甲父感愧，遂相交好。

【译文】

张鸿渐是永平府人，当时永平府卢龙县县令赵某贪婪残暴，百姓深受其害。有一位范生被县令用棍棒活活打死，他的同学们对范生冤死都愤愤不平，打算到巡抚衙门去鸣冤告状。同学们求张鸿渐写讼状书，并约他一起到巡抚衙门去，张鸿渐答应了他们。

张鸿渐的妻子方氏是一个美丽贤惠的女人。听说了这件事，劝告张鸿渐说：『大多数人做事，是可以共同取得胜利，却不可以失败的。胜了之后，人人都想把别人的功劳当作自己的功劳。假如失败了，就纷纷散开，再也不能聚在一起。现在是有权力的人掌管世界，是是非非难以用道理来判断。你又是孤单一人，假如这件事有变化，能替你解决危难的有谁呢？』张鸿渐很佩服妻子的见识，后悔这么草率地答应了，于是很客气地向各位书生道歉，只替他们写好状词就走了。巡抚衙门审过一次，没做出什么判断。赵县令通过贿赂大官，给各位书生定了个结党的罪名，把他们抓了起来，并下令捉拿写状子的人。

张鸿渐害怕，就逃走了。等到了陕西凤翔县，他带的路费用完了。天已经快黑了，他还在荒郊野外慢慢地走，没有找到住宿的地方。忽然他看见一个小村子，就赶快走了过去。

有一个老妇正要出来开门，看见张鸿渐，就问他从何而来，张鸿渐据实相告。老妇说：『吃饭睡觉，这都是小事，只是家中没有男子，不方便留客人。』张鸿渐说：『我也不敢有太高要求，只希望容许我寄住在门内，能够躲避虎狼就足够了。』于是老妇让他进了门，给了他一个草垫子，嘱咐张鸿渐说：『我是可怜你，私自让你住下，明天天不亮你就要早早离开。要不然，让我家小姐知道，一定会怪罪于我的。』

老妇走了之后，张鸿渐靠着墙准备睡觉，忽见有灯笼闪烁，张鸿渐看见老妇领着一个女子出来了。张鸿渐急忙躲在暗处，原来是一位二十岁左右的美丽女子。那女子走到门口，看见草垫子，老妇只好实话实说。那女子很生气地说：『我们一家都是老幼妇女，怎么能让不认识的人来呢？』随后又问老妇，『那个人在哪儿？』张鸿渐很害怕，赶快出来。

女子问明了张生的来历，脸色慢慢缓和下来，说：『幸亏是风雅之人，那就留下吧。老仆没有向我禀告，这样草草安排，如何是待客之道？』说完就让老妇领客人进入屋内。不一会儿，桌上摆满酒菜，铺设锦缎被褥。张鸿渐很是感动，便问这家人的姓氏。老妇说：『我家姓施，老爷和夫人都去世了，只留下三个女儿。刚才是大姑娘舜华。』老妇走后，张鸿渐看见桌上放有《南华经注》，于是拿过来靠在枕头上，躺在床上翻看。

一会儿，舜华推门进来了。张鸿渐放下书，赶快找衣服鞋帽。舜华走近床边让他坐下，说：『不必，不必！』说着靠近床前坐下来，很腼腆地说：『我认为你是风流才子，所以打算把终身托付于你，于是不避嫌地与你私下会见。不知道你是否嫌弃？』张渐鸿很惶恐不知道该怎么回答，只是说：『实不相瞒，我家中已有妻子。』舜华笑着说：『从这也可看出您的诚实可靠，但也没有什么妨碍。既然您不嫌弃憎恶我，那明天就请媒人来吧。』说完，舜华就要走。张鸿渐起身挽留她，舜华也就留下了。

天还没亮，舜华就起身了，拿金子给张鸿渐说：『你拿着当盘缠。请您晚点回来，免得被其他人看见。』张鸿渐按舜华说的，每天早出晚归，半年后也习惯了。

有一天，张鸿渐回来得很早，到了住的地方，村子房屋都没有了，他感到十分奇怪。正徘徊寻找的时候，忽然听见老妇对他说：『为什么今天回来早了！』一转眼间，那院子还像从前一样，张鸿渐自己也早已在屋里了，他感到更加奇怪。舜华从内室出来，对张鸿渐笑着说：『你是在怀疑我吗？实话说吧，我是狐仙，和你本来就有缘分。如果你不能接受，现在就离开好了。』张生心中欢喜，就安心住下来。

夜里张鸿渐对舜华说：『既然你是狐仙，千里的路途也能瞬间到达吧。我离家已三年，心中总惦记着妻儿，一直放心不下，你能带我回家一趟吗？』舜华似乎有些不高兴，说：『你和我在一起还想念她，这样看来你对我的深厚情谊都是假的！』张鸿渐道歉说：『你何必说出这样的话。俗话说，一日夫妻百日恩。过些日子我回家时，也一定会像现在这样想念你的啊！有了新人就忘了旧人，难道你愿意要这种人吗？』舜华笑着说：『这只是因为我有私心啊，你既然想回家，这有什么难的，你的家就在附近啊。』于是，她拉着张鸿渐的衣袖出了门。

只见道路昏暗难行，张鸿渐犹犹豫豫不敢往前走，舜华一直拉着他。不一会儿，舜华说：『这就到了，您进去吧，我也走了。』张鸿渐停下来细细辨认，果真是自己的家门。他翻墙进去，看见屋子里灯光还亮着，便走到跟前用两个手指敲了敲窗户。屋里的人拿着蜡烛开了门，果真是方氏。两人都十分欢喜。张鸿渐看见自己的儿子躺在床上，感慨地说道：『我走的时候儿子才到我的膝盖，现如今已经长这么高了。』两人互相依偎着，感觉像在做梦一样。张鸿渐从头到尾说了自己逃走后的遭遇。当问到那件官司时，他才知道书生们有的已经死了，有的被流放到远方。于是他更加佩服自己妻子的远见。

方氏说：『您有了美丽的新妻，想来是不会再惦记我这个整日哭泣孤苦伶仃的人了吧！』张鸿渐说：『如果不想念你，我为何还要回来呢？我和她虽然感情很好，但是说到底也不是同类啊，只是她对我的恩情难忘而已。』方氏说：『那您觉得我是谁呢？』张鸿渐细细一看，竟然不是方氏，却是舜华，用手去摸儿子，原来也只是一个竹筒。张鸿渐惭愧得说不出话来。舜华说：『你的心思我知道了！咱们的缘分算是尽了，幸好你还没忘记我对你的恩情，勉强还能抵消一些你的罪过。』

过了两三天，舜华又对张鸿渐说：『我觉得自己整天痴恋着你，终究也没有什么意思，你还整天埋怨我不送你回去。正好今天我要去京城，可以顺路送你回家。』于是从床头拿出竹筒，两人一起跨上去。舜华让张鸿渐闭上眼睛，张鸿渐感觉离地不远，风声呼呼直响。没有多久，就落到了地面。舜华说：『我们就在这里分开吧。』张鸿渐正要和舜华约定再次见面的时间，舜华却已经不见了。

张鸿渐听见附近有狗叫的声音，模模糊糊地看见了树木、房屋，都和故乡一样。他顺着路走回家，跳过院墙敲门，还是和上次一样。方氏惊醒，不相信是丈夫回来了：隔着门问了很久，确定了之后才点上灯哭泣着出来迎接。一见面，还是怀疑舜华在戏弄他。他看到床上躺着一个小孩，和那天一模一样，就笑着说：『你把竹筒又带来了？』方氏很不理解，生气地说：『我每天度日如年，盼望你能回来，如今刚刚相见，你竟没有怜惜真是没有良心！』张鸿渐看出她是真的方氏，才拉起方氏的手哽咽起来，详细地向方氏说明了所有！问到那件官司，果真像舜华说的那样。

两人正在感慨，忽然听到门外有脚步声，问是谁，却没有人回答。原来是村子里的恶人甲，甲早就贪图方氏的美貌。今天夜里他从别的村子回来，远远看见有个人翻墙过来，认为此人是来和方氏偷情的，就尾随着一起过来了。甲并不认识张鸿渐，只是趴在外面听。等到方氏连连问屋外是谁，甲才说道：『屋内是谁？』方氏骗他说：『屋里没人。』甲说：『我已经偷听很久了，我是过来捉奸的。』方氏没有办法，只好说实话。甲说：『张鸿渐的案子还没了结，应该把他送到官府去。』

方氏苦苦哀求，甲却不依不饶。张鸿渐怒不可遏，用刀将甲砍倒在地，又连砍数刀，把甲砍死了。方氏说：『现在事情已经到了这步田地，你的罪行更加严重了。你快快逃跑吧，我来承担这件事。』张鸿渐说：『大丈夫死就死了，哪能连累妻子孩子？你不要管我，只要让孩子读好书，我就安心了。』

天亮后，张鸿渐到官府自首：赵县令知道他是朝廷正在追查的犯人，只是用了很轻的刑罚。不久张鸿渐就被押送到京城，一路上戴着手铐脚镣，备受折磨。在路上，他遇见一个女子骑着马，一个老妇牵着绳子，张鸿渐仔细一看，竟是舜华。张鸿渐刚想说话，舜华却掉转马头回来，用手拨开面纱，惊讶地说：『表兄，你怎么成这样了！』张鸿渐粗略地讲了一下事情的经过，舜华说：『如果按照表兄平时的作为，我不应该管你的。但是我于心不忍。刚好我家也不远，就请两位官差和我一起来吧，刚好我还能资助你们一些路费。』

走了两三里路，看见一个山村，所有的建筑都华丽精美。舜华下马进去，让老妇开门接客。没有多久就摆上了丰富的饭菜美酒，好像是提前准备好了一样。舜华又让丫鬟们退避，说：『家里本来就没有男人，张官您就陪两位官差多喝几杯，路上还要多多依赖人家的照顾。我刚让人去准备了几十两银子做路费，好酬谢两位官差，现在还没有拿回来呢。』两个官差很高兴，开怀畅饮，不再提赶路的事。

天色渐晚，两个公差也已经醉倒了：舜华打开张鸿渐的枷锁，拉着他跨上一匹马像龙一样飞驰而去。没过多久，舜华说：『您就留在这里吧，我和妹妹在青海还有一个约会，因为你耽误了一会儿，她可能已经等了好久了。』张鸿渐问：『那我们下次什么时候见面呢？』舜华没有回答。张鸿渐又问了一次，舜华把他推下马，扬长而去。

天亮之后，张鸿渐向人打听，才知道自己在太原。于是他到城里租了一间屋子开始教书，并改名为宫子迁。他在那里住了十年，打听到官府追捕他的事慢慢过去了，才敢一点点往东走。

他到了村口，也不敢进去，而是等到深夜了才回家。到了家门口，他看见院墙高大牢固，无法翻越，只能敲门。过了很久，妻子才问是谁。张鸿渐小声地告诉妻子，妻子很高兴，让张鸿渐进屋。进屋之后她假装大声呵斥说：『少爷在京城钱不够花，早应该回来，为什么派你半夜偷偷跑回来？』

进了屋子，两个人互相说了分别后的情况，才知道两个官差到现在都没回来。正在说话的时候，帘子外一直有一个少妇来回张望，张鸿渐问这是谁，方氏回答说：『这是儿媳妇。』张鸿渐又问：『儿子还好吗？』方氏回答：『去省里考试还没回来呢。』张鸿渐边哭边说：『我在外面漂泊多年，儿子已经长大成人，能继承咱们家的香火了，你也为这事用尽了心血啊。』话还没说完，儿媳妇已经温好酒做好饭，张罗了满满一桌子。张鸿渐感到十分欣喜慰藉。在家里住了几天，他每天都藏在屋里，唯恐别人知道。

一天晚上，张鸿渐刚睡下，忽然听到外面人声嘈杂，两人赶紧起来，听见有人间：『有后门吗？』他更加害怕了，方氏急忙用门扇代替梯，送张鸿渐翻墙逃出去。然后方氏到门口问是什么人，才知道是儿子中了举人，来报喜的。方氏特别开心，但又懊悔张鸿渐已经逃走，没办法追回。

张鸿渐当天夜里穿过树林，越过荒野，内心焦急得连路都来不及选择。等到天亮的时候，已经筋疲力尽了。起初他打算往西边走，问路边的人才知道已经离去京城的大路不远了。张鸿渐到附近的一个小村子，想用衣服换些食物。

张鸿渐看见一户富贵人家，有报喜的纸条贴在墙上。他走近一看，知道这家人姓许，刚刚考中举人。过了一会儿，一个老翁从院子里走出来，张鸿渐迎上去作揖，对老翁说了自己的情况。老翁看张鸿渐仪态优雅，就请他进屋。老翁问张鸿渐从哪里来，张鸿渐撒谎说：『我本来是在京城教书的，回家路上遇到了强盗。』老翁于是让张鸿渐留下教自己的小儿子读书。张鸿渐大概问了问老翁的情况，才知道他以前在京城做官，新晋的举人是老翁的侄子。

过了一个多月，新晋的举人带着一个和他同榜的人一起回家，说那人家住永平，姓张，是一个十八九岁的少年。这个少年和张鸿渐的家乡、姓氏都一样，所以张鸿渐暗中怀疑可能是自己的儿子。但是村里姓张的人很多，怕自己弄错就没敢提。

到了晚上，许举人拿出了一本记载同科举人的『同年录』。张鸿渐慌忙借来阅读，一看果真是自己的儿子，他不知不觉中掉下了眼泪。大家都问他原因，张鸿渐指着书上的名字说：『张鸿渐就是我啊。』然后他详细地说了自己的经历，张举人抱着父亲止不住地哭泣，许家叔侄不断安慰，两人才转悲为喜。许翁给几位大官写信疏通张鸿渐的官司，张鸿渐与儿子才得以一起回家。自从那日知道自己儿子中了举人之后，方氏就整天因为张鸿渐的逃亡而悲伤，忽然有人告诉方氏说她儿子回来了，更是觉得悲伤难过。

不多时，张鸿渐和儿子一同回来了，方氏惊骇不已，好像丈夫是从天上掉下来的一样。得知了事情的经过，她才像大家一样悲喜交加。甲的父亲看见张鸿渐的儿子变得尊贵，也不敢再有害人的心思了。张鸿渐又细细讲述了当年的情况，甲的父亲觉得很愧疚，于是两家和解，成为朋友。

王子安

王子安，东昌名士，困于场屋，入闱后，期望甚切。近放榜时，痛饮大醉，归卧内室。忽有人白：『报马来。』王踉跄起曰：『赏钱十千！』家人因其醉，诳而安之曰：『但请睡，已赏矣。』王乃眠。俄又有入者曰：『汝中进士矣！』王自言：『尚未赴都，何得及第？』其人曰：『汝忘之耶？三场毕矣。』王大喜，起而呼曰：『赏钱十千！』家人又诳之如前。又移时，一人急入曰：『汝殿试翰林，长班在此。』果见二人拜床下，衣冠修洁。王呼赐酒食，家人又绐之，暗笑其醉而已。久之，王自念不可不出耀乡里。大呼长班，凡数十呼，无应者。家人笑曰：『暂卧候，寻他去。』又久之，长班果复来。王捶床顿足，大骂：『钝奴焉往！』长班怒曰：『措大无赖！向与你戏耳，而真骂耶？』王怒，骤起扑之，落其帽。王亦倾跌。妻入，扶之曰：『何醉至此！』王曰：『长班可恶，我故惩之，何醉也？』妻笑曰：『家中止有一媪，昼为汝炊，夜为汝温足耳。何处长班，伺汝穷骨？』子女皆笑。王醉亦稍解，忽如梦醒，始知前此之妄。然犹记长班帽落；寻至门后，得一缨帽如盏大，共疑之。自笑曰：『昔人为鬼揶揄，吾今为狐奚落矣。』

异史氏曰：『秀才入闱，有七似焉：初入时，白足提篮，似丐。唱名时，官呵隶骂，似囚。其归号舍也，孔孔伸头，房房露脚，似秋末之冷蜂。其出场也，神情惝恍，天地异色，似出笼之病鸟。迨望报也，草木皆惊，梦想亦幻。时作一得志想，则顷刻而楼阁俱成；作一失志想，则瞬息而骸骨已朽。此际行坐难安，则似被絷之猱。忽然而飞骑传入，报条无我，此时神色猝变，嗒然若死，则似饵毒之蝇，弄之亦不觉也。初失志，心灰意败，大骂司衡无目，笔墨无灵，势必举案头物而尽炬之；炬之不已，而碎踏之；踏之不已，而投之浊流。从此披发入山，面向石壁，再有以且夫、尝谓之文进我者，定当操戈逐之。无何，日渐远，气渐平，技又渐痒；遂似破卵之鸠，只得衔木营巢，从新另抱矣。如此情况，当局者痛哭欲死；而自旁观者视之，其可笑孰甚焉。王子安方寸之中，顷刻万绪，想鬼狐窃笑已久，故乘其醉而玩弄之。床头人醒，宁不哑然失笑哉？顾得志之况味，不过须臾；词林诸公，不过经两三须臾耳，子安一朝而尽尝之，则狐之恩与荐师等。』

【译文】

王子安是东昌府的名士，但却在科场中不得志。有一次，乡试完毕，他希望高中的心情很迫切。将近发榜的时候，他喝了很多的酒，正在卧室里睡觉，忽然有人说道：『报喜的来了。』王子安趔趔趄趄地坐起来道：『赏报喜的人十吊钱。』家中人因为他喝醉了，要骗他安睡，便说道：『你只管睡吧，已经赏过了。』王子安于是就睡了。一会儿又有人通报道：『你中了进士了。』王子安诧异道：『我根本没有去北京，怎么就考中了呢？』那人说道：『难道你忘记了吗？三场早已完毕了。』王子安大喜，坐起来大声喊道：『赏报喜的人十吊钱。』家人又骗他道：『你只管睡吧，已经赏过了。』又过了一会儿，一个人急急忙忙地跑过来道：『你殿试点了翰林，长班在这里伺候你了。』他一看，果然见两个人跪在床下，衣帽都很整齐清洁。王子安说：『你暂时躺一会儿吧，已经派人找他去了。』过了半天，长班果然来了。王子安捶床跺脚，大骂道：『你这个蠢奴才，刚才到哪里去了？』不料长班也发起脾气来，说道：『穷酸太无赖了，刚才只不过和你开开玩笑，你倒认真骂起人来了。』王子安大怒，突然跳起向他扑去，把长班的帽子打落在地，自己也跌倒了。他的妻子听到声音，急忙跑到房中，把他扶了起来，说道：『你怎么醉成这个样了？』他道：『长班可恶，所以我要惩罚他，哪里是醉了？』他妻子笑道：『你家里只有一个老婆，白天替你做饭，夜里替你温脚，哪里有什么长班来伺候你这穷骨头呢？』儿女们听了，也都笑起来。这时，王子安喝的酒稍微消了些，好像从睡梦中惊醒了过来，才知道刚才都是胡闹，但是还记得长班的帽子落在地上。他找到房门背后，果然拾得一顶红缨帽，却只有酒盅那么大小。大家都觉得很奇怪。王子安忽有所悟地笑道：『从前有人被鬼耍弄，我今天也被狐仙开了一场玩笑。』

异史氏说：『秀才入考场时，有七种相像。初入时，光脚提着考篮，像个乞丐。点名时，考官的申斥、差人的责骂，像个犯人。进入考号房子，一个洞一个洞都露出头，一房一房都露出脚，像秋末冷风中的蜂子。出了考场时，个个失魂落魄，黯然失色，像个出笼的病鸟。等待传报时，草木皆惊，日思夜想，梦幻连连。一时想到考中得志，顿时间楼台殿阁都在眼前出现了；一时想到未考中失志，瞬间看到枯骨已经朽烂。这时坐立不安，就像一个被绳拴着的猴子。忽然有骑快马传报的人来到，报单上没有自己的名字，马上神色大变，啪嗒一下子像死了似的，就像吃了毒药的苍蝇，弄他也不觉得了。初次考场失意，心灰意懒，大骂考官没长眼睛，笔墨没有灵气，势必把案头的东西全都烧掉，烧不完的，就踩碎，踩不了的，就扔到脏水沟里去，从此要披发入山，面向石壁，再有说要以「且夫」「尝谓」之文来推荐自己的，一定要操戈赶他走。过了一段时间，失败的日子渐渐远去，气也渐渐平了，想做文章的心渐渐痒起来。于是，像个破壳而出的鸠鸟，只好衔树枝造新巢，从头开始了。这样的情形，当局者痛哭欲死，而旁观的人看来，却是非常好笑。王子安心中突然间涌出万般思绪，想到鬼狐一定是暗笑很久了，因此乘他醉了来耍弄他。醉卧床头的人醒了，哪里不会哑然失笑呢？看一看得意时的情景、滋味，不过是一时罢了。翰林院的各位，也不过是经历了两三个瞬间罢了。王子安一下子便都尝到了，那么，狐狸的恩惠与举荐的考官的恩惠是一样的。」

郭安

孙五粒，有僮仆独宿一室，恍惚被人摄去。至一宫殿，见阎罗在上，视之曰：「误矣，此非是。」因遣送还。既归，大惧，移宿他所；遂有僚仆郭安者，见榻空闲，因就寝焉。又一仆李禄，与僮有夙怨，久将甘心，是夜操刀入，扪之，以为僮也，竟杀之。郭父鸣于官。时陈其善为邑宰，殊不苦之。郭哀号，言：「半生止此子，今将何以聊生！」陈即以李禄为之子。郭含冤而退。此不奇于僮之见鬼，而奇于陈之折狱也。

济之西邑有杀人者，其妇讼之。令怒，立拘凶犯至，拍案骂曰：「人家好好夫妇，直令寡耶！即以汝配之，亦令汝妻寡守。」遂判合之。此等明决，皆是甲榜所为，他途不能也。而陈亦尔尔，何途无才！

【译文】

孙五粒的一个书童，独自睡在一间房子里，恍恍惚惚地被人抓走了。来到一座宫殿上，看见阎王坐在殿上。阎王看看他说：「抓错了，这个不是。」就打发小鬼把他送回来。他回来以后，很害怕，就搬到别的屋子里去睡觉。竟有一个叫郭安的同僚，看见孙五粒的床铺空闲着，就在那里睡了。还有一个仆人名叫李录，过去和书童有私怨，很久以前就不甘心，这天晚上拿刀进了书童的寝室，摸到床上有人，以为是书童呢，一刀就给杀死了。郭安的父亲到县里去告状。当时陈其善是淄川县的县官，接到状子以后，没有极力追究人犯。郭老头儿悲恸欲绝地哭着说：「我半生只有这么一个儿子，今后的生活依靠谁呢！」陈其善就做了判决，把李录判给他做儿子。郭老头儿含着冤枉下了大堂。这个故事的奇特不在于书童的见鬼，而在于陈其善的判决。

在济南西边的一个县里，有个凶手杀了一个人，死者的妻子到县里去告状。县官一听就火了，立刻把凶手抓上大堂，拍着桌子骂道：『人家好端端的夫妻，你竟给杀死了丈夫，叫人家的妻子守寡，就把你判给苦主做丈夫，也叫你的妻子守寡。』于是就当堂判决：原告和被告做了夫妻。这样的判决，都是进士才能做到的，从别的途径升上来的官员没有这个能耐。而陈其善也是这个样子，哪条路上没有奇才呢！

义犬

周村有贾某，贸易芜湖，获重资。赁舟将归，见堤上有屠人缚犬，倍价赎之，养豢舟上。舟人固积寇也，窥客装，荡舟入莽，操刀欲杀。贾哀赐以全尸，盗乃以毡裹置江中。犬见之，哀嗥投水，口衔裹具，与共浮沉。流荡不知几里，达浅搁乃止。犬泅出，至有人处，狺狺哀吠。或以为异，从之而往，见毡束水中，引出断其绳。客固未死，始言其情。复哀舟人，载还芜湖，将以伺盗船之归。登舟失犬，心甚悼焉。抵关三四日，估楫如林，而盗船不见。适有同乡估客将携俱归，忽犬自来，望客大嗥，唤之却走。客下舟趁之。犬奔上一舟，啮人胫股，挞之不解。客近呵之，则所啮即前盗也。衣服与舟皆易，故不得而认之矣。缚而搜之，则裹金犹在。呜呼！一犬也，而报恩如是。世无心肝者，其亦愧此犬也夫！

【译文】

周村有个商人，外出到安徽芜湖做买卖，挣了不少钱。他租了一只船准备回家，他看见在大堤上有个屠夫捆着一条黑狗，正要宰杀，那黑狗哀哀鸣叫，眼中流泪，他心中很是不忍，就花双倍的价钱买下，把它带到船上。不料，这只船上的船夫竟是一个多年的强盗，他看出商人身上带有很多钱财，就把船划到了芦苇荡深处，拿出刀准备谋财害命。商人哀求强盗给自己留一个全尸，强盗答应，就用毛毯把商人裹起并用绳捆紧，扔入江中。

黑狗见了，跟着跳下水，嘴巴咬住毯子一头，用力挣扎。不知漂荡了多久，毯子漂到了江边，搁浅在沙滩上。黑狗抖抖身上的水，跑到有人的地方乱叫，咬住人的裤脚往江边拖。人们觉得奇怪，就跟着黑狗到江边，发现了毯子里裹着的奄奄一息的商人，救活了他。商人恳求过路的船老大顺便带自己回芜湖，去找那强盗算账，上了船发觉黑狗不见了，痛惜不已，只好以后再找。

商人回到芜湖的码头，找了三四天，只看见货船的桅杆像树林一样多，却唯独不见那条强盗船。恰好有个同乡，准备捎带商人一起回家乡去。这时，狗突然独自跑回来，见了主人就大声嚎叫。商人一叫它，就跑开了。商人只好下船跟狗走。忽然，狗蹿上一条船，一口就咬住一个人的小腿，打它也不松口。商人赶忙上前去大声吆喝狗，但一看，狗所咬的人就是前日的那个强盗。原来这个强盗把过去穿的衣服和所用的船都换掉了，所以很难把他认出来。商人把强盗绑了起来，进行搜查，发现那天被抢去的银子还在。唉！一只狗都能这样报答主人对它的恩德，世上那些忘恩负义没心没肝的人，与那狗一比，难道不觉惭愧吗？

安期岛

长山刘中堂鸿训，同武弁某使朝鲜。闻安期岛神仙所居，欲命舟往游。国中臣僚佥谓不可，令待小张。盖安期不与世通，惟有弟子小张，岁辄一两至。欲至岛者，须先自白。如以为可，则一帆可至；否则飓风覆舟。逾一二日，国王召见。入朝，见一人佩剑，冠棕笠，坐殿上；年三十许，仪容修洁。问之，即小张也。刘因自述向往之意，小张许之。但言：『副使不可行。』又出，遍视从人，惟二人可以从游。遂命舟导刘俱往。水程不知远近，但觉习习如驾云雾，移时已抵其境。时方严寒，既至，则气候温煦，山花遍岩谷。导入洞府，见三叟趺坐。东西者见客入，漠若罔知；惟中坐者起迎客，相为礼。既坐，呼茶。有僮将盘去。洞外石壁上有铁锥，锐没石中；僮拔锥，水即溢射，以盏承之；满，复塞之。既而托至，其色淡碧。试之，其凉震齿。刘畏寒不饮。叟顾僮颐视之。僮取盏去，呷其残者；仍于故处拔锥，溢取而返，则芳烈蒸腾，如初出于鼎。窃异之。问以休咎，笑曰：『世外人岁月不知，何解人事？』问以却老术，曰：『此非富贵人所能为者。』刘兴辞，小张仍送之归。既至朝鲜，备述其异。国王叹曰：『惜未饮其冷者。此先天之玉液，一盏可延百龄。』刘将归，王赠一物，纸吊重裹，嘱近海勿开视。既离海，急取拆视，去尽数百重，始见一镜；审之，则鲛宫龙族，历历在目。方凝注间，忽见潮头高于楼阁，汹汹已近。大骇，极驰；潮从之，疾若风雨。大惧，以镜投之，潮乃顿落。

【译文】

长山县的刘鸿训，是明朝末年的大学士，奉朝廷命令，同他的武官出使朝鲜。听说安期岛是神仙居住的地方，就想乘船前去游览。朝鲜国的文武大臣都认为不可以，叫他等待小张。因为安期岛和人间不通往来，只有岛上一个徒弟小张，一年总要来上一两趟。想去安期岛的人，必须告诉小张。如果小张认为可以，就能一帆风顺地到达；否则会遇上飓风把船颠覆。

过了一两天，国王召见刘鸿训。他进了朝房，看见一个人，佩着宝剑，戴着棕毛编制的帽子，坐在殿上；三十来岁，身材高大，仪容整洁。他一打听，原来就是小张。刘鸿训就把自己向往安期岛的心愿对小张说了，小张点头应允。但对他说：『你的副使不能跟去。』说完又出了朝房，看遍了他的随从人员，只有两个人可以跟去游览。于是就上了大船，领着刘鸿训和两个随从人员，一起开赴安期岛。

海上的路程，不知有多远，只觉清风习习，好像腾云驾雾，不一会儿就到了安期岛。当时正是严寒的冬天，到达以后，觉得气候很温暖，山花开遍了山岩和沟谷。小张把他领进洞府，看见三个老头儿在盘腿打坐。东西两侧的两个老头儿，看见客人进了洞府，置若罔闻，态度很冷淡；只有坐在中间的老头儿，站起来迎接客人，互相以礼相见。

坐下以后，老头儿就喊人献茶。有个童子，端着茶盘出去了。在洞府门外的石壁上，有一把铁锥，锥尖插在石头里；童子伸手拔出铁锥，就喷出一股泉水，童子就用杯子接着；接满了杯子，又用铁锥塞住了。然后放进茶盘，托到他跟前，水色浅绿。尝一尝，凉得直打牙帮骨。刘鸿训怕凉不敢喝。老头儿看一眼童子，用下颏示意。童子拿走杯子，把杯子里的剩水一口喝掉了；仍在原来的地方，拔下铁锥，接了满满一杯水，重新端回来，浓香四溢，热气蒸腾，好像刚从开水锅里盛出来的。他心里感到很奇怪。

他向老头儿打听个人的吉凶祸福，老头儿笑着说：『我是世外之人，岁月都不知道，怎能知道人间的事情？』他又打听不老的方法，老头儿说：『这不是你们富贵之人所能做到的。』他便站起来告辞，仍由小张把他送回陆地。他回到朝鲜，详详细细地说了冷水热茶的奇怪现象。国王叹惜着说：『可惜没喝那杯最凉的水。那是老天的琼浆玉液，喝一杯就能延长寿命一百岁。』

刘鸿训将要回国的时候，国王赠给他一件东西，纸包绢裹，包了很多层，嘱咐他，在靠近大海的地方，不要打开观看。他上了船，离开了海边，急忙拿出那件东西，要拆开看看，剥去好几百层，才看见一面镜子；往镜子里一看，海底的龙宫龙族，清清楚楚地看在眼睛里。他正在专心注目地看着，忽然看见高于楼阁的浪头，汹涌澎湃，已经逼近船尾了。他大吃一惊，极力往前行驶，浪头紧紧跟在后边，好像一阵急风暴雨。他吓得要死，把镜子扔进了大海，浪头立刻落下去了。

鸟语

中州境有道士，募食乡村。食已，闻鹂鸣，因告主人使慎火。问故，答曰：『鸟云：「大火难救，可怕！」』众笑之，竟不备。明日，果火，延烧数家，始惊其神。好事者追及之，称为仙。道士曰：『我不过知鸟语耳，何仙也！』适有皂花雀鸣树上，众问何语。曰：『雀言：「初六养之，初六养之；十四、十六殇之。」想其家双生矣。今日为初十，不出五六日，当俱死也。』询之，果生二子；无何，并死，其日悉符。邑令闻其奇，招之，延为客。时群鸭过，因问之。对曰：『明公内室，必相争也。鸭曰：「罢罢！偏向他！偏向他！」』令大服，盖妻妾反唇，令适被喧聒而出也。因留居署中，优礼之。时辨鸟言，多奇中。而道士朴野，多肆言，辄无顾忌。令最贪，一切供用诸物，皆折为钱以入之。一日，方坐，群鸭复来，令又诘之。答曰：『今日所言，不与前同，乃为明公会计耳。』问：『何计？』曰：『彼云：「蜡烛一百八，银朱一千八。」』令惭，疑其相讥。道士求去，不许。逾数日，宴客，忽闻杜宇。客问之，答云：『鸟曰：「丢官而去。」』众愕然失色。令大怒，立逐而出。未几，令果以墨败。呜呼！此仙人儆戒之，惜乎危厉熏心者，不之悟也！

齐俗呼蝉曰『稍迁』，其绿色者曰『都了』。邑有父子，俱青、社生，将赴岁试，忽有蝉落襟上。父喜曰：『稍迁，吉兆也。』一僮视之，曰：『何物稍迁，都了而已。』父子不悦。已而果皆被黜。

【译文】

中州境内有个道士，在村中化缘，吃完饭后，听到黄鹂叫，便告诉主人让他注意防火。问他为什么，他说：『鸟儿说：「大火难救，可怕！」』众人都嘲笑他，竟然不防备。

第二天果然起火了，蔓延起来烧了好几家，大家才吃惊地感到道人真是神灵得很。喜欢凑热闹的人便追着道士喊他神仙。道士说：『我不过是晓得鸟语罢了，哪里是什么神仙呢？』这时恰好有黑色花山雀在树上叫。众人问他雀子叫什么？他说：『雀子说：「初六生的，初六生的，十四十六就死。」大概有家人家得了一对双胞胎。今天是初十，不超过五六天，两个都会要死的。』一听果然有人生了一对双生男孩，果真在十四日与十六日都死了，时间都完全吻合。

县令听说了道士的奇事，便把他请来做客。当时正好有一群鸭子嘎嘎地叫着走过，县令马上就问道士鸭子在说什么，道士说：『大人的家眷一定在吵架呢。鸭子说：「罢！罢！偏向她，偏向她！」』县令大为惊叹，原来他的大小老婆确实正在家里吵架，他是被扰得实在心烦才躲出来的。于是，县令将道士留在衙门里居住，吃喝招待得很是周到。道士常常辨听鸟语，每次都准确地言中。

只是道士生性老实，对于鸟语兽言，从来都是有什么说什么，一点也不避讳。可这县令本性却很贪婪，凡是下面交上来供官府办公用的东西，他都要折算成银两塞进自己的腰包。这一天，县令请道士来聊天。正好，那群鸭子又嘎嘎地叫着走了过来。县令又问鸭子叫的是什么。道士说：『今天鸭子说的与那天的不一样了。它们正在学你算账呢！』『学我算什么账？』『它们在叫：「蜡烛一百八，银珠一千八。」』道士说。县令听了，羞得面红耳赤，怀疑是道士有意借此来嘲弄自己。

道士请求离开这里，县令不同意。过了几天，县令请客，忽然听见杜鹃鸟叫，客人问鸟叫什么，道士回答说：『鸟说：丢官而去。」』众人大惊失色。县令大怒，立刻把道士赶了出去。过了不多久，县令果然因为贪污被罢了官。唉！这些都是仙人的警告，可惜那些心中迷乱的人不肯醒悟啊！

山东的俗语一般叫知了为『稍迁』，而称其中绿色的知了为『都了』。淄川有父子二人，都是县学中成绩很差的学生，将参加学年考试，忽然有只知了落在衣襟上。父亲高兴地说：『来了一只稍迁，是个好兆头。』旁边一个书童看见了，说道：『什么「稍迁」，不过是只「都了」而已。』父子两个很不高兴。后来果然都被取消学生资格。

天宫

郭生，京都人。年二十余，仪容修美。一日，薄暮，有老妪贻尊酒，怪其无因。妪笑曰：『无须问，但饮之，自有佳境。』遂径去。揭尊微嗅，冽香四射，遂饮之。忽大醉，冥然罔觉。及醒，则与一人并枕卧。抚之，肤腻如脂，麝兰喷溢，盖女子也。问之，不答。遂与交。交已，以手扪壁，壁皆石，阴阴有土气，酷类坟冢。大惊，疑为鬼迷。因问女子：『卿何神也？』女曰：『我非神，乃仙耳。此是洞府。与有夙缘，勿相讶，但耐居之。再入一重门，有漏光处，可以溲便。』既而女起，闭户而去。久之，腹馁，遂有女僮来，饷以面饼、鸭臛，使扪啖之。黑漆不知昏晓。无何，女子来寝，始知夜矣。郭曰：『昼无天日，夜无灯火，食炙不知口处；常常如此，则姮娥何殊于罗刹，天堂何别于地狱哉！』女笑曰：『为尔俗中人，多言喜泄，故不欲以形色相见。且暗摸索，妍媸亦当有别，何必灯烛！』居数日，幽闷异常，屡请暂归。女曰：『来夕与君一游天宫，便即为别。』

次日，忽有小鬟笼灯入，曰：『娘子伺郎久矣。』从之出。星斗光中，但见楼阁无数。经几曲画廊，始至一处，堂上垂珠帘，烧巨烛如昼。入，则美人华妆南向坐，年约二十许；锦袍炫目；头上明珠，翘颤四垂；地下皆设短烛，裙底皆照：诚天人也。郭迷乱失次，不觉屈膝。女令婢扶曳入坐。俄顷，八珍罗列。女行酒曰：『饮此以送君行。』郭鞠躬曰：『向觌面不识仙人，实所惶悔；如容自赎，愿收为没齿不二之臣。』女顾婢微笑，便命移席卧室。室中流苏绣帐，衾褥香软。使郭就榻坐。饮次，女屡言：『君离家久，暂归亦无所妨。』更尽一筹，郭不言别。女唤婢笼烛送之。郭不言，伪醉眠榻上，抗之不动。女使诸婢扶裸之。一婢排私处曰：『个男子容貌温雅，此物何不文也！』举置床上，大笑而去。女亦寝，郭乃转侧。女问：『醉乎？』曰：『小生何醉！甫见仙人，神志颠倒耳。』女曰：『此是天宫。未明，宜早去。如嫌洞中快闷，不如早别。』郭曰：『今有人夜得名花，闻香扪干，而苦无灯烛，此情何以能堪？』女笑，允给灯火。漏下四点，呼婢笼烛抱衣而送之。入洞，见丹垩精工，寝处褥革棕毡尺许厚。郭解履拥衾，婢徘徊不去。郭凝视之，风致娟好。戏曰：『谓我不文者，卿耶？』婢笑，以足蹴枕曰：『子宜僵矣！勿复多言。』视履端嵌珠如巨菽。捉而曳之，婢仆于怀，遂相狎，而呻楚不胜。郭问：『年几何矣？』答云：『十七。』问：『处子亦知情乎？』曰：『妾非处子，然荒疏已三年矣。』郭研诘仙人姓氏，及其清贯、尊行。婢曰：『勿问！即非天上，亦异人间。若必知其确耗，恐觅死无地矣。』郭遂不敢复问。次夕，女果以烛来，相就寝食，以此为常。一夜，女入曰：『期以永好；不意人情乖沮，今将粪除天宫，不能复相容矣。请以危酒为别。』郭泣下，请得脂泽为爱。女不许，赠以黄金一斤、珠百颗。三盏既尽，忽已昏醉。既醒，觉四体如缚，纠缠甚密，股不得伸，首不得出。极力转侧，晕堕床下。出手摸之，则锦被囊裹，细绳束焉。起坐凝思，略见床棂，始知为己斋中。时离家已三月，家人谓其已死。郭初不敢明言，惧被仙谴；然心疑怪之。窃间一告知交，莫有测其故者。被置床头，香盈一室；拆视，则湖绵杂香屑为之，因珍藏焉。后某达官闻而诘之，笑曰：『此贾后之故智也。仙人乌得如此？虽然，此事亦宜慎秘，泄之，族矣！』有巫尝出入贵家，言其楼阁形状，绝似严东楼家。郭闻之，大惧，携家亡去；未几，严伏诛，始归。

异史氏曰：『离阁迷离，香盈绣帐；雏奴蹀躞，履缀明珠：非权奸之淫纵，豪势之骄奢，乌有此哉！顾淫筹一掷，金屋变而长门；唾壶未干，情田鞠为茂草。空床伤意，暗烛销魂。含颦玉台之前，凝眸宝幄之内。遂使糟丘台上，路人天宫；温柔乡中，人疑仙子。伧楚之帷薄固不足羞，而广田自荒者，亦足戒已！』

【译文】

郭生，是京都人，二十来岁，生得秀美潇洒，一表人才。一天傍晚，有个老太婆给他送来一坛酒。郭生奇怪这酒送得不明不白，老太婆笑着说：『不必问！只管喝，自有佳境！』说完便走了。郭生揭开酒坛一闻，香气清冽，便把酒都喝了，忽然大醉，昏沉沉地失去了知觉。等到醒来，觉得像跟一个人同睡在床上。用手摸摸，那人皮肤细腻如脂，芳香四溢，原来是个女子！郭生问她怎么回事，女子不说话；郭生便跟她交合起来。完事后，郭生摸摸墙壁，都是石头，还隐隐有股泥土的气味，极像是墓穴。郭生大惊，怀疑自己被鬼迷住，便问女子：『你是什么神灵？』女子说：『我不是神，是仙。这里是我的洞府。我跟你有夙缘，你不要惊讶，只管耐心住在这里。往里再进一道门，看见有光亮的地方，那里可以小便。』一会儿，女子起床，关上门走了。

过了很久，郭生觉得肚子饿了。一会儿，来了个女仆，送来了面饼、鸭肉，让郭生摸黑吃饭。洞府里一片昏黑，也不知是白天是夜晚。不一会儿，那女子来睡觉，郭生才知道又到了黑夜了。郭生说：『白天没有太阳，晚上没有灯火，吃饭都找不着嘴。老这样下去，嫦娥跟罗刹鬼有什么区别？天堂跟地狱又有什么两样？』女子笑着说：『因为你是世俗中人，说起话嘴上没把门的，恐怕你泄露我们的事，所以我不愿让你看到我的容貌。况且，即使暗中摸索，美丑也该不同，又何须灯光！』

过了几天，郭生非常烦闷，屡次请求回去。女子说：『明晚我跟你游一游天宫，顺便作别。』第二天，忽然有个小丫鬟打着灯笼进来，对郭生说：『娘子等你很久了！』郭生便跟着她走了出去。只见灿灿的星光下的画廊，才来到一个地方：大堂上悬挂着珠帘，点着巨大的蜡烛，照得一片通明，像白天一样。走进去，见一个美人穿着盛装，朝南坐着，二十来岁，锦袍耀人眼目，上缀着明珠，颤颤地四下垂着。地下摆了很多短蜡烛，连美人的裙子里边都照亮了，真是仙人啊！郭生见了，神志恍惚，不由自主地跪下了。美味佳肴纷纷摆了上来。美人举杯劝酒说：『喝了这杯酒。』郭生鞠了一躬说：『过去我见面不识仙人，真是惶恐惭愧！如果能容我赎罪，恳请你收我做你的忠诚奴仆！』美人听了，看着丫鬟笑起来，便命将酒席移到卧室里。女子让郭生坐在床上，喝酒之间，屡次说：『你离家很久了，暂时回去一趟也无妨。』酒过数巡，郭生还是不说走。美人便让丫鬟打着灯送他，郭生不说话，假装醉了，躺在坐榻上，推也推不动。美人便让几个丫鬟给他脱光了衣服。一个丫鬟拍了下郭生的私处，说：『这男子相貌温雅，这东西怎么这样不老实！』丫鬟们把他抬起来扔到床上，大笑着走了。美人也睡下了，郭生在床上辗转反侧。美人问：『你醉了吗？』郭生说：『小生哪里是醉了？见了仙人，神魂颠倒罢了！』女子说：『这里不是天宫。

明早趁天明，你应该早走。你既然嫌洞中幽闷，我们不如早点分别！』郭生说：『好比现在有人夜间得到一株名花，鼻闻花香，手摸花枝，苦于没有灯光照着看看。这种情景令人怎能忍受！』女子笑了，答应给他灯烛。

直到四更，女子才叫丫鬟打着灯笼，抱着衣服送郭生回洞。进入洞中，在灯光下郭生见墙壁造得很精致，睡觉的地方铺了层一尺厚的皮褥。郭生解开鞋，盖上被子，见那个丫鬟在床边徘徊不走。郭生仔细一看，长得很美，便调戏她说：『说我不老实的，是你吧？』丫鬟笑着用脚踢了踢他的枕头，说：『你该挺尸睡觉了，不要再多说！』郭生见她的鞋尖上镶嵌着许多菽粒大小的明珠，便一把捉住她的脚，丫鬟一下子扑倒在他的怀里，两个人便交合起来。丫鬟不断呻吟着，像是忍受不了。郭生问：『你多大了？』丫鬟笑着回答说：『十七岁。』郭生说：『处女也懂得情事吗？』丫鬟说：『我不是处女，但已有三年不跟人办这事了。』郭生又询问那美女的姓名、籍贯和家世，丫鬟说：『别问，这里既不是天上，跟人间也不同。如果你非要弄清楚，怕是死无葬身之地！』郭生听了，不敢再问。

第二晚，那美女来时果然带着蜡烛，二人一块儿吃饭，然后睡觉，从此习以为常。一天夜晚，女子进来说：『本想我们永远交好，没想到命运不济。马上就要清理天宫，这里没法再收容你。请让我为你饯行。』郭生流下了眼泪，请求女子给些自用的梳妆品作为纪念。女不答应，赠给他黄金一斤明珠百颗。郭生三杯酒喝完，忽然昏睡过去。一觉醒来，觉得四肢像被捆上绳索密密麻麻，捆扎得十分紧密。腿也伸不开，头也转不动，极力挣扎，头一晕，摔倒在地下。伸手一摸，自己被用细绳捆在一个锦被做成的袋子里。他坐起身极力回想，看见屋里的东西，才知道是在自己的书房中。当时，他离家已经三个月，家里人都以为他已经死了。郭生起初不敢说这件事，怕被仙人责罚，但想起来却感到奇怪。后来他偷偷地讲给知己朋友听，没有一个能猜透是怎么回事。那个用棉被做的袋子还放在郭生的床头上，散发出的香气充满了整个屋子。拆开一看，被套是用湖锦掺着香料做成的，郭生便珍藏了起来。后来，一个大官听说这件事，问了郭生经过，笑着说：『这是晋朝那个好淫的贾后曾经使过的伎俩，仙人怎会这样？虽然如此，这件事你一定要保守秘密，不能泄露。否则，会被夷灭三族的！』

有个巫婆曾经出入当时的显贵人家，说是郭生在『仙人』那里见过的那些楼阁形状，极像是严嵩的次子严世蕃家。郭生听说，恐惧万分，携家逃走了。不久，严嵩一家被诛，郭生才回家。

异史氏说：『高大的楼阁扑朔迷离，浓浓的香气充盈绣帐。小丫鬟来往伺候，脚上都缀着明珠。如果不是权奸的荒淫放纵、豪门的骄横奢侈，谁会有这种境况呢！只是想到「淫筹」一丢，藏娇的「金屋」便变成了「长门冷宫」；「香唾壶」还没干，情爱的天地就长满了荒草。这些女人独守空床，伤心失意，对着昏暗的灯烛，痛苦难消。镜台之前紧皱眉头，宝帐之内目光呆滞。于是便让沉醉中的人有路直入天宫，在温柔乡里让人疑为仙女。粗俗卑劣的人家教不严，妻妾与人淫乱，固然已谈不上羞耻；但广蓄姬妾却又让她们独守空房，这也足以为戒啊！」

乔女

平原乔生，有女黑丑，壑一鼻，跛一足。年二十五六，无问名者。邑有穆生，年四十余，妻死，贫不能续，因聘焉。三年，生一子。未几，穆生卒，家益索，大困，则乞怜其母。母颇不耐之。女亦愤不复返，惟以纺织自给。有孟生丧偶，遗一子乌头，裁周岁，以乳哺乏人，急于求配，然媒数言，辄不当意。忽见女，大悦之，阴使人风示女。女辞焉，曰：『饥冻若此，从官人得温饱，夫宁不愿？然残丑不如人，所可自信者，德耳。又事二夫，官人何取焉！』孟益贤之，向慕尤殷，使媒者函金加币，而说其母。母悦，自诣女所，固要之；女志终不夺。母惭，愿以少女字孟；家人皆喜，而孟殊不愿。居无何，孟暴疾卒，女往临哭尽哀。孟故无戚党，死后，村中无赖，悉凭陵之，家具携取一空，方谋瓜分其田产，家人亦各草窃以去，惟一妪抱儿哭帷中。女问得故，大不平。闻林生与孟善，乃踵门而告曰：『夫妇、朋友，人之大伦也。妾以奇丑，为世不齿，独孟生能知我；前虽固拒之，然固已心许之矣。今身死子幼，自当有以报知己。然存孤易，御侮难，若无兄弟父母，遂坐视其子死家灭而不一救，则五伦中可以无朋友矣。妾无所多须于君，但以片纸告邑宰；抚孤，则妾不敢辞。』林曰：『诺。』女别而归。林将如其所教；无赖辈怒，咸欲以白刃相仇。林大惧，闭户不敢复行。女听之数日寂无音；及问之，则孟氏田产已尽矣。女忿甚，锐身自诣官。官诘女属孟何人。女曰：『公宰一邑，所凭者理耳。如其言妄，即至戚无所逃罪；如非妄，即道路之人可听也。』官怒其言戆，呵逐而出。女冤愤无以自伸，哭诉于缙绅之门。某先生闻而义之，代剖于宰。宰按之，果真，穷治诸无赖，尽返所取。或议留女居孟第，抚其孤；女不肯。扃其户，使妪抱乌头，从与俱归，另舍之。凡乌头日用所需，辄同妪启户出粟，为之营辨；己锱铢无所沾染，抱子食贫，一如曩日。积数年，乌头渐长，为延师教读；己子则使学操作。妪劝使并读，女曰：『乌头之费，其所身有；我耗人之财以教己子，此心何以自明？』又数年，为乌头积粟数百石，乃聘于名族，治其第宅，析令归。乌头泣要同居，女乃从之；然纺绩如故，乌头夫妇夺其具。女曰：『我母子坐食，心何安矣？』遂早暮为之纪理，使其子巡行阡陌，若为佣然。乌头夫妻有小过，辄斥谴不少贷；稍不悛，则怫然欲去。夫妻跪道悔词，始止。未几，乌头入泮，又辞欲归。乌头不可，捐聘币，为穆子完婚。女乃析子令归。乌头留之不得，阴使人于近村为市恒产百亩而后遣之。后女疾求归。乌头不听。病益笃，嘱曰：『必以我归葬！』乌头诺。既卒，阴以金啖穆子，俾合葬于孟。及期，棺重，三十人不能举。穆子忽仆，七窍血出，自言曰：『不肖儿，何得遂卖汝母！』乌头惧，拜祝之，始愈。乃复停数日，修治穆墓已，始合厝之。

异史氏曰：『知己之感，许之以身，此烈男子之所为也。彼女子何知，而奇伟如是？若遇九方皋，直牡视之矣。』

【译文】

平原乔生有个女儿生得又黑又丑，还豁了一边鼻子，瘸了一条腿，二十五六岁，还没人来说亲。县里有个穆生四十多岁，妻子死了，穷得无力再娶，使娶了乔女。乔女过门三年，生了一个儿子，不久穆生便去世了。家境更萧索，非常困难，只得乞求母亲同情帮忙，母亲很不耐烦。乔女也发愤，不再回娘家，靠纺纱织布维持生活。

有个孟生死了妻子，留下一个周岁的孩子叫乌头，因没人带小孩，急于续娶后妻，但是媒人向他介绍了几个，他都不中意，忽见乔女，非常满意。暗地里派人把口风暗示给乔女。乔女却拒绝了。她说：『我现在穷困到这地步，跟着官人能吃得饱，穿得暖，哪有不愿意的？但我生得残疾、丑陋，相貌上的确比不过别人，可以自信的只有品德。如果又嫁两个男人，官人还能看上我哪一点呢？』孟生听了却更敬佩她了。派媒人慎重地在礼金上加以重币去打动她母亲，乔母很高兴，亲自到女儿家去，坚持要答应这门婚事，但乔女守节的志向终于无法改变，乔母很不好意思，表示愿将小女嫁给孟生，孟生家人都很高兴，但孟生却不愿意。

过了不久，孟生得急病死了，乔女很伤心赶去给孟生吊丧。孟生没有亲戚和本家，死后，村中的无赖都来欺负他家，把家里的用具掠取一空。还打算瓜分他的田产，仆人们也偷了东西逃跑，只剩下一个老太婆抱着小孩躲在帷幕里面啼哭。乔女问明原委后，非常不平，听说林生和孟生交好，便登门对林生说：『夫妇、朋友，都是人伦中很占重要地位的，我因非常丑陋为世人所瞧不起，只有孟生能理解我。在他生前我虽坚决拒绝了婚姻的要求，但我心里却把他视为知己。现在他身死子幼，我理当用行动来报答知己。但保住孤儿还比较容易，对付外人的欺凌却很困难，如果因为孟生没有父母兄弟，就坐看他家破子亡而不伸手去救，那么五伦之中就可以不要朋友这一项了。我没有更多的事要麻烦你，只请你写一张状纸告到县令那里，抚养孤儿的事，我不会推卸责任的。』林生说：『好！』乔女告别林生回到家里。林生正打算按乔女的主意写状纸投诉县宰，无赖们暴怒起来了，都说要用刀子和他作对，林生吓怕了，关起门来不敢露面。乔女眼见好多天都没有音讯，再一打听，孟家的田产已经被人瓜分光了。

乔女十分气愤，挺身自动去找县太爷，县太爷盘问乔女是孟家的什么人，乔女说：『大老爷主管一个县，所依据的应当是公理，如果说的话不合事理，即使是至亲也逃脱不了罪责，如果并非无理，哪怕是过路人说的话也是可以听信的。』县太爷认为乔女的话顶撞了他，大声呵斥把她赶出衙门。乔女冤愤满腔无处申辩，便到那些官绅家里去哭诉，有个绅士听了她的哭诉，很为她的义气所感动。代她向县令说明原委，县令经过审查果真是如此，便把那些无赖整治得走投无路，把被他们所侵占的田产用具全都追了回来。

有人主张留下乔女住在孟生家里，由她来抚养孟生的孤儿乌头，乔女不答应，把孟家的家锁了起来，叫老太婆抱着乌头跟着她回家。另外安置他们住下，凡是乌头日用所需要的东西，都同老太婆一道开门去取，粮食给她经管处理，自己一分一毫也不沾边，还像往日一样和儿子过着贫困的生活。

过了几年，乌头渐渐长大了，乔女给他聘请老师教他读书，老太婆劝她儿子也一同来上学，她叫自己的儿子学种田。她说：『乌头的钱是他自己的，我如果耗费别人的钱来教自己的儿子，我对乌头和他父亲的一片诚心怎能表白清楚？』

又过了几年，她给乌头储存了几百石粮食，又给他娶了名门望族的女儿，帮他修理房屋，分开家，叫乌头自立门户。乌头哭着要求乔女和他们住在一起，乔女答应了，但像从前一样成天纺纱绩麻，乌头夫妇夺走她的纺纱工具，她说：『叫我母子坐享其成，心里很不安。』便早晚为他们管家，叫她儿子在田间巡回察看，像当雇工一样。乌头夫妇如小有过失，便毫不通融加以责骂，如不改悔，就不高兴要离开回家。直到乌头夫妻跪着说不重犯为止。不久乌头考入县学，她又想告辞回家，乌头不肯，拿出礼金给穆生的儿子娶亲。乔女叫儿子回家去住。乌头想留也留不住，暗中派人在穆家附近买了百来亩土地，然后才送穆生的儿子回家。后来乔女病了，要求回家，乌头不听，病很重了，乔女嘱咐乌头说：『一定要把我葬回穆家。』乌头答应了。乔女死后，乌头暗中送些钱给乔女的儿子，要将乔女和孟生合葬，出殡那天，棺材重得三十多人都抬不起来。穆生的儿子突然倒在地上，七孔流血，自己骂自己说：『不孝顺的儿子，怎能出卖自己的母亲呢！』乌头非常害怕，连忙拜倒在地，进行祈祷，穆生的儿子才好了。于是推迟了几天才出殡，直到把穆生的墓修好后，才将乔女与穆生合葬了。

异史氏说：『为了报答对知己朋友的感恩，答应献出自己的毕生精力，这是刚烈的男子汉所应该做的。那乔女并没有多读圣经贤传，而她的行为为什么会如此雄奇伟大呢？如果遇到相人的九方皋，一定会把她看成一个男子汉啰！』

王货郎

济南业酒人某翁，遣子小二，往齐河索贳价。出西门，见兄阿大。时大死已久。二惊问：『哥那得来？』答云：『冥府一疑案，须弟一证之。』二作色怨讪。大指后一人如皂状者，曰：『官役在此，我岂自由耶！』但引手招之，不觉从去，尽夜狂奔，至泰山下。忽见官衙，方将并入，见群众纷出。皂问：『所事何如矣？』一人曰：『毋须复入，结矣。』皂乃释令归。大忧弟无资斧。皂思良久，即引二去，走二三十里，入村，至一家檐下，嘱云：『如有人出，便使相送；如其不肯，便道王货郎言之矣。』遂去。二冥然而僵。既晓，第主出，见人死门外，大骇。守移时，微苏；扶入饵之，始言里居，即求资送。主人难之。二如皂言。主人惊绝，急雇骑送之归。偿之，不受；问其故，亦不言，别而去。

【译文】

济南做酒生意的某老头，派儿子小二到齐河收赊账。走出西门，见到哥哥阿大。当时阿大已死了很久，小二惊讶地问：『哥哥怎能回来？』哥哥回答：『阴间有一桩疑案，必须弟弟去做一个证。』小二变脸责怪他。阿大指着身后一个像差役的人说：『官差在这里，我哪有自由哦！』用手招引小二，小二不知不觉跟去，整夜飞快奔走。到了泰山下，忽然见到官府衙门，正要一起进去，看到很多人出来。官差问：『这事怎么样了？』有个人回答：『不必再进去了，事情已结束。』官差于是释放小二叫他回去。阿大担心弟弟没有盘缠，官差想了好久，就带着小二离去，走了二三十里，进入一个村庄，来到一家屋檐下，嘱咐说：『如果有人出来，便叫他送你。如果他不肯，就说王货郎说的吧。』于是离去。小二昏沉沉仆倒。天一亮，房主出门，见有人死在门外，十分害怕。守候一个时辰才渐渐苏醒，扶进屋让他吃点东西。小二才开始说出家庭住址，便请求护送。主人感到为难。小二照那位官差的话一说，主人非常惊骇，急忙雇马送他回家。小二酬谢他，不接受，问他原因，也不讲，告辞离去。

真生

长安士人贾子龙，偶过邻巷，见一客风度洒如。问之，则真生，咸阳僦寓者也。心慕之。明日，往投刺，适值其出；凡三谒，皆不遇。乃阴使人窥其在舍而后过之，真走避不出；贾搜之始出。促膝倾谈，大相知悦。贾就逆旅，遣僮行沽。真又善饮，能雅谑，乐甚。酒欲尽，真搜箧出饮器，玉卮无当，注杯酒其中，盎然已满；以小盏挹取入壶，并无少减。贾异之，坚求其术。真曰：「我不愿相见者，君无他短，但贪心未净耳。此乃仙家隐术，何能相授？」贾曰：「冤哉！我何贪？间萌奢想者，徒以贫耳。」一笑而散。由此往来无间，形骸尽忘。每值乏窘，真辄出黑石一块，吹咒其上，以磨瓦砾，立刻化为白金，便以赠生；仅足所用，未尝盈余。贾每求益，真曰：「我言君贪，如何，如何！」贾思明告必不可得，将乘其醉睡，窃石而要之。一日，饮既卧，贾潜起，搜诸衣底。真觉之，曰：「子真丧心，不可处也！」遂辞别，移居而去。后年余，贾游河干，见一石莹洁，绝类真生物。拾之，珍藏若宝。过数日，真忽至，然若有所失。贾慰问之。真曰：「君前所见，乃仙人点金石也。曩从抱真子游，彼怜我介，以此相贻。醉后失去，隐卜当在君所。如有还带之恩，不敢忘报。」贾笑曰：「仆生平不敢欺友朋，诚如所卜。但知管仲之贫者，莫如鲍叔，君且奈何？」真请以百金为赠。贾曰：「百金非少，但授我口诀，一亲试之，无憾矣。」真恐其寡信。贾曰：「君自仙人，岂不知贾某宁失信于朋友者乎！」真授其诀。贾顾砌石上有巨石，将试之。真掣其肘，不听前。贾乃俯掬半砖置砧上曰：「若此者，非多耶？」真乃听之。贾不磨砖而磨砧；真变色欲与争，而砧已化为浑金。反石于真。真叹曰：「业如此，复何言？然妄以福禄加人，必遭天谴。如逭我罪，施材百具、絮衣百领，肯之乎？」贾曰：「仆所欲得钱者，原非欲窖藏之也。君尚视我为守钱虏耶？」真喜而去。贾得金，且施且贾；不三年，施数已满。真忽至，握手曰：「君信义人也！别后被福神奏帝，削去仙籍；蒙君博施，今幸以功德消罪。愿勉之，勿替也。」贾问真：「系天上何曹？」曰：「我乃有道之狐耳。出身綦微，不堪孽累，故生平自爱，一毫不敢妄作。」贾为设酒，遂与欢饮如初。贾至九十余，狐犹时至其家。

长山某，卖解砒药，即垂危，灌之无不活；然秘其方，不传人。一日，以株连被逮。妻弟饷狱食，隐置砒霜。坐待食已，乃告之。不信。少顷，腹中溃动，始大惊，骂曰：「畜生！速向城中物色薜荔爪为末，清水一盏，将来！」妻弟如言。觅至，某已呕泻欲死，急服之，立刻而愈。其方始传。此亦犹狐之秘其石也。

【译文】

长安人贾子龙，偶尔经过邻近街巷，看到一个外乡人，风度潇洒。一询问，原来叫真生，是从咸阳来的房客。心中羡慕他，第二天就投名帖拜访，正好真生外出。一共三次拜访都未遇见。于是暗地派人察看，趁真生在客店时拜访他，真生躲避不出来，贾子龙搜查房间才出来。促膝交谈，感到非常投机和高兴。贾子龙就在客店里派家童买酒。真生酒量大，能开高雅的玩笑，十分快乐。酒将要喝完了，真生从箱子里翻找酒具，是一只无底的玉杯，倒一杯酒进去，已是满满的了，用小杯把酒舀出，灌进酒壶中，却一点也不减少。贾子龙惊奇，一定要学他的法术。真生：说：『我不愿见你的原因，并不是你有其他缺点，只是贪心没有去净。这是神仙的秘术，怎么能传授呢？』贾子龙说：『冤枉哟！我贪什么？偶尔萌生奢望只是因为贫穷呀！』笑一笑分手了。从此来往亲密无间，不拘形迹。每当贫困窘迫时，真生就拿出一块黑石头，在上面吹气念咒，用瓦砾摩擦，不一会儿就化成银子，送给贾子龙仅仅够用，没有节余。贾子龙每每要求增加，真生说：『我说你贪心。怎么样？怎么样？』贾子龙心想明说一定得不到，准备趁他喝醉了睡觉时，窃取石头来要挟他。一天，喝酒后就睡觉，贾子龙偷偷起床，搜查真生的衣服。真生发现了他，说：『你真是丧失良心，不能与你相处！』于是告别，搬迁到别的地方居住去了。

一年多后，贾子龙在河岸散步，看见一块石头，晶莹光洁，很像真生的东西。拾起这块石头，当宝物珍藏起来。几天后真生忽然来了，像是丢了什么。贾子龙安慰他，真生说：『你以前所看到的，就是仙人点金石呀。一天，跟随抱真子游历，他欣赏我耿直，把点金石赠送给我。醉酒后丢失，暗地占卜应当在你这儿。如果物归原主，不敢忘了报答。』贾子龙笑着说：『我向来不欺骗朋友，确实像你占卜的那样，只不过了广解管仲贫寒的，谁也不如鲍叔，你将怎么办？』真生愿意用一百两银子答谢。贾子龙说：『百两银子不少，只求把口诀教给我，让我亲自试它一次，就没有遗憾了。』真生担心他不守信用。贾子龙说：『你是仙人，难道不知道我贾某不敢对朋友失信吗？』真生教授了他的口诀。贾子龙看到砌石上有块大石头，准备试验。真生捉住他的肘部不准前去。贾子龙于是弯身拾起半块砖头放在砧石上说：『领这块石头不为多吗？』真生于是听任了他，贾子龙不摩擦砖头而去摩擦砧石；真生变脸与他争夺，但是砧石已经变成了浑金。他把石头还给了真生。真生叹道：『注定这样，还有什么可说的？但是我胡乱地把福禄施与人，必定会遭受上天的谴责。如果要挽回我的罪责，请你施舍百副棺材、百件棉衣，同意这样做吗？』贾子龙回答：『我想要钱，原本就不想把它埋藏起来。你还把我看作守财奴吗？』真生高兴地离去。

贾子龙得到了金钱，一边施舍，一边做生意，不到三年，施舍数目已经完成。真生忽然来到，握着他的手说：『你是个讲信义的人！辞别后我被福神上告天帝，开除仙籍；承蒙你广泛施舍，现在有幸用功德抵罪。希望你努力做好事，不要放松。』贾子龙问真生：『你是天上哪类神仙？』回答说：『我只是成道的狐狸罢了。出身极其低贱，受不住罪孽牵累，因此一生自爱，丝毫不敢胡作非为。』贾子龙为他摆酒，像以前那样开怀畅饮。贾子龙到了九十多岁，狐仙还时时来到他家。

长山某人，卖解砒霜毒的药，即使临近死亡，喝了他的药没有不活的。但是他隐藏配方，不传授给人。一天，因株连罪被逮捕入狱。妻子的弟弟给他送饭，暗地里放了砒霜。坐下来等他吃完了才告诉他，他不相信。一会儿肚中溃乱发痛，才大吃一惊，骂道：『畜生！快到城里去找薛荔爪，碎成粉末，清水一杯，拿来！』妻弟照他所说的去了。待找药回来，某人又吐又泻，快死了。赶快服下解毒药，马上就痊愈了。他的配方才开始传世。这人就像狐仙隐藏他的点金石一样啊。

布商

布商某，至青州境，偶入废寺，见其院宇零落，叹悼不已。僧在侧曰：『今如有善信，暂起山门，亦佛面之光。』客慨然自任。僧喜，邀入方丈，款待殷勤。僧又举内外殿阁，并请装修；客辞不能。僧固强之，辞色悍怒。客惧，请倾囊倒装，悉以授僧。欲出，僧止之曰：『君竭资实非所愿，得毋甘心于我乎？不如先之。』遂持刀相向。客哀求切，不听；请自经，许之。逼置暗室而迫促之。适有防海将军经寺外，遥自缺墙外望见一红裳女子入僧舍，疑之。下马入寺，遍搜不得。至暗室所，严扃双扉，僧不肯开，托有妖异。将军怒，斩关入，则见客缢梁上。救之，复苏，诘得其情。又械问僧女子所在，实为乌有，盖神佛现化也。杀僧，财物仍以归客。客益募修庙宇，从此香火大盛。赵孝廉丰原言之最悉。

【译文】

有一个卖布匹的商人，到了山东青州。他偶然来到一座破旧的寺庙，看见里面乱七八糟、荒芜凄凉，心里非常感慨。一个和尚在他身边说：『假如今天您能做件善事，重新把山门建好，就是为佛门增加了很大的光彩。』布商就爽快地同意了他的要求。

那个和尚非常高兴，把布商请到方丈的屋里，热情款待。然后，又给他详细地介绍了庙里的内外殿阁，请他都能一一重修。布商觉得爱莫能助，就委婉地拒绝了。那个和尚却无理地逼迫他施舍，面带怒气，出言不逊。布商很害怕，只能答应和尚马上把全部钱财交出来。于是，就把口袋里所有的钱全部都拿出来递到了和尚的手里，空着手出来了。

他刚要离开，却又让那个和尚叫住了。和尚对他说：『你把所有的财钱都给了我，但是你却不是心甘情愿的，那么你怎么能不怨恨我呢？还不如把你杀掉。』便拿起一把利刀威胁他。布商跪在地上苦苦地哀求，和尚就是不听，他又请求自杀，和尚同意了。于是，和尚就逼迫他到一间比较偏僻的房屋里，让他上吊自杀。

这时候，正好有一位负责防海的将军从寺庙外边路过，从断裂的墙壁外，看见一个身上穿着红色旅服的女子走进了和尚的内舍。将军觉得非常奇怪，就下了马，进入寺庙。他四处搜查了一番，也没有看见那个女子。于是，就来到了那间偏僻的屋子前面，看见两扇门紧紧地锁着。将军命令和尚把门打开，和尚谎说屋里有妖怪，竟然不愿意打开。将军非常生气，就把门劈开闯了去。看见布商已经吊挂在房梁上，就立刻将他救下来。一会儿，布商就醒过来了。将军追问他自杀的原因，又问那女子在哪里。但是，确实没有那个女子，也许是神佛显灵了吧。

将军把和尚杀了，把钱财还给了布商。布商又凑集许多钱，把寺庙重新整修。从此以后，这座寺庙就香火旺盛了。

何仙

长山王公子瑞亭，能以乩卜。乩神自称何仙，乃纯阳弟子，或云是吕祖所跨鹤云。每降，辄与人论文作诗。李太史质君师事之，丹黄课艺，理绪明切；太史揣摹成，何仙力居多焉，故文学士多皈依之。每为人决疑难事，多凭理，不甚言休咎。辛未，朱文宗案临济南，试后，诸友请决等第。何仙索试艺，悉月旦之。有乐陵李忭，乃好学深思之士，其相好友在座，出其文，代为之请。乩批云：『一等。』少间，又批云：『适评李生，据文为断。然此生运气大晦，应犯夏楚。异哉！文与数适不相符，岂文宗不论文耶？诸公少待，试往探之。』少顷，又书云：『适至提学署中，见文宗公事旁午，所焦虑者殊不在文也。一切置之幕客，客六七人，粟生、例监，都在其中，前生全无根气，大半饿鬼道中游魂，乞食于四方者也。曾在黑暗狱中八百年，损其目之精气，如人久在洞中，乍出则天地异色，无正明也。中有一二为人身所化者，阅卷分曹，恐不能适相值耳。』众问挽回之术，书云：『其术至实，人所共晓，何必问？』众会其意，以告李。李惧，以文质孙太史子未，且诉以兆。太史赞其文，为解其惑。李心益壮，乩语不复置怀。后案发，竟居四等。太史大骇，取其文复阅之，殊无疵摘。评云：『石门公祖，素有文名，必不悠谬至此。此必幕中醉汉，不识句读者所为。』于是众益服何仙之神，共焚香祝谢之。乩又批云：『李生勿以暂时之屈，遂怀惭怍。当多写试卷，益暴之，明岁可得优等。』李如言布之。久而署中亦闻，悬牌特慰之。科试果列优等，其灵应如此。

异史氏曰：『幕中多此辈客，无怪京中丑妇巷内，至夕无闲床也。』

【译文】

山县公子王瑞亭，能扶乩算卦。请下的乩神自称何仙，是吕洞宾的弟子。有人说实际上是吕洞宾骑坐的仙鹤。何仙每次降临，都喜好和人们谈诗论文。太史李质君拜他为师。何仙为他批改文章，条理分明，准确恰当。李质君能考中进士，多亏何仙帮助。因此很多文人学士都依附何仙。但何仙为人决断疑难事时，往往分析事物的道理，不多说吉凶祸福。

辛未年，山东学政朱雯驾临济南，进行岁试。考完后，王瑞亭的朋友们请何仙判别等。何仙索要他们的文章，一一评阅。座中有人和乐陵县的李忭关系很好，李忭本是好学善思之士，大家对他期望很高。于是拿出李忭的文章，请何仙判别。何仙批道：『一等。』不一会儿，又写道：『刚才评李生一等，是依据他写的文章评判的；但该生运气太坏，只有得四等。奇怪啊！文章和运数不符，难道文宗取士不论文章好坏吗？你们稍等，我去看看。』过了一会儿，写道：『我刚才到提学官衙中，见文宗公事繁忙。一切都委托给六七个幕宾处理，廪生和例监都在其中。这些幕宾前世没有一点根气，大都是饿鬼道上的游魂，到处讨饭吃的。曾在黑暗狱中蹲了八百年，损坏了眼睛的精气，就像人久在洞中一样，乍出洞，天昏地暗，没有个正色，所以评起文章来只会是好坏不分。其中还有一两个是人托生的，但阅卷分曹，恐不能正好赶上啊！』大家便问挽回的办法，何仙批道：『办法是有，大家都知道，何必再问？』众人明白了何仙的意思，便告诉了李忭。李忭害怕，忙带了自己的文章去征求太史孙子未的意见，并告诉他文章、运数不符的预兆。孙子未看了文章后，大加赞赏，认为凭李忭的文章绝没有不考一等的道理。李忭因孙子未是文学大家，听了他的话便放心了，再不把何仙的预言放在心上。

后来放榜，李忭果然仅是四等。孙子未十分惊骇，又拿来李忭的文章反复审阅，还是找不出一点毛病。他无可奈何地说：『文宗朱公一向有文名，肯定不会荒谬到这种程度。这一定是他幕宾中那些醉汉、不懂文章的人干的！』于是，大家越发佩服何仙的神异，一块儿焚香谢祝他。何仙又批道：『李生不要因为暂时的委屈，便感到羞愧。应当将判错的试卷多多抄写，广为传送，让大家都看看，明年即可得优等。』李忭按照何仙说的去做了，时间一长，文宗衙门中也听说了这件事，便安慰李忭。第二年考试时果然名列前茅。何仙就是如此神灵。

异史氏说：『学政大人的幕中都是这类人物，无怪乎京城中那些丑八怪妓女的巷子里，到了晚上没有闲床啊！唉！』

席方平

席方平，东安人。其父名廉，性戆拙。因与里中富室羊姓有郤，羊先死；数年，廉病垂危，谓人曰：『羊某今贿嘱冥使搒我矣。』俄而身赤肿，号呼遂死。席惨怛不食，曰：『我父朴讷，今见凌于强鬼；我将赴地下，代申冤气耳。』自此不复言，时坐时立，状类痴，盖魂已离舍矣。席觉初出门，莫知所往，但见路有行人，便问城邑。少选，入城。其父已收狱中。至狱门，遥见父卧檐下，似甚狼狈；举目见子，潸然涕流。便谓：『狱吏悉受赇嘱，日夜搒掠，胫股摧残甚矣！』席怒，大骂狱吏：『父如有罪，自有王章，岂汝等死魅所能操耶！』遂出，抽笔为词。值城隍早衙，喊冤以投。羊惧，内外贿通，始出质理。城隍以所告无据，颇不直席。席忿气无所复伸，冥行百余里，至郡，以官役私状，告之郡司。迟之半月，始得质理。郡司扑席，仍批城隍覆案。席至邑，备受梏械，惨冤不能自舒。城隍恐其再讼，遣役押送归家。役至门辞去。席不肯入，遁赴冥府，诉郡邑之酷贪。冥王立拘质对。二官密遣腹心，与席关说，许以千金。席不听。过数日，逆旅主人告曰：『君负气已甚，官府求和而执不从，今闻于王前各有函进，恐事殆矣。』席以道路之口，犹未深信。俄有皂衣人唤入。升堂，见冥王有怒色，不容置词，命笞二十。席厉声问：『小人何罪？』冥王漠若不闻。席受笞，喊曰：『受笞允当，谁教我无钱耶！』冥王益怒，命置火床。两鬼捽席下，见东墀有铁床，炽火其下，床面通赤。鬼脱席衣，掬置其上，反复揉捺之。痛极，骨肉焦黑，苦不得死。约一时许，鬼曰：『可矣。』遂扶起，促使下床着衣，犹幸跛而能行。复至堂上，冥王问：『敢再讼乎？』席曰：『大冤未伸，寸心不死，若言不讼，是欺王也。必讼！』又问：『讼何词？』席曰：『身所受者，皆言之耳。』冥王又怒，命以锯解其体。二鬼拉去，见立木，高八九尺许，有木板二，仰置其下，上下凝血模糊。方将就缚，忽堂上大呼『席某』，二鬼即复押回。冥王又问：『尚敢讼否？』答云：『必讼！』冥王命捉去速解。既下，鬼乃以二板夹席，缚木上。锯方下，觉顶脑渐辟，痛不可禁，顾亦忍而不号。闻鬼曰：『壮哉此汉！』锯隆隆然寻至胸下。又闻一鬼云：『此人大孝无辜，锯令稍偏，勿损其心。』遂觉锯锋曲折而下，其痛倍苦。俄顷，半身辟矣。板解，两身俱仆。鬼上堂大声以报。堂上传呼，令合身来见。二鬼即推令复合，曳使行。席觉锯缝一道，痛欲复裂，半步而踣。一鬼于腰间出丝带一条授之，曰：『赠此以报汝孝。』受而束之，一身顿健，殊无少苦。遂升堂而伏。冥王复问如前，席恐再罹酷毒，便答：『不讼矣。』冥王立命送还阳界。隶率出北门，指示归途，反身遂去。席念阴曹之暗昧尤甚于阳间，奈无路可达帝听。世传灌口二郎为帝勋戚，其神聪明正直，诉之当有灵异。窃喜两隶已去，遂转身南向。

奔驰间，有二人追至，曰：『王疑汝不归，今果然矣。』捽回复见冥王。窃意冥王益怒，祸必更惨；而王殊无厉容，谓席曰：『汝志诚孝。但汝父冤，我已为若雪之矣。今已往生富贵家，何用汝鸣呼为。今送汝归，予以千金之产、期颐之寿，于愿足乎？』乃注籍中，嵌以巨印，使亲视之。席谢而下。鬼与俱出，至途，驱而骂曰：『奸猾贼！频频反复，使人奔波欲死！再犯，当捉入大磨中，细细研之！』席张目叱曰：『鬼子胡为者！我性耐刀锯，不耐挞楚。请反见王，王如令我自归，亦复何劳相送。』乃返奔。二鬼惧，温语劝回。席故蹇缓，行数步，辄憩路侧。鬼含怒不敢复言。约半日，至一村，一门半辟，鬼引与共坐；席便据门阈。二鬼乘其不备，推入门中。惊定自视，身已生为婴儿。愤啼不乳，三日遂殇。魂摇摇不忘灌口，约奔数十里，忽见羽葆来，幡戟横路。越道避之，因犯卤簿，为前马所执，絷送车前。仰见车中一少年，丰仪瑰玮。问席：『何人？』席冤愤正无所出，且意是必巨官，或当能作威福，因缅诉毒痛。车中人命释其缚，使随车行。俄至一处，官府十余员，迎谒道左，车中人各有问讯。已而指席谓一官曰：『此下方人，正欲往诉，宜即为之剖决。』席询之从者，始知车中即上帝殿下九王，所嘱即二郎也。席视二郎，修躯多髯，不类世间所传。九王既去，席从二郎至一官廨，则其父与羊姓并衙隶俱在。少顷，槛车中有囚人出，则冥王及郡司、城隍也。当堂对勘，席所言皆不妄。三官战栗，状若伏鼠。二郎援笔立判；顷之，传下判语，令案中人共视之。

判云：『勘得冥王者：职膺王爵，身受帝恩。自应贞洁以率臣僚，不当贪墨以速官谤。而乃繁缨棨戟，徒夸品秩之尊；羊狠狼贪，竟玷人臣之节。斧敲斫，斫入木，妇子之皮骨皆空；鲸吞鱼，鱼食虾，蝼蚁之微生可悯。当掬西江之水，为尔湔肠；即烧东壁之床，请君入瓮。城隍、郡司，为小民父母之官，司上帝牛羊之牧。虽则职居下列，而尽瘁者不辞折腰；即或势逼大僚，而有志者亦应强项。乃上下其鹰鸷之手，既罔念夫民贫；且飞扬其狙狯之奸，更不嫌乎鬼瘦。惟受赃而枉法，真人面而兽心！是宜剔髓伐毛，暂罚冥死；所当脱皮换革，仍令胎生。隶役者：既在鬼曹，便非人类。只宜公门修行，庶还落蓐之身；何得苦海生波，益造弥天之孽？飞扬跋扈，狗脸生六月之霜；隳突叫号，虎威断九衢之路。肆淫威于冥界，咸知狱吏为尊；助酷虐于昏官，共以屠伯是惧。当以法场之内，剁其四肢；更向汤镬之中，捞其筋骨。羊某：富而不仁，狡而多诈。金光盖地，因使阎摩殿上，尽是阴霾；铜臭熏天，遂教枉死城中，全无日月。余腥犹能役鬼，大力直可通神。宜籍羊氏之家，以赏席生之孝。即押赴东岳施行。』又谓席廉：『念汝子孝义，汝性良懦，可再赐阳寿三纪。』因使两人送之归里。席乃抄其判词，途中父子共读之。既至家，席先苏；令家人启棺视父，僵尸犹冰，俟之终日，渐温而活。及索抄词，则已无矣。自此，家日益丰，三年间，良沃遍野；

而羊氏子孙微矣，楼阁田产，尽为席有。里人或有买其田者，夜梦神人叱之曰：『此席家物，汝乌得有之！』初未深信；既而种作，则终年升斗无所获，于是复鬻归席。席父九十余岁而卒。

异史氏曰：『人人言净土，而不知生死隔世，意念都迷，且不知其所以来，又乌知其所以去；而况死而又死，生而复生者乎？忠孝志定，万劫不移，异哉席生，何其伟也！』

【译文】

席方平是东安人。他父亲名叫席廉，生性憨厚老实，和同村的财主羊某结下了怨仇。羊某先死了，过了几年，席廉也得了重病，临死的时候对人说：『羊某现在贿赂了阴间的差役，叫他们拷打我呢。』一会儿，他就浑身红肿，惨叫着死去了。席方平看到父亲惨死的情景，悲痛得吃不下东西，他说：『我父亲是个老实人，口齿笨拙，如今受着恶鬼的欺凌，我要到阴间去，给我父亲申冤出气。』从此他就不言不语，一会儿坐着，一会儿站着，就像痴呆了一样，原来他的灵魂已经离身而去了。

席方平觉得刚一出门的时候，茫茫然不知该往哪儿走，只要看到路上有人经过，就打听县城在什么地方。没多久，便进了城。一打听，他父亲已经被关押在监狱里。他赶到监狱门口，远远望见父亲躺在房檐下，样子似乎很狼狈；席廉抬头看见儿子来了，眼泪禁不住扑簌簌地往下掉。他就对儿子说：『管监狱的全都得到羊某的贿赂，日日夜夜拷打我，我的两条腿都被他们打烂了！』席方平听了很愤怒，大骂那些狱吏说：『我父亲如果有罪，自有王法惩治他，怎能让你们这些死鬼胡作非为呢！』说完就走出监狱，拿起笔写了一张状子。刚好城隍早上坐堂问案，他就上去喊冤，递了状子。羊某害怕了，里里外外进行贿赂，打通关节之后，才出庭和他对质。城隍认为席方平的控告没凭没证，不给他申冤，把状子驳回。席方平一肚子冤气没有地方申诉，就摸黑走了一百多里，到了府城，把城隍衙役徇私舞弊的情况告到了郡司那里。拖延了半个月，才得到审理。郡司一升堂，不问青红皂白，就把席方平毒打了一顿，仍旧批回城隍复审。席方平被押回县城，受尽种种酷刑，心中的悲惨和冤愤无法排解。城隍怕他再去上告，就派差役押送他回家。差役把他押送到家门口就返回去了。

席方平不肯就此回家，连大门也不进，又偷偷跑到阎王府，控告郡司和城隍贪赃枉法。阎王立即差人去拘拿他们来对质。郡司和城隍慌了，连忙暗地派遣心腹之人向席方平说情，答应送给他一千两银子。席方平却不理睬他们。过了几天，客店的主人对席方平说：『先生你负气也太过分了，官府前来请求和解，你却执意不听，现在听说他们都向阎王送了很多礼物，恐怕你的事情不妙了。』席方平认为这是道听途说，还不大相信。不久，有两个穿黑衣服的差役来传他进去。上了公堂，只见阎王面有怒容，不容分说，就喝令打他二十大板。席方平厉声质问：『我犯了什么罪？』阎王冰冷着脸，好像没有听到。席方平一面挨着板子，一面大声喊叫：『该打！该打！谁叫我没有钱啊！』阎王更加恼怒，喝令带他下去受火床的刑罚。两个鬼役把席方平揪下去，只见东面的台阶上有一张铁床，床下烈火熊熊，把床面烤得通红。鬼役剥光席方平的衣服，把他提起来扔到火床上，翻来覆去地揉搓他。席方平痛得要命，骨肉都被烤得焦黑，只恨不能够马上就死去。大约烤了一个时辰，鬼役说：『可以了。』就把他扶起来，催他下床穿上衣服，幸而一瘸一拐的还勉强能够走路。又回到阎王殿上，阎王问他：『还再告状吗？』席方平说：『大冤还没有申雪，我的心是不死的，如果说不再告状，那是欺骗你阎王。我一定要告！』阎王又问：『你告什么呢？』席方平说：『凡是我亲身遭受的一切，统统都要说出来。』阎王又发起怒来，下令用大锯把他的身体锯成两半。

两个鬼役把席方平拉出去，只见那里竖着一根木桩，八九尺高，有两块木板平放在木桩下面，木板上凝结着的血迹一片模糊。鬼役刚要把席方平绑起来，两个鬼役马上又把他拉回去。阎王又问他：『你还敢告状吗？』席方平回答说：『一定要告！』阎王就喝令快捉下去锯开。下了殿堂后，鬼役就用那两块木板把席方平夹起来，捆在木桩上。锯子刚刚拉下去，席方平感到脑壳渐渐裂开，痛得实在忍受不了，但他还是咬紧牙关，一声也不号叫。只听见鬼役称赞说：『真是个硬汉子啊！』锯声隆隆地响着，很快就锯到胸口。又听见一个鬼役说：『这是个大孝子，并没犯罪，我们把锯子稍微拉偏一点，不要损坏他的心。』席方平就觉得锯齿歪斜着拉下去，更感痛苦万分。顷刻之间，身体已被锯成两半。鬼役刚解开木板，两片身子都倒在地上。鬼役上了殿堂，大声向阎王禀报。殿堂上传下话来，叫把他的身体合起来再上殿堂。两个鬼役立即把两片身子推合到一块儿，拉着他往前走。席方平觉得身上那道锯缝，痛得又要裂开似的，刚挪动半步就跌倒了。一个鬼役从腰间取出一条丝带交给他，说：『这条带子送给你，酬报你的孝行。』席方平接过来往腰上一束，马上觉得浑身壮健，一点痛也没有了。于是就上了殿堂，跪在地下。阎王又用先前那句话问他，席方平恐怕再遭毒刑，就说：『不告了。』阎王立刻下令送他回阳间。鬼役领他出了北门，指给他回家的路，转身就回去了。

席方平心想，这阴曹地府的暗无天日比阳间更厉害，怎奈没有办法让玉皇大帝知道。世上传说灌口的二郎神是玉皇大帝的亲戚，很有功劳，而且这位神仙聪明正直，向他告状一定有用。心里暗暗高兴两个鬼役已经走了，于是转身向南奔去。正在急匆匆赶路的时候，有两个人追上来，说：『阎王疑心你不回家，现在果然如此。』说完就揪住他，又押他回去见阎王。席方平心想，这次阎王一定更加恼怒，自己也一定受到更加残酷的毒刑；哪知阎王脸上一点怒意也没有，对席方平说：『你确实很孝顺。不过你父亲的冤屈，我已经为你们申雪了。他现在已经托生到富贵人家，哪里还要你鸣冤叫屈。现在送你回阳间，赏给你千金的家产、百岁的寿命，记在生死簿上，盖上大印。还让席方平亲眼看看。席方平道谢后就走下殿堂。两个鬼役和他一道出来，送到半路上，鬼役一边驱赶他前走，一边骂道：『你这奸猾的贼子！一次又一次地翻来覆去，害得我们来回奔波，差点给你累死！如果再敢这样，就把你提起来，塞进大磨里，细细地把你磨成粉末！』席方平瞪着眼睛怒斥道：『鬼东西，你们想干什么！我经得起刀砍锯拉，就是耐不住打骂。请返回去问过阎王，要是阎王叫我回去，又何必劳驾你们来送我？』说完转身往回就跑。两个鬼役害怕了，连忙向他说好话，把他劝回来。席方平故意一步一拐地慢慢而行，走几步就坐在路旁歇一歇。两个鬼役虽然憋着一肚子火气，却不敢再咕哝了。大约走了半天，到了一个村庄，有户人家大门半开着，鬼役就领着席方平一起坐下歇歇脚；席方平就坐在门槛上。两个鬼役趁他没有防备，把他推入大门里。席方平吃了一惊，定神一看，自己已经转生为婴儿了。他愤怒地啼哭，一滴奶也不吃，三天后就死了。

他的魂魄飘飘荡荡，总忘不了要到灌口去，奔跑了几十里，忽然看见一辆用羽毛装饰的车过来了，旌旗如云，剑戟林立，道路都给遮住了。席方平连忙穿过大路，想躲避一下，却因此冲撞了仪仗队，被开路的马队捉住，绑着送到车前。他抬头一看，只见车里坐着一位年轻人，仪表魁伟、气度不凡。他问席方平：『你是什么人？』席方平满腔冤愤正无处申诉，又猜想这个年轻人一定是个大官，或许有权力能给自己申冤雪恨，就把自己所遭受的酷刑从头细细诉说一番。车里的年轻人听后就叫人给席方平解开绳子，让他跟着车子走。走了一会儿，来到一个地方，有十多名官员站在路旁迎接拜见。车里的年轻人一个个和他们打了招呼。然后指着席方平对一位官员说：『这个下界的人正想上你那儿告状，应该马上替他剖明是非。』席方平私下向随从人员打听，才知道车里坐的人是玉皇大帝的殿下九王；他所嘱托的人就是二郎神。席方平打量一下二郎神，只见他高高的身材，满脸胡子，并不像世上传说的那个样子。

九王走后，席方平跟着二郎神来到一所官署，只见他父亲和羊某以及差役都在那里。一会儿，来了一辆囚车，从里面走出几个犯人，原来是阎王、郡司和城隍。二郎神马上审问，叫他们当堂对质，席方平的控告句句属实。三个鬼官吓得浑身发颤，那丑态就像蜷伏在地上的老鼠。二郎神提起笔来立即判决；片刻，判决书传了下来，叫和这个案子有关的人都看看。判决书写道：

『查得阎王，荣任王爵的职位，身受玉帝的恩德。本应忠贞廉洁以做下属的表率，不该贪赃枉法招来人们的非议。你却耀武扬威，只会夸耀品位的尊贵；又狠又贪，竟然玷污人臣的节操。像斧头敲凿、凿子入木那样敲诈勒索，连妇女小孩的皮骨都榨取一空；像鲸吞大鱼、大鱼吃虾那样弱肉强食，百姓那蝼蚁般的生命实在可怜。应捧来西江之水，给你洗刷肮脏的肚肠；马上烧红东墙下的铁床，请你入瓮尝尝火烤的滋味。城隍、郡司，身为百姓的父母官，代替上帝治理人民。虽然官位低下，但能够鞠躬尽瘁的人就会不辞劳苦；即使有大官以权势相逼，但有志气的人也应该决不屈服。你们却像鹰鸷那样凶残，上下串通，全然不考虑人民的贫苦；又像狙猃那样狡猾，耍尽奸计，甚至不嫌穷鬼的瘦弱。只知贪赃枉法，真是人面兽心！应该剔掉骨髓，刮去皮毛，先在阴间处以死刑；还要脱去人皮，换上兽革，再让你们投胎托生。阴差鬼役既然身在鬼曹，就已不是人类。只应在衙门里多做善事，也许还能复生为人身；怎能在苦海中兴风作浪，犯下更多的弥天大罪？飞扬跋扈，六月的炎热天气，狗脸上也生出一层霜雪；狂冲乱叫，四通八达的道路，借老虎的威风把它阻断。在阴间大逞淫威，使大家都知道狱吏的厉害；帮助残暴的昏官，使大家说起刽子手就心惊。应该拉到法场上，砍去你们的四肢；再放到汤锅里，捞取你们的筋骨。羊某，为富不仁，狡猾奸诈。金银的光芒遮盖着地府，只见阎罗殿上，阴森森黑雾弥漫；铜钱的臭气熏染着天空，搅得枉死城里，昏沉沉日月全无。铜臭的余腥尚且能够驱使鬼役，财力的广大简直可以串通神明。应该抄没羊某人的家产，用来赏席方平的孝义。立即把人犯押赴泰山，依法执行。』

判完之后，二郎神又对席廉说：『念你儿子孝义可嘉，你的性情又善良懦弱，可以再赐给你三十六年的阳寿。』说完就让两个差役送他们回家。席方平便将判决词抄下来，在路上父子两人一同诵读。

到家以后，席方平先苏醒过来；他就叫家人打开棺材，只见父亲的尸体还僵硬冰冷，等了一天，才逐渐回升体温而复活过来。待要寻找那抄录的判决词，却已经无影无踪了。从此以后，他们家的日子一天比一天富裕；三年的工夫，良田沃地遍野；而羊某的子孙却一天天衰落，楼阁房舍、田园产业，全部归到席方平家。村里有人买了羊家的田产，夜里就梦见神人斥责说：『这是席家的东西，你怎能占有它！』起初还不大相信；等到种上庄稼以后，一年到头也收不到一升半斗的粮食，于是又卖给了席方平家。席方平的父亲活到九十多岁才离开人世。

异史氏说：『人人都谈论洁净自然的佛国，却不知生和死隔着一个世界，生前的一切想法死后都迷糊了，连它是怎么来的都不知道，又如何知道它是怎么去的？何况是死了又死，生了又生的呢？忠孝的意志非常坚定，即使经历万般劫难也毫不动摇，不寻常的席方平，他是多么伟大啊！』

胭脂

东昌卞氏，业牛医者，有女小字胭脂，才姿惠丽。父宝爱之，欲占凤于清门，而世族鄙其寒贱，不屑缔盟，以故及笄未字。对户龚姓之妻王氏，佻脱善谑，女闺中谈友也。一日，送至门，见一少年过，白服裙帽，丰采甚都。女意似动，秋波萦转之。少年俯其首，趋而去。去既远，女犹凝眺。王窥其意，戏之曰：『以娘子才貌，得配若人，庶可无恨。』女晕红上颊，脉脉不作一语。王问：『识得此郎否？』答云：『不识。』王曰：『此南巷鄂秀才秋隼，故孝廉之子。妾向与同里，故识之。世间男子，无其温婉。今衣素，以妻服未阕也。娘子如有意，当寄语使委冰焉。』女无言，王笑而去。数日无耗，心疑王氏未暇即往，又疑宦裔不肯俯拾。邑邑徘徊，萦念颇苦；渐废饮食，寝疾惙顿。王氏适来省视，研诘病因。答言：『自亦不知。但尔日别后，即觉忽忽不快，延命假息，朝幕人也。』王小语曰：『我家男子，负贩未归，尚无人致声鄂郎。芳体违和，非为此否？』女赪颜良久。王戏之曰：『果为此者，病已至是，尚何顾忌？先令夜来一聚，彼岂不肯可？』女叹息曰：『事至此，已不能羞。但渠不嫌贫寒，即遣媒来，病当愈；若私约，则断断不可！』王颔之，遂去。王幼时与邻生宿介通，既嫁，宿侦夫他出，辄寻旧好。是夜宿适来，因述女言为笑。戏嘱致意鄂生。宿久知女美，闻之窃喜，幸其机之可乘也。将与妇谋，又恐其妒，乃假无心之词，问女家闺闼甚悉。次夜，逾垣入，直达女所，以指叩窗。内问：『谁何？』答以：『鄂生。』女曰：『妾所以念君者，为百年，不为一夕。郎果爱妾，但宜速倩冰人；若言私合，不敢从命。』宿姑诺之，苦求一握纤腕为信。女不忍过拒，力疾启扉。宿遽入，即抱求欢。女无力撑拒，仆地上，气息不续。宿急曳之。女曰：『何来恶少，必非鄂郎；果是鄂郎，其人温驯，知妾病由，当相怜恤，何遂狂暴如此！若复尔尔，便当鸣呼，品行亏损，两所无益！』宿恐假迹败露，不敢复强，但请后会。女以亲迎为期。宿以为远，又请之。女厌纠缠，约待病愈。宿求信物，女不许。宿捉足解绣履而去。女呼之返，曰：『身已许君，复何吝惜？但恐「画虎成狗」，致贻污谤。今亵物已入君手，料不可反。君如负心，但有一死！』宿既出，又投宿王所。既卧，心不忘履，阴摸衣袂，竟已乌有。急起篝灯，振衣冥索。诘之，不应。疑妇藏匿，妇故笑以疑之。宿不能隐，实以情告。言已，遍烛门外，竟不可得。懊恨归寝，窃幸深夜无人，遗落当犹在途也。早起寻之，亦复杳然。先是，巷中有毛大者，游手无籍。尝挑王氏不得，知宿与洽，思掩执以胁之。是夜，过其门，推之未扃，潜入。方至窗外，踏一物，软若絮帛，拾视，则巾裹女舄。伏听之，闻宿自述甚悉，喜极，抽身而出。逾数夕，越墙入女家，门户不悉，误诣翁舍。翁窥窗，见男子，察其音迹，知为女来者。心忿怒，操刀直出。毛大骇，反走。方欲攀垣，而卞追已近，急无所逃，反身夺刀；媪起大呼，毛不得脱，因而杀之。女稍痊，闻喧始起。共烛之，翁脑裂不复能言，俄顷已绝。于墙下得绣履，媪视之，胭脂物也。逼女，女哭而实告之；但不忍贻累王氏，言鄂生之自至而已。天明，讼于邑。邑宰拘鄂。鄂为人谨讷，年十九岁，见人羞涩如童子。被执，骇绝。上堂不知置词，惟有战栗。宰益信其情实，横加梏械。书生不堪痛楚，以是诬服。既解郡，敲扑如邑。生冤气填塞，每欲与女面相质；及相遭，女辄诟詈，遂结舌不能自伸，由是论死。往来复讯，经数官无异词。后委济南府复案。时吴公南岱守济南，一见鄂生，疑不类杀人者，阴使人从容私问之，俾得尽其词。公以是益知鄂生冤。筹思数日，始鞫之。先问胭脂：『订约后，有知者否？』答：『无之。』『遇鄂生时，别有人否？』亦答：『无之。』乃唤生上，温语慰之。生自言：『曾过其门，但见旧邻妇王氏与少女出，某即趋躲，过此并无一言。』吴公叱女曰：『适言侧无他人，何以有邻妇也？』欲刑之。女惧曰：『虽有王氏，与彼实无关涉。』公罢质，命拘王氏。数日已至，又禁不与女通，立刻出审，便问王：『杀人者谁？』王对：『不知。』公诈之曰：『胭脂供言，杀卞某汝悉知之，胡得隐匿？』妇呼曰：『冤哉！淫婢自思男子，我虽有媒合之言，特戏之耳。彼自引奸夫入院，我何知焉！』公诘细之，始述其前后相戏之词。公呼女上，怒曰：『汝言彼不知情，今何以自供撮合哉？』女流涕曰：『自己不肖，致父惨死，讼结不知何年，又累他人，诚不忍耳。』公问王氏：『既戏后，曾语何人？』王供：『无之。』公怒曰：『夫妻在床，应无不言者，何得云无？』王供：『丈夫久客未归。』公曰：『虽然，凡戏人者，皆笑人之愚，以炫己之慧，更不向一人言，将谁欺？』命梏十指。妇不得已，实供：『曾与宿言。』公于是释鄂拘宿。宿至，自供：『不知。』公曰：『宿妓者必无良士！』严械之。宿自供：『赚女是真。自失履后，未敢复往，杀人实不知情。』公怒曰：『逾墙者何所不至！』又械之。宿不任凌籍，遂以自承。招成报上，无不称吴公之神。铁案如山，宿遂延颈以待秋决矣。然宿虽放纵无行，故东国名士。闻学使施公愚山贤能称最，又有怜才恤士之德，因以一词控其冤枉，词言怆恻。公讨其招供，反复凝思之，拍案曰：『此生冤也！』遂请于院、司，移案再鞫。

问宿生：『鞋遗何所？』供言：『忘之。但叩妇门时，犹在袖中。』转诘王氏：『宿介之外，奸夫有几？』供言：『无有。』公曰：『淫乱之人，岂得专私一个？』供言：『身与宿介，稚齿交合，故未能谢绝；后非无见挑者，身实未敢相从。』因使指其人以实之。供云：『同里毛大，屡挑而屡拒之矣。』公曰：『何忽贞白如此？』命搒之。妇顿首出血，力辨无有，乃释之。又诘：『汝夫远出，宁无有托故而来者？』曰：『有之。某甲、某乙，皆以借贷馈赠，曾一二次入小人家。』盖甲、乙皆巷中游荡子，有心于妇而未发者也。公悉籍其名，并拘之。既集，公赴城隍庙，使尽伏案前。便谓：『曩梦神人相告，杀人者不出汝等四五人中。今对神明，不得有妄言。如肯自首，尚可原宥；虚者，廉得无赦！』同声言无杀人之事。公以三木置地，将并加之；括发裸身，齐鸣冤苦。公命释之，谓曰：『既不自招，当使鬼神指之。』使人以毡褥悉障殿窗，令无少隙；袒诸囚背，驱入暗中，始投盆水，一一命自盥讫；系诸壁下，戒令『面壁勿动。杀人者，当有神书其背。』少间，唤出验视，指毛曰：『此真杀人贼也！』盖公先使人以灰涂壁，又以煤烟濯其手：杀人者恐神来书，故匿背于壁而有灰色；临出，以手护背，而有烟色也。公固疑是毛，至此益信。施以毒刑，尽吐其实。判曰：『宿介：蹈盆成括杀身之道，成登徒子好色之名。只缘两小无猜，遂野鹜如家鸡之恋；为因一言有漏，致得陇兴望蜀之心。将仲子而逾园墙，便如鸟堕；冒刘郎而至洞口，竟赚门开。感帨惊尨，鼠有皮胡若此？攀花折树，士无行其谓何！幸而听病燕之娇啼，犹为玉惜；怜弱柳之憔悴，未似莺狂。而释幺凤于罗中，尚有文人之意；乃劫香盟于袜底，宁非无赖之尤！蝴蝶过墙，隔窗有耳；莲花卸瓣，堕地无踪。假中之假以生，冤外之冤谁信？天降祸起，酷械至于垂亡；自作孽盈，断头几于不续。彼逾墙钻隙，固有玷夫儒冠；而僵李代桃，诚难消其冤气。是以稍宽笞扑，折其已受之惨；姑降青衣，开其自新之路。若毛大者：刁猾无籍，市井凶徒。被邻女之投梭，淫心不死；伺狂童之入巷，贼智忽生。开户迎风，喜得履张生之迹；求浆值酒，妄思偷韩掾之香。何意魄夺自天，魂摄于鬼。浪乘槎木，直入广寒之宫；径泛渔舟，错认桃源之路。遂使情火息焰，欲海生波。刀横直前，投鼠无他顾之意；寇穷安往，急兔起反噬之心。越壁入人家，止期张有冠而李借；夺兵遗绣履，遂教鱼脱网而鸿离。风流道乃生此恶魔，温柔乡何有此鬼蜮哉！即断其首，以快人心。胭脂：身犹未字，岁已及笄。以月殿之仙人，自应有郎似玉；原霓裳之归队，何愁贮屋无金？而乃感关雎而念好逑，竟绕春婆之梦；怨摽梅而思吉士，遂离倩女之魂。为因一线缠萦，致使群魔交至。争妇女之颜色，恐失「胭脂」，惹鸷鸟之纷飞，并托「秋隼」。莲钩摘去，难保一瓣之香；铁限敲来，几破连城之玉。嵌红豆于骰子，相思骨竟作厉阶；丧乔木于斧斤，可憎才真成祸水！葳蕤自守，幸白璧之无瑕；缧绁苦争，喜锦衾之司覆。嘉其入门之拒，犹洁白之情人；遂其掷果之心，亦风流之雅事。仰彼邑令，作尔冰人。』案既结，遐迩传诵焉。目吴公鞫后，女始知鄂生冤。堂下相遇，腆然含涕，似有痛惜之词，而未可言也。生感其眷恋之情，爱慕殊切，而又念其出身微，且日登公堂，为千人所窥指，恐娶之为人姗笑，日夜萦回，无以自主。判牒既下，意始安帖。邑宰为之委禽，送鼓吹焉。

异史氏曰：『甚哉！听讼之不可以不慎也！纵能知李代为冤，谁能知桃僵亦屈？然事虽暗昧，必有其间，要非审思研察，不能得也。呜呼！人皆服哲人之折狱明，而不知良工之用心苦矣。世之居民上者，棋局消日，绸被放衙，下情民艰，更不肯一劳方寸。至鼓动衙开，巍然高坐，彼哓哓者直以桎梏静之，何怪覆盆之下多沉冤哉！』

愚山先生吾师也。方见知时，余犹童子。窃见其奖进士子，拳拳如恐不尽；小有冤抑，必委曲呵护之，曾不肯坐威学校，以媚权要。真宣圣之护法，不止一代宗匠，衡文无屈士已也。而爱才如命，尤非后世学使虚应故事者所及。尝有名士入场，作『宝藏兴焉』文，误记『水下』；录毕而后悟之，料无不黜之理。作词曰：『宝藏在山间，误认却在水边。山头盖起水晶殿。瑚长峰尖，珠结树颠。这一回崖中跌死撑船汉！告苍天：留点蒂儿，好与友朋看。』先生阅文至此，和之曰：『宝藏将山夸，忽然见在水涯。樵夫漫说渔翁话。题目虽差，文字却佳，怎肯放在他人下。尝见他，登高怕险；那曾见，会水淹杀。』此亦风雅之一班，怜才一事也。

【译文】

山东东昌县有一个姓卞的人，是个牛医。他有一个女儿，小名为胭脂，相貌长得非常漂亮，父亲一直想跟大户人家结为连理。可是那些大户人家都认为他出身卑微而看不起他，不愿意和他家攀亲。由于这个缘故，这位胭脂姑娘一直到了盘发插笄也没许人。家对门有一个姓龚的妇人王氏，性格轻佻，喜欢说笑，成了闺房里的姑娘们聊天的伙伴儿。一天，胭脂将王氏送出门，正好有一个年轻人从此处走过，身穿干净整洁的白衣服，潇洒倜傥，一表人才。胭脂似乎动了心，两眼总盯着他转。那年轻人低下头，加快了脚步而去。已经走得很远了，胭脂还在注视着他。王某窥察到了胭脂的意思，对她开玩笑说：『凭姑娘才貌，嫁给这样的人，才不算遗憾。』胭脂脸红了，脉脉含情不说一句话。王某问：『认识这个公子吗？』胭脂答：『不认识。』王某说：『这是南巷鄂秋隼公子，已故举人的儿子。我以前和他是邻居，所以认得他。他的温柔多情，世上没有男子比得上。因为妻子丧期未满，所以穿着孝服。姑娘如果有意思，我一定带信去让他请媒人来。』胭脂不说话，王某笑着走了。

胭脂疑心王氏没空马上去说，又猜疑鄂秋隼是官宦后代不肯低就。她心情忧郁，思来想去，十分苦闷，渐渐不吃不喝，病倒在床上。正好王氏来看她，胭脂答道：『我自己不知道，只是那天分手以后，就觉得恍恍惚惚不舒坦，现在苟延残喘，恐怕不久就要死了。』王氏小声说：『我丈夫出门做买卖没回来，还找不到人去跟鄂郎说一声。你身体不舒服，难道是为了这事？』胭脂脸色绯红，呆了半晌没有言语。王氏逗她说：『要真是为了这个，你都病成这样，还顾忌什么？先叫他夜里来相聚一次，他难道不答应？』胭脂叹息说：『事情到了这个地步，我也顾不上了，如果她不嫌我，打发媒人来求婚我的病就会好；如果私自约会，那万万不行！』王氏点点头就走了。

王氏出嫁前就和邻居的学生宿介私通。她出嫁以后，宿介只要听说她男人不在家，就来重叙旧好。这天夜里，宿介正好来到王氏家。王氏就把胭脂说的话当作笑话讲给宿介听，并且开玩笑地嘱咐他带信给鄂秀才。宿介早就听说胭脂长得很漂亮，听王氏说完，心里暗暗高兴，认为有机可乘实在是很幸运。他本想与王氏商议一番，又怕她嫉妒，于是假装说些无心的话，借机打听胭脂家的门径，问得一清二楚。

第二天晚上，宿介就爬过墙偷偷地进到胭脂的家里，径直来到胭脂的卧室窗外，用手轻轻地敲了几下窗户。里面有人问：『是谁呀？』宿介回答说是鄂生。胭脂说：『我之所以如此想念您，是为了白头偕老，而不只为了这一晚上。鄂郎您如果真心喜欢我，就请您快回去找来媒人；假如想在暗地里偷情，我是绝对不会同意的。』宿介就假装同意，但是却一再恳求能够握一下她的手表示定情。胭脂不忍心拒绝他，就勉强支撑着身子起来把窗户打开，宿介乘虚而入，马上把胭脂抱住求欢。胭脂无力反抗，就倒在了地上，喘不上气来。宿介着急得无法忍耐就去撕扯她的衣服，胭脂说：『哪里来的无赖，你肯定不是鄂郎；假如你是鄂郎，那他一定是很温顺体贴的。知道了我的病因，一定能怜香惜玉，怎么能如此粗暴无礼！如果你再这样，我只能一死，你我两个人的名声都会受到污辱，我们都不会有好处的。』宿介听了她说的这些话，害怕自己假扮的事情暴露，也就不敢继续强迫，可是却请求定下下一次见面的日子。胭脂说迎娶的那天就是你我见面的日子。宿介说太遥远了，让她重新再选一个日子。胭脂非常厌恶他的无礼纠缠，就约他等到病好以后。宿介又请求胭脂赠送给他一件物品作为定情信物，胭脂没有同意。宿介硬把姑娘的脚捉住，把绣鞋脱下就离开了。胭脂叫他回来，说：『我既然愿意嫁给你，还有什么舍不得的？只是怕「画虎不成反类狗」，事情没有办成，反被大家耻笑。如今我贴身的东西已经让你拿去了，猜想你一定不愿意把它还给我。可是，如果你有负于我的话，我就只能一死！』

宿介离开之后，又来到王氏家里。上床以后，心里念念不忘地想着胭脂的绣鞋，偷偷到袖子里一摸，竟找不到了。急忙点灯抖擞衣服，也没有结果。问王氏，王氏不说话，他疑心是她藏起来了。王氏故意对他笑笑，更增加他的怀疑。宿介认为瞒不过她，就一五一十地把实情告诉她。讲完又拿灯到门外到处找，但还是没有找到，只得懊丧地回房睡觉。暗想好在半夜里外面没有人走，即使是掉落了，也一定是掉在路上。于是第二天一清早就赶着去找，结果依然没有找到。

原来，这条巷里有个叫毛大的，是个游手好闲没有户籍的人。他曾挑逗王氏，没得手。他知道宿介跟王氏相好，想找机会捉奸，以便要挟王氏。这天晚上，毛大来到王氏家门口，一推门，没上闩，就偷偷进去。刚到窗下，踩着一件东西，软软的像棉絮，捡起来一看，是一条巾子包着一只女人的绣鞋。他趴在窗外偷听，把宿介说的那话听得一清二楚，高兴极了，就抽身溜走了。

过了几天，毛大翻过墙头，进到胭脂家，但他不熟悉卞家的门径，竟然撞到了卞老汉的屋前。卞老汉从窗里看见是一个男人，看他那副鬼鬼祟祟的样子，知道是为女儿而来。卞老汉心里冒火，操起一把刀就冲出来。毛大一见，大为害怕，转身就走。刚要爬上墙头，卞老汉已经追到跟前，毛大急得无路可逃，便转身去夺卞老汉手中的刀。这时，卞氏也起了床，大声喊叫起来。毛大脱不了身，便杀死了卞老汉。胭脂的病刚有好转，听到院子里的吵闹声，也起了床，母女二人点上蜡烛，出来一看，发现卞老汉的脑壳已被劈开，说不出话来，很快就气绝身亡。两人在墙根下找到一只绣鞋，胭脂娘一看，认出是胭脂的，便逼问女儿，胭脂哭着将实情告诉了母亲，只是不忍心连累王氏，便只说鄂秀才自己前来的。

天亮后，她们就告到县衙里。县令马上派人将鄂生抓来了。鄂生为人正直忠厚，也不太会说话，十九岁了，平时羞答答像个小孩子似的。抓来以后，吓得不知怎么办才好。来到大堂之上，已经不能说话，只是浑身发抖。县令一看他这个样子，更加相信案情无可怀疑，立刻严刑逼供。鄂生是个文弱的书生，无法忍受折磨，于是就含冤受屈地承认了。然后，把他押送到州府里，严刑拷打跟县里一样，他满怀冤气，好多次都想和胭脂当堂对质。等见了面，胭脂每次都用手指着他破口大骂，鄂生气得吞吞吐吐，无法辩解，因此被判为死刑。经过反复审讯，几个主审官员都没有持不同意见。最后交给济南府再审。

当时吴南岱担任太守，一看到鄂生，怀疑他不像杀人凶手，暗地派人温和地审问他，以了解详尽的情况。吴公因此更加认为鄂生冤枉。筹划思考几天，才审讯这个案子。首先审问胭脂：『你们订约后，有人知道吗？』回答：『没有。』『见到鄂生时另外有人吗？』又回答：『没有。』接着唤鄂生上堂，吴公温和地慰问他。鄂生说：『我曾路过胭脂家门，只见到老邻居王某和一个年轻女子出来，我赶快躲避走过，以后并没说一句话。』吴公指责胭脂：『刚才说没有他人，怎么又有鄂生的老邻居呢？』正要动刑，胭脂害怕，说：『虽有王某在场，与她没有关系。』吴公停止对质，下令拘捕王某。拘捕王某后，不让她和胭脂联系，马上开堂审她：『胭脂供认杀死卞某的事你全知道，怎么能不招认？』王某大声说：『冤枉啊，骚丫头自己想男人，我虽然讲过给她找媒人的话，只是开开玩笑。她自己勾引男人进屋，我怎么知道！』吴公仔细盘问她，她才开始讲述戏弄胭脂的前后经过。吴公唤胭脂上堂，愤怒斥责：『你说王某不知情，如今她为什么招供做媒呢？』胭脂痛哭流涕，诉说：『我是个不孝的女儿，致使父亲惨遭杀害。官司不知打到哪年，又要连累他人，真不忍心。』吴公审问王某：『戏弄之后，曾又跟谁说过？』王某答：『没有。』吴公发怒：『夫妻在床上无话不说，你怎么能说没有呢？』王某说：『丈夫外出很久，没有回来。』吴公说：『尽管如此，但是凡戏弄人的，都喜欢嘲弄别人愚蠢，炫耀自己聪明。你不向另外的人说，想骗谁？』下令夹她十指，王某不得不如实招供：『曾经和宿介说过。』吴公于是释放了鄂生，拘捕宿介。宿介上堂，招供说：『不知道。』吴公说：『嫖宿的一定不是好人！』严刑拷打宿介，宿介招供：『诓骗胭脂倒是真的。自从丢了绣花鞋后，不敢再去，杀人的事确实不知道。』吴公说：『敢翻墙的人什么事做不出！』又加拷打。宿介不能忍受，也就冤屈招认。案子上报后，都称赞吴公神明。铁证如山，宿介只好坐等秋天处决。

原来，宿介虽然放荡，品行不端，却是山东的名士。他听说提学使施愚山更为贤能，又有惜才爱士的美德，就写了一张状子向他申诉自己的冤枉，言辞极为沉痛悲切。施愚山调来他的案卷，反复凝神思考，忽然一拍桌子说：『这秀才冤枉啊。』于是报请巡抚和按察使，把案子移交给他再行审理。他问宿介：『绣花鞋在哪里丢失的？』宿介供道：『忘了。但在敲王氏家门时，还在衣袖里。』施愚山转而问王氏：『除宿介之外，你还有几个奸夫？』王氏供道：『没有。』施愚山说：『淫乱的女人，怎么只专跟一个人私通？』王氏供称：『我和宿介幼年相好，所以没能拒绝他。后来不是没有来挑逗的，但我确实没有依从。』施愚山就让她指出哪些人曾经挑逗过她。王氏供称：『同街坊的毛大曾经多次来勾引我，每次都被我拒绝了。』施愚山说：『怎么忽然那么贞洁呢？』下令动刑。王氏磕头以致流血，极力辩白没别的奸夫，施愚山才放开她。又问：『你丈夫出远门，难道没有人借故上你家来吗？』王氏说：『有的，某甲、某乙都为借钱或赠送东西，曾到我家来过一两次。』原来某甲、某乙都是街坊上的浪荡子，他们对王氏心存邪念但都还没有动作。施愚山记下他们的名字，把他们全抓了起来。

人犯到齐后，把他们带到城隍庙，叫他们全体跪在神案面前，便说：『前两天梦见神告诉我，凶手就在你们几个人中间。现在对着菩萨，不准讲假话。如果肯自首，还可以设法减轻罪状；要欺骗的话，查清楚以后就别想活！』几个人一齐呼冤，说从来没有杀过人。学使叫人把刑具拿出来，把他们衣服剥下，头发扎住，准备用刑，这几个人又大叫冤枉。学使说：『好，先不上刑。你们自己既然不肯招，就请菩萨来把凶手找出来。』他吩咐差役，用毛毯被褥遮住窗户，不能有一点亮光照进来。然后把这几个囚犯的后背都露出来，赶进黑屋中，给他们每人一盆水，叫他们自己将手洗净，然后又用绳子套住脖子，把他们缚在墙下面。然后命令他们对着墙壁不准动，谁是凶手，菩萨会在背上写明白的。

一会儿，把他们全带出来，学使查看了一会儿，指着毛大说：『这就是真正的凶手了！』原来，施学使预先让人把石灰涂在墙上，又用烟煤水让他们洗手。杀人犯害怕神灵写字，所以将脊背贴着墙，沾上了白灰，临出来前又用手遮住脊背，又染上了煤烟色。施学使本来就怀疑毛大是杀人犯，至此更加确信。于是对他施以大刑，毛大全部说出了犯罪实情。

最后，施大人做出裁决，判词是这样写的：『宿介，不安分守己。即使被人冤枉，也是咎由自取，姑且看在屡次遭受严刑拷打，就不再用刑。现在把你儒生的资格取消，给予今后重新做人的机会。毛大，原本是街坊上的地痞，而又贪图美色，勾引王氏没有成功，竟然翻墙到卞家去窃玉偷香，被人发现，走投无路，居然起了歹毒之心，杀人灭口。现判为死刑，大快人心。胭脂，正是年轻，如花似玉，何愁找不到称心的郎君？没想到竟然因为一见钟情念念不忘，差一点玷污了自己的洁白之躯。值得高兴的是守住贞洁，还能够成全这桩好事。县令大人还可以给你们俩保媒。』

自从吴公审讯后，胭脂才知道鄂公子被冤屈。公堂下相见，她惭愧地含着眼泪，对她也真心爱慕。鄂公子被她的眷恋深情所感动，似乎有痛惜的话要说，但又不好说。她在公堂上被指指点点，担心娶了她会被人嘲笑。日夜思虑，不能自主。判词宣布，心才平静。县令为他们下了聘礼，并奏乐成亲。

异史氏说：『确实啊！审理案件不可以不慎重啊！纵使能够知道像鄂秋隼这样代人受过的人是冤枉的，又有谁会想到像宿介这样也是代人受过的人是冤屈的呢？但是，事情虽然暧昧不清，其中亦必有破绽，如果不是仔细地思考观察，是不可能发现的。

呜呼！人们都佩服贤明而有智慧的人断案神明，却不知道技艺高明的人如何费尽心思地构思。世间那些做官的人，只知道下棋消遣时光，好逸贪睡荒废政务，民情再怎么艰苦，他们也不会费一点儿心思。至于在百姓的鼓动下开了衙门，官员高高地坐在大堂上，对那些争辩的人径直用刑具来使他们安静下来，难怪百姓多有沉冤得不到昭雪啊！』愚山先生是我的良师。起初跟他学习的时候，我还只是一个小孩子。我经常看见他夸奖学生，千辛万苦怕自己没有尽到责任。学生受到一些委屈，他都心疼地呵护，从来都没有在学堂上狐假虎威、恐吓学生，以此来巴结做官的。愚山先生真是大肆宣传圣贤之道的卫护佛法的人，不仅是一代宗师，而且评论文章公正，不让读书人委屈。他爱才胜过自己的生命，更不是以后的一些学使们故意装腔作势、只做浅薄文章的人所比得上的。曾经有位名士进场，试题是『宝藏兴焉』。他误写成『水』，誊写完后才醒悟，料想没有不被罢黜的道理。因此又在文后写了一篇词：『宝藏在山间，误认在水边。山头盖起水晶殿，珊瑚长在峰尖，珍珠结在树颠。这一回悬崖中跌死撑船汉！祈求上天给留点情面，好与朋友看。』愚山先生看后题词相和：『宝藏将山夸，忽然出现在水涯。樵夫漫说渔翁话。题目虽差，文字却佳，怎肯放在他人下？尝见他登高怕险。那曾见，会水淹杀？』这也是反映先生的为人风雅和惜才的一个事例。

瑞云

瑞云，杭之名妓，色艺无双。年十四岁，其母蔡媪，将使出应客。瑞云告曰：『此奴终身发轫之始，不可草草。价由母定，客则听奴自择之。』媪曰：『诺。』乃定价十五金，遂日见客。客求见者必以贽：贽厚者，接一弈，酬一画；薄者，留一茶而已。瑞云名噪已久，自此富商贵介，日接于门。余杭贺生，才名夙著，而家仅中资。素仰瑞云，固未敢拟同鸳梦，亦竭微贽，冀得一睹芳泽。窃恐其阅人既多，不以寒酸在意；及至相见一谈，而款接殊殷。坐语良久，眉目含情，作诗赠生曰：『何事求浆者，蓝桥叩晓关？有心寻玉杵，端只在人间。』生得之狂喜。更欲有言，忽小鬟来白『客至』，生仓猝遂别。既归，吟玩诗意，梦魂萦扰。过一二日，情不自已，修贽复往。瑞云接见良欢。移坐近生，悄然谓：『能图一宵之聚否？』生曰：『穷踧之士，惟有痴情可献知己。一丝之贽，已竭绵薄。得近芳容，意愿已足；若肌肤之亲，何敢作此梦想？』瑞云闻之，戚然不乐，相对遂无一语。生久坐不出，媪频唤瑞云以促之，生乃归。心甚悒悒，思欲罄家以博一欢，而更尽而别，此情复何可耐？筹思及此，热念都消，由是音息遂绝。瑞云择婿数月，更不得一当，媪颇恚，将强夺之而未发也。一日，有秀才投贽，坐语少时，便起，以一指按女额曰：『可惜，可惜！』遂去。瑞云送客返，共视额上有指印，黑如墨，濯之益真。过数日，墨痕渐阔；年余，连颧彻准矣。见者辄笑，而车马之迹以绝。媪斥去妆饰，使与婢辈伍。瑞云又荏弱，不任驱使，日益憔悴。贺闻而过之，见蓬首厨下，丑状类鬼。起首见生，面壁自隐。贺怜之，便与媪言，愿赎作妇。媪许之。贺货田倾装，买之而归。入门，牵衣揽涕，且不敢以伉俪自居，愿备妾媵，以俟来者。贺曰：『人生所重者知己：卿盛时犹能知我，我岂以衰故忘卿哉！』遂不复娶。闻者共姗笑之，而生情益笃。居年余，偶至苏，有和生与同主人，忽问：『杭有名妓瑞云，近如何矣？』贺以『适人』对。又问：『何人？』曰：『其人率与仆等。』和曰：『若能如君，可谓得人矣。不知价几何许？』贺曰：『缘有奇疾，姑从贱售耳。不然，如仆者，何能于勾栏中买佳丽哉！』又问：『其人果能如君否？』贺以其问之异，因反诘之。和笑曰：『实不相欺：昔曾一觐其芳仪，甚惜其以绝世之姿，而流落不偶，故以小术晦其光而保其璞，留待怜才之真鉴耳。』贺急问曰：『君能点之，亦能涤之否？』和笑曰：『乌得不能？但须其人一诚求耳。』贺起拜曰：『瑞云之婿，即某是也。』和喜曰：『天下惟真才人为能多情，不以妍媸易念也。请从君归，便赠一佳人。』遂与同返。既至，贺将命酒。和止之曰：『先行吾法，当先令治具者有欢心也。』即令以盥器贮水，戟指而书之，曰：『濯之当愈，然须亲出一谢医人也。』贺笑捧而去，立俟瑞云自靧之，随手光洁，艳丽一如当年。夫妇共德之，同出展谢，而客已渺，遍觅之不可得，意者其仙欤？

【译文】

瑞云是杭州名妓，容貌无比，才艺卓绝。在她十四岁的时候，老鸨蔡婆让她开始接客。瑞云说：『这是我第一次见客，不能太草率。身价由您定，但客人由我自己选择。』蔡婆同意了，把价钱定为十五两银子。从此，瑞云每天都见客人，谨慎地挑选对象。凡是要求见面的客人，都一定要送上礼金。礼金丰厚的，瑞云就陪他下棋并回敬一幅画；礼金少的，就只能留下来喝一杯清茶而已。瑞云早就声名远播，一听说她准备接客，那些富商贵族纷至沓来，整日在门口等待接见。

有个姓贺的书生，向来很有才名，但是家境不宽裕，仅是中等人家罢了。他也一向仰慕瑞云，虽然从未奢求能与心上人肌肤相亲，但还是竭尽所能，准备了一份微薄的礼金，希望能一睹芳容。这一天，贺生来到瑞云住处，奉上礼金后，便在客厅忐忑不安地等待，私下担心瑞云见多识广，不会把他这种寒酸书生放在眼里。可等到相见交谈时，瑞云丝毫没有嫌弃之意，反而特别殷勤地款待贺生。两人坐着聊了很长时间，言谈间，瑞云笑语盈盈，一双美目饱含深情，并作了一首诗赠给贺生。贺生见这诗中暗表情意，不禁欣喜若狂，正想再多说几句话，这时有个小丫鬟掀开帘子走进来，禀告说：『又有客人来了。』贺生只能与瑞云仓促道别了。

回家以后，他反复吟咏着赠诗，对瑞云日思夜想，魂牵梦绕。过了一两天，他实在按捺不住自己的思念，便准备了礼金再次去见瑞云。瑞云见到贺生也非常高兴，坐在他身边，悄悄问道：『公子能为我赎身吗？』贺生说：『我不过是个穷困书生，只有一片痴情可以献给知己，这一点微薄的礼金，已经是我的全部身家了。能够有机会和你见面，我就已经很满足了，哪还敢妄想其他的？』瑞云听了闷闷不乐，两人都沉默下来，相对无语。贺生在瑞云房里已经待了很长时间，蔡婆频频叫唤瑞云，催促贺生快点离开。不得已，贺生只好回去了。他心里烦闷，愁苦不堪，打算拿出全部家产来博一时的欢愉，可是回头又思量着，一夜之后就得分别，以后的思念之情又将要如何挨过呢？一想到这儿，满腔热情就消退得无影无踪，强压下对瑞云的思念，断绝了音讯。

瑞云择客好几个月，左挑右选，总是没有一个称心的，蔡婆十分生气，有意要强迫她，只是一时还没有那么做。有一天，来了个秀才，送了礼金后，与瑞云说了一会儿话，就起身要走。离开的时候，他用一个指头在瑞云的额头按了一下，连声叹息道：『可惜啊，可惜。』说完就走了。等到瑞云送走客人返回的时候，大家发现她额头上有个指印，颜色如墨汁一般浓黑，越洗就越清晰。过了几天，额头上的黑斑竟然越长越大，一年多以后，黑斑已经扩散到了整张脸，见到她的人都嘲笑她，追捧她的客人也因此绝迹了。蔡婆便夺走了瑞云的一切珠宝首饰，让她做丫鬟干苦活儿。瑞云身子娇弱，经不起驱遣，日益变得憔悴了。

贺生听说了这件事，就去探望她，只见瑞云蓬头垢面待在厨房里，样子极其丑陋，跟鬼似的。瑞云抬头望见贺生，急忙遮住脸，转头面壁，不想让贺生看到她的丑态。贺生看她这般狼狈，十分同情，于是跟蔡婆说想赎出瑞云，娶她做自己的妻子。蔡婆答应了。贺生回去后变卖所有的家产，赎回瑞云。瑞云一进贺生的家门，就不由呜呜哭泣起来，说自己面容丑陋配不上贺生，不敢做他的妻子，只希望能充当他的丫鬟，伺候他直到将来娶妻。贺生对她说：『人生在世，最重要的是知己。在你鼎盛一时的时候尚且没有看不起我，我又怎么会因为你现在落难而把你忘记呢？』于是不再娶妻。人们听说了这件事，都纷纷嘲笑贺生。

而贺生却不为所动，对瑞云的感情越来越深厚。

过了一年多，有一次贺生来到苏州，投宿在一家客栈，在他的隔壁住着一个姓和的书生。两人寒暄了几句，和生忽然问他：『杭州有个有名的妓女瑞云，不知近来怎么样了。』贺生回答说：『她已经嫁人了。』和生又问：『嫁给什么人了？』贺生说：『所嫁的人和我差不多。』和生说：『如果所嫁之人和你一样，那就算是嫁对人了。不知赎身价是多少。』贺生说：『因为瑞云得了一种怪病，所以卖价很低。要不然像我这样的人，怎么能在烟柳巷中买回佳人呢？』和生又问：『所嫁的人果真和你差不多吗？』贺生觉得他的问话很奇怪，就反问和生为什么问这样的问题。和生笑着说：『实不相瞒，我曾经也到杭州见过瑞云，很可怜她徒有绝世佳容却沦落风尘，所以就略施小技，掩藏了她的美丽容貌，从而保存住她的清白，希望她有机会遇上真正爱惜她的人。』听他这么一说，贺生急忙问：『您既然能够给她一个黑印，是不是也能为她洗掉呢？』和生笑着说：『怎么不行呢？只需瑞云的丈夫来求我即可。』贺生连忙起身下拜说：『瑞云的丈夫就是我呀。』和生高兴地说：『这天底下呀，只有真正有才德的人才能这么痴情，不会因为对方的美丑而改变心意。请让我跟你一起回去吧，到时候就还你一个佳人。』于是两人一同回到杭州。

到家以后，贺生赶忙叫人准备酒菜。和生制止他说：『还是先施法术，得让做饭的人高高兴兴地去准备酒菜。』于是，就让人端来一盆水，手指在水面上划动，书写符篆，然后说：『用这水洗脸就会痊愈。但是，要让她亲自来谢谢我这医治之人。』贺生乐呵呵地捧着水进屋，站在一旁，焦心地等瑞云用水洗脸。只见水到之处，皮肤就立即变得光洁，转眼间，瑞云就恢复了容貌，如当年一般艳丽了。夫妻俩万分欣喜，忙走出来道谢，可和生已经不知所终，到处找也没有找到。他们猜想和生必定是位神仙吧。

仇大娘

仇仲，晋人，忘其郡邑。值大乱，为寇俘去。二子福、禄俱幼；继室邵氏，抚双孤，遗业幸能温饱。而岁屡祲，豪强者复凌藉之，遂至食息不保。仲叔尚廉利其嫁，屡劝驾，而邵氏矢志不摇。廉阴券于大姓，欲强夺之；关说已成，而他人不之知也。里人魏名夙狡狯，与仲家积不相能，事事思中伤之。因邵寡，伪造浮言以相败辱。大姓闻之，恶其不德而止。久之，廉之阴谋与外之飞语，邵渐闻之，冤结胸怀，朝夕陨涕，四体渐以不仁，委身床榻。福甫十六岁，因缝纫无人，遂急为毕姻。妇，姜秀才屺瞻之女，颇称贤能，百事赖以经纪。由此用渐裕，乃使禄从师读。魏忌嫉之，而阳与善，频招福饮，福倚为腹心交，魏忌嫉之，而阳与善，频招福饮，福倚为腹心交。魏乘间告曰：『尊堂病废，不能理家人生产；弟坐食，一无所操作；贤夫妇何为作马牛哉！且弟买妇，将大耗金钱。为君计，不如早析，则贫在弟而富在君也。』福归，谋诸妇，妇咄之。奈魏日以微言相渐渍，福惑焉，直以己意告母。母怒，诟骂之。福益恚，辄视金粟为他人之物也者而委弃之。魏乘机诱与博赌，仓粟渐空，妇知而未敢言。既至粮绝，被母骇问，始以实告。母愤怒而无如何，遂析之。幸姜女贤，旦夕为母执炊，奉事一如平日。福既析，益无顾忌，大肆淫赌。数月间，田产悉偿赌债，而母与妻皆不及知。福资既罄，无所为计，因券妻贷资，而苦无受者。邑人赵阎罗，原漏网巨盗，武断一乡，固不畏福言之食也，慨然假资。福持去，数日复空。意踟蹰，将背券盟。赵横目相加。福大惧，赚妻付之。魏闻窃喜，急奔告姜，实将倾败仇也。姜怒，讼兴。福惧甚，亡去。姜女至赵家，始知为婿所卖，大哭，但欲觅死。赵初慰谕之，不听；既而威逼之，益骂；大怒，鞭挞之，终不肯服。因拔笄自刺其喉，急救，已透食管，血溢出。赵急以帛束其项，犹冀从容而挫折焉。明日，拘牒已至，赵行行殊不置意。官验女伤重，命笞之，隶相顾无敢用刑。官久闻其横暴，至此益信，大怒，唤家人出，立毙之。姜遂舁女归，自姜之讼也，邵氏始知福不肖状，一号几绝，冥然大渐。禄时年十五，茕茕无以自主。

先是，仲有前室女大娘，嫁于远郡，性刚猛，每归宁，馈赠不满其志，辄迕父母，往往以愤去，仲以是怒恶之；又因道远，遂数载不一存问。邵氏垂危，魏欲招之来而启其争。适有贸贩者，与大娘同里，便托寄语大娘，且歆以家之可图。数日，大娘果与少子至。入门，见幼弟侍病母，景象惨澹，不觉怆恻。因问弟福，禄备告之。大娘闻之，忿气塞吭，曰：『家无成人，遂任人蹂躏至此！吾家田产，诸贼何得赚去！』因入厨下，爇火炊糜，先供母，而后呼弟及子共啖之。啖已，忿出，诣邑投状，讼诸博徒。众惧，敛金赂大娘。大娘受其金而仍讼之。邑令拘甲、乙等，各加杖责，田产殊置不问。大娘愤不已，率子赴郡。郡守最恶博者。大娘力陈孤苦，及诸恶局骗之状，情词慷慨。守为之动，判令邑宰追田给主；仍惩仇福，以儆不肖。既归，邑宰奉令敲逼，于是故产尽反。大娘时已久寡，乃遣少子归，且嘱从兄务业，勿得复来。大娘由此止母家，养母教弟，内外有条。母大慰，病渐瘥，家务悉委大娘。里中豪强，少见陵暴，辄握刃登门，侃侃争论，罔不屈服。居年余，田产日增。时市药饵珍肴，馈遗姜女。又见禄渐长成，频嘱媒为之觅姻。魏告人曰：『仇家产业，悉属大娘，恐将来不可复返矣。』人咸信之，故无肯与论婚者。有范公子子文，家中名园，为晋第一。园中名花夹路，直通内室。或不知而误入之，值公子私宴，怒执为盗，杖几死。会清明，禄自塾中归，魏引与游遨，遂至园所。魏故与园丁有旧，放令入，周历亭榭。俄至一处，溪水汹涌，有画桥朱槛，通一漆门；遥望门内，繁花如锦，盖即公子内斋也。魏绐之曰：『君请先入，我适欲私焉。』禄信之，寻桥入户，至一院落，闻女子笑声。方停步间，一婢出，窥见之，旋踵即返。禄始骇奔。无何，公子出，叱家人绾索逐之。禄大窘，自投溪中。公子反怒为笑，命诸仆引出。见其容裳都雅，便令易其衣履，曳入一亭，诘其姓氏。蔼容温语，意甚亲昵。俄趋入内，旋出，笑握禄手，过桥，渐达曩所。禄不解其意，逡巡不敢入。公子强曳入之，见花篱内隐隐有美人窥伺。既坐，则群婢行酒。禄辞曰：『童子无知，误践闺闼，得蒙赦宥，已出非望。但愿释令早归，受恩匪浅。』公子不听。俄顷，肴炙纷纭。禄又起，辞以醉饱。公子捺坐，笑曰：『仆有一乐拍名，若能对之，即放君行。』禄唯唯请教。公子云：『拍名「浑不似」。』禄默思良久，对曰：『银成「没奈何」。』公子大笑曰：『真石崇也！』禄殊不解。盖公子有女名蕙娘，美而知书，日择良偶。夜梦一人告之曰：『石崇，汝婿也。』问：『何在？』曰：『明日落水矣。』早告父母，共以为异。禄适符梦兆，故邀入内舍，使夫人女辈共觇之也。公子闻对而喜，乃曰：『拍名乃小女所拟，屡思而无其偶，今得属对，亦有天缘。仆欲以息女奉箕帚；寒舍不乏第宅，更无烦亲迎耳。』禄惶然逊谢，且以母病不能入赘为辞。公子姑令归谋，遂遣圉人负湿衣，送之以马。既归告母，母惊为不祥。于是始知魏氏险；然因凶得吉，亦置不仇，但戒子远绝而已。逾数日，公子又使人致意母，母终不敢应。大娘应之，即倩双媒纳采焉。未几，禄赘入公子家，年余游泮，才名籍甚。妻弟长成，敬少弛；禄怒，携妇而归。母已杖而能行。频岁赖大娘经纪，第宅亦颇完好。新妇既归，婢仆如云，宛然有大家风焉。魏又见绝，嫉妒益深，恨无瑕之可蹈，乃引旗下逃人诬禄寄资。国初立法最严，禄依令徙口外。范公子上下贿托，仅以蕙娘免行；田产尽没入官。幸大娘执析产书，锐身告理，新增良沃若干顷，悉挂福名，母女始得安居。禄自分不返，遂写离婚字付岳家，伶仃自去。行数日，至都北，饭于旅肆。有丐子怔莹户外，貌绝类兄；近致讯诘，果兄。禄因自述，兄弟悲惨。禄解复衣，分数金，嘱令归。福泣受而别。禄至关外，寄将军帐下为奴。因禄文弱，俾主支籍，与诸仆同栖止。仆辈研问家世，禄悉告之。内一人惊曰：『是吾儿也！』盖仇仲初为寇家牧马，后寇投诚，卖仲旗下，讨从主屯关外。向禄缅述，始知真为父子，抱首悲哀，一室为之酸辛。已而愤曰：『何物逃东，遂诈吾儿！』因泣告将军。将军即命禄摄书记；函致亲王，付仲诣都。仲伺车驾出，先投冤状。亲王为之婉转，遂得昭雪，命地方官赎业归仇。仲返，父子各喜。禄细问家口，为赎身计，乃知仲入旗下，两易配而无所出，时方鳏也。禄遂治任返。初，福别弟归，蒲伏自投。大娘奉母坐堂上，操杖问之：『汝愿受扑责，便可姑留；不然，汝田产既尽，亦无汝啖饭之所，请仍去。』福涕泣伏地，愿受笞。大娘投杖曰：『卖妇之人，亦不足惩。但宿案未消，再犯首官可耳。』即使人往告姜。姜女骂曰：『我是仇氏何人，而相告耶！』大娘频述告福而揶揄之，福惭愧不敢出气。居半年，大娘虽给奉周备，而役同厮养。福操作无怨词，托以金钱辄不苟。大娘察其无他，乃白母，求姜女复归。母意其不可复挽。大娘曰：『不然。渠如肯事二主，楚毒岂肯自罹？要不能不有此忿耳。』遂率弟躬往负荆。岳父母诮让良切。大娘叱使长跪，然后请见姜女。请之再四，坚避不出；大娘搜捉以出。女乃指福唾骂，福惭汗无以自容。姜母始曳令起。大娘请问归期。女曰：『向受姊惠綦多，今承尊命，岂复有异言？但恐不能保其不再卖也！且恩义已绝，更何颜与黑心无赖子共生活哉？请别营一室，妾往奉事老母，较胜披削足矣。』大娘代白其悔，为翌日之约而别。次朝，以乘舆取归，母逆于门而跪拜之。女伏地大哭。大娘劝止，置酒为欢，命福坐案侧，乃执爵而言曰：『我苦争者，非自利也。今弟悔过，贞妇复还，请以簿籍交纳；我以一身来，仍以一身去耳。』夫妇皆兴席改容，罗拜哀泣，大娘乃止。居无何，昭雪之命下，不数日，田宅悉还故主。魏大骇，不知其故，自恨无术可以复施。适西邻有回禄之变，魏托救焚而往，暗以编菅爇禄第，风又暴作，延烧几尽；止余福居两三屋，举家依聚其中。未几禄至，相见悲喜。初，范公子得离书，持商蕙娘。蕙娘痛哭，碎而投诸地。父从其志，不复强。禄归，闻其未嫁，喜如岳所。公子知其灾，欲留之；禄不可，遂辞而退。大娘幸有藏金，出葺败堵。福负锸营筑，掘见窖镪，夜与弟共发之，石池盈丈，满中皆不动尊也。由是鸠工大作，楼舍群起，壮丽拟于世胄。禄感将军义，备千金往赎父。福请行，因遣健仆辅之以去。禄乃迎蕙娘归。未几，父兄同归，一门欢腾。大娘自居母家，禁子省视，恐人议其私也。父既归，坚辞欲去。兄弟不忍。父乃析产而三之：子得二，女得一也。大娘固辞。兄弟皆泣曰：『吾等非姊，乌有今日！』大娘乃安之。遣人招子，移家共居焉。或问大娘：『异母兄弟，何遂关切如此？』大娘曰：『知有母而不知有父者，惟禽兽如此耳，岂以人而效之？』福禄闻之皆流涕，使工人治其第，皆与己等。魏自计十余年，祸之而益以福之，深自愧悔。又仰其富，思交欢之，因以贺仲阶进，备物而往。福欲却之；仲不忍拂，受鸡酒焉。鸡以布缕缚足，逸入灶；灶火燃布，往栖积薪，僮婢见之而未顾也。俄而薪焚灾舍，一家惶骇。幸手指众多，一时扑灭，而厨中百物俱空矣。兄弟皆谓其物不祥。后值父寿，魏复馈牵羊。却之不得，系羊庭树。夜有僮被仆殴，忿趋树下，解羊索自经死。兄弟叹曰：『其福之不如其祸之也！』

自是魏虽殷勤，竟不敢受其寸缕，宁厚酬之而已。后魏老，贫而作丐，每周以布粟而德报之。

异史氏曰：『噫嘻！造物之殊不由人也！益仇之而益福之，彼机诈者无谓甚矣。顾受其爱敬，而反以得祸，不更奇哉？此可知盗泉之水，一掬亦污也。』

【译文】

有个名叫仇仲的山西人，不知道他属哪府哪县。遇上大乱，被强盗俘虏了去。留下两个儿子仇福和仇禄，年龄都小；他续娶的妻子邵氏抚养两个孤儿，幸好他留下的产业还能维持温饱。但连年受灾，恶霸土豪又欺压他们，便弄得生活不保，仇仲的叔父仇尚廉觉得邵氏改嫁对自己有利，就屡次劝她，但邵氏立志守节不为所动。仇尚廉暗地同一个大户人家立下契约，想强迫邵氏出嫁；已经谈妥，而外人还不知道。

在同乡里有一个人叫魏名，向来狡猾多端，他和仇家一向有仇恨，因此凡事都要对仇家诬蔑陷害。魏名见邵氏守寡，就私自编造了一些谣言中伤她，企图把她的名誉毁坏。这户有钱人家相信了魏名所说的这些谣言，恨邵氏不守妇道而且娶她的主意也打消了。

时间长了，尚廉的诡计和外面的闲言碎语，邵氏也逐渐听见了一些，一切怨愤都凝结在胸中，就整天伤心哭泣，慢慢地就得病了，躺在床上无法起来。仇福只有十六岁，因为家中连个缝缝补补的人都没有，邵氏就给他娶了个妻子。仇福的妻子是姜屺瞻秀才的女儿，他的妻子为人非常贤惠勤劳，家里的事情都由她经营料理，从此家里的生活慢慢地富裕。邵氏又为仇禄请了一个老师，让他读书。

魏名看到仇家的日子慢慢好起来，心里非常嫉妒，就表面上与仇家和善，经常请仇福喝酒，仇福把他当作知心朋友。魏名趁机告诉仇福说：『你母亲生病瘫痪，不能料理家产，弟弟吃白饭不能干一点事。你们夫妇俩为什么做牛马啊！况且弟弟娶媳妇，还要耗费大笔钱。替你着想，还不如早点分家，那么弟弟虽贫困你却富裕了。』仇福回家和媳妇商量，媳妇斥责他。无奈魏名每天用小话来慢慢感染他，仇福被迷惑，直接把他的想法告诉母亲，母亲愤怒了，大骂他一顿。仇福更加恼火，就把家中钱粮当成人家的东西一样乱花乱扔。魏名趁机引诱仇福赌博，仓里粮食渐渐空荡。媳妇知道但不敢说。等到没有粮食了，母亲惊问，她才告诉实情。母亲很气愤，就分家了。

幸好媳妇很贤惠，每天替婆婆做饭，还像从前一样侍奉她。仇福分家以后，越发无所顾忌，大肆挥霍赌博。才几个月的时间，田产房产都被用来偿还赌债，而邵氏和媳妇都还不知道。仇福的钱花光了，再也想不出办法来了，于是打算用媳妇做抵押来借钱，只是苦于没人接受。县里有个人叫赵阎罗，原来是个漏网的大盗，在乡里横行霸道，他不怕仇福食言，慷慨借钱给他。仇福拿钱去赌，没几天又输光了。他心里惶惶不安，想背弃契约，赵阎罗对他横眉竖目，他害怕了，便把妻子骗出来交给了赵阎罗。

魏名听到这事，暗自高兴，急忙跑去告诉姜秀才，实际上他是想让仇家彻底败落。姜秀才十分愤怒，告到了官府，仇福害怕极了，便逃走了。姜氏来到赵家，才知道自己已经被丈夫出卖了，不由大哭，只想寻死。赵阎罗开始还劝慰她，姜氏不听，接着就对她进行威逼，姜氏就破口大骂；赵阎罗于是大怒，用鞭子抽她，但姜氏始终不肯屈服。后来竟拔下头上的簪子刺自己的喉咙，众人急忙去救，已经刺透了食管，血一下子涌了出来。赵阎罗急忙用绢帛裹住她的脖子，希望可以逐渐让姜氏屈服。

第二天，传票来了。赵阎罗并不把这件事放在心上，抬脚就走。县官一验姜女受伤很重，下令打赵阎罗的板子。差人你看着我，我望着你，不敢用刑。县官早听说赵阎罗是个恶霸，到这时候更觉得确实如此，十分生气，就把家丁叫出来，当场打死他。姜家把女儿抬回去了。自从姜家告状后，邵氏才知道仇福不争气的事情，一声大哭，几乎死了过去，从此昏昏沉沉，害了重病。

这一年，仇禄十五岁了，孤苦伶仃，不知道自己该怎么办。这以前，仇仲还有一个大太太所生的女儿，名叫大娘，出嫁以后，住在远处的府城里。她脾气很粗暴，每次回娘家的时候，要是送她的东西不满意，就会跟家人吵架顶嘴，常常气愤地跑走。仇仲因此对她很生气，又因路隔得远，所以已经有好几年没有来往了。

邵氏在病中，魏名想把大娘找回来，借此叫她来吵闹。刚好有一个做买卖的和大娘住得很近，魏名就托他带信给大娘，并且叫那人挑唆她想法子吞没家产。几天以后，大娘果然带着小儿子来了。进了门，看见只有一个小弟弟服侍着生病的老母亲，光景很悲惨，不觉伤心起来。又问起仇福，仇禄告诉了她所有的情形。大娘听了气愤填膺地说：『家里没有大人，就被人糟蹋到这种地步。我们家的田地财产，那些贼骨头怎么可以骗走！』于是到厨房去生火烧好稀饭，先给母亲吃了，然后又叫兄弟和儿子来一齐吃。吃了饭，她赌着气，跑到县里去告状，告发那班赌棍。赌棍害怕起来，凑了钱送给大娘，大娘一面收了钱，一面仍旧去告状。县官下令抓了几个人，各人打了几板子；田地房产的事，却一点也没有问起。

大娘气得不肯罢手，带着儿子赶到府城去。当地的知府平日最厌恶赌，大娘又竭力陈述家里的孤苦，以及那些歹徒做了圈套骗人的情形，说得很透彻，言辞激烈。知府听了十分感动，判令县官追还仇家的田产，并处罚仇福，以惩戒他的行为不端。县官接到上司的命令，限期去追，因此仇家的田产竟完全收回了。

仇大娘当时守寡已经很久了，便叫小儿子回家去，并吩咐他帮着哥哥料理家业，不要再来。她从此就住在娘家，奉养继母，教导弟弟，里里外外布置得井井有条。邵氏非常欣慰，病也逐渐痊愈，家里事务都交给大娘掌管。乡里的恶霸稍有欺凌，大娘就拿着刀子找上门去，理直气壮地争论，没人不向她屈服。过了一年多，家里田产日益增多。大娘时常买药物、补品及珍奇食物，送给姜氏。又见仇禄逐渐长大成人，频频嘱托媒人替他说亲。魏名对人说：『仇家产业都被仇大娘掌握，恐怕将来没法再归仇家了。』人们都相信这话，所以没人肯跟他们议亲。

有一个名叫范子文的贵家公子，家中的花园在山西首屈一指。园中名花夹路，直通内宅。有人不知道误从这条路进去，碰上范公子举行私宴，范公子生气地把那人抓住，指为小偷，几乎用棍子把他打死。正逢清明，仇禄从学堂回来，魏名带他游玩，就到了这座花园。魏名本与园丁有交情，所以园丁放他们进去，周游亭台水榭。一会儿，他们来到一个地方，但见溪水汹涌，有一座彩绘小桥，朱红栏杆，通向一扇漆门，远望门内，繁花似锦，原来那个地方就是范公子的内宅。魏名骗仇禄说：『你先进去，我去解个手。』仇禄相信了，沿路听到女子的笑声。他正停住脚步时，一个丫鬟出来看见他，转身就回去了。仇禄这才惊慌地跑出来。

不久范公子出来，喝令仆人带上绳索追赶。仇禄十分窘迫，跳进溪水里。范公子转怒为笑，叫仆人把他拉上来。见仇禄长相漂亮，穿着雅致，范秀才就让他换了衣服、鞋子，带到一个亭子里，打听他的姓名，态度和蔼，话语温和，十分亲昵。一会儿，范公子走进内室，又马上出来，笑着握住仇禄的手，过了桥慢慢到达刚去的那个地方。仇禄不懂他的意思，迟疑不敢进去，范秀才硬拉他进去。只见花丛里隐约有美人偷看。坐下后，几个丫鬟给他敬酒。仇禄推辞说：『小人无知，误闯闺房，蒙您原谅，已出望外。只求放我早点回去，就受恩不浅了。』公子不听，一会儿，酒菜摆满一桌。仇禄起身，用喝醉吃饱了推辞。范公子按他坐下，笑着说：『我有一乐曲的拍名，如果能够对上，就放你走。』仇禄请他讲。范公子说：『拍名「浑不似」。』仇禄沉思很久，对道：『银成「没奈何」。』范公子十分高兴地说：『真是石崇哟。』仇禄完全不明白。

原来，范公子有一个女儿名字叫蕙娘，长得非常漂亮，而且通情达理，范公子每天都为她操心，打算为她挑选一个如意郎君。

前一天晚上，蕙娘梦中看见一个人对她说：『你的丈夫就是石崇。』姑娘问：『他在什么地方？』回答说：『明天会掉到水里。』早上起来，姑娘就把这个梦跟父母说了，大家都感觉这个梦特别奇怪。今天仇禄落水的事情正好验证了梦中的话，所以范公子才把他邀约到内宅，让夫人和小姐还有丫鬟们一起看一看。范公子听见仇禄对出如此巧合的对句，心里非常高兴，说：『刚才的那对子是我的女儿所拟的，想了很长时间也没有想出它的对句，如今您把它对上了，这也是上天赐下的缘分，我想把女儿嫁给您；我家中不缺房屋，所以也不用麻烦您过来迎娶，您就在我家里招亲吧。』仇禄听后，一时间心里没有主意，立刻有礼貌地表示谢绝，并以母亲有病在身为借口，表示目前为止还不能招亲。范公子就告诉他，让他暂时先回家，慢慢商量。于是吩咐仆人们拿来仇禄的湿衣服，让仇禄骑着马回家去。

回到家里，他把情形告诉了母亲。仇母吃了一惊，认为这是不吉利的。自此，她们也知道姓魏的存着坏心眼儿，但因为虽然遇到凶险，却还平安无事，也就随他去，不加计较，只警告仇禄不要再和他来往罢了。

过了几天，范公子又派人向仇母表示自己的意思，仇母始终不敢答应。大娘却认为可以，就打发两个媒人送了聘礼去。不久，仇禄入赘范公子家。一年以后，他中了秀才，也很有名气了。仇禄在岳父家里，太太的兄弟们都长大了，待他就不如以前好了。仇禄气不过，带了太太回家去。这时候他母亲已经能下床，也可以拄着拐杖行走了。几年以后，靠着大娘的照料，房子已经相当好。新媳妇一回到夫家，男女用人也多了，很有大户人家的样子。魏名因为仇家不理他，嫉恨更深，但也找不着报复的机会。

那时候本地破了一件大盗的案子，强盗头子逃走了，姓魏的就诬告仇禄是串通强盗坐地收赃的人，仇禄因此被判充军关外。范公子上上下下地送钱求人关照，仅仅免了蕙娘的充军，田产却全部没收充公。幸亏大娘拿了分家的文书，亲自去告官——他们新添的好多顷良田，都挂在仇福的名下，母亲才算安定下来。仇禄心想此去没有再回家的日子，就写了一张休书托人送到岳父家里，自己孤零零地动身走了。

走了几天，到了北京城里，仇禄在客店里吃饭，看到一个乞丐，畏畏缩缩地站在门外，面貌很像是大哥。走近一问，果然是仇福。仇禄说出自己的情形，兄弟俩都很伤心。仇禄分了一些银子给仇福，叫他回家去。仇福哭着收下钱物，就分手了。

仇禄到达关外，就投到某军的营里当兵。人家因为他生得文弱，叫他掌管文书，和许多用人住在一起。用人们盘问他的家庭身世，仇禄全部告诉了他们。其中有一个很惊奇地说：『这么说你是我的儿子了！』原来仇仲当初被强盗劫去替他们放马，后来强盗逃走，他就辗转流落到关外，做了某将军的用人。这时仇禄详细一说，才知道他真是自己的儿子。父子俩抱头痛哭，全营的人也都为他们伤心。没有几天，将军捉到了几十个强盗，其中有一个就是从前魏名诬告仇禄和他串通的强盗头子。等他录下口供，将军便替仇仲父子写申述状向朝廷申冤。

仇仲到京，候着亲王的车驾出来，先递上诉冤状子。亲王替他婉转周旋，于是冤案得到昭雪，命地方官赎回仇禄的家产，归还给原主。仇仲回到关外，父子俩都很欢喜。仇禄细问父亲的家口，为赎身做打算，才知道仇仲入满籍后，换过两次配偶，都没生下儿女，当时正是独身。仇禄便收拾行装回了家乡。

再说仇福辞别弟弟回到家，进门就跪下磕头。仇大娘侍奉母亲坐在堂上，提着棍子问：『你愿受责打，就暂且留下；不然，你的田产都没有了，也没你吃饭的地方。你还是走吧。』仇福哭泣着伏在地上，愿受责打。大娘扔了棍说：『卖媳妇儿的人，也不值得打。只是旧案还没了结，再犯了送官就是了。』马上派人去告诉姜氏。姜氏骂道：『我是仇家什么人，却来告诉我！』仇大娘把话反复说给仇福听，挖苦他，仇福很羞愧，大气也不敢出。

过了半年，仇大娘对仇福虽然供给周全，却像对待仆人一样使唤他。仇福干活毫无怨言，让他拿钱去办事总是非常规矩。大娘考察他没别的行为，就禀告母亲，要请姜氏回来。邵氏认为难以挽回。仇大娘说：『未必。她要是肯嫁别的男人，怎么会受那样的罪也不屈服？她主要是不能不出这股气罢了。』她于是带着弟弟亲自到姜家赔礼请罪。岳父岳母痛责仇福。大娘喝令仇福跪下，然后请求见见姜氏。请了好几遍，姜氏硬躲着不出来；大娘进屋找，拉她出来。姜氏便指着仇福啐着骂他，仇福惭愧得直冒汗，无地自容，姜母才拽他起来。大娘请问姜氏回去的日期。姜氏说：『我一向受到姐姐许多恩惠，今天受你吩咐，哪还有二话？只怕不能保他不再卖我！况且夫妻恩义已绝，还有什么脸面跟这个黑心的无赖汉一起生活呢？请另处收拾一间屋子，我去侍奉老母，就是比剃发出家强一些就够了。』大娘代仇福表白了悔过之情，约好姜氏第二天回来，就告辞了。

第二天，用轿子接姜氏回家。母亲邵氏到门口迎接，并跪下拜谢。姜氏伏地痛哭。仇大娘劝阻她，摆酒表示庆贺，命令仇福坐在桌子旁。仇大娘端着酒杯说：『我苦苦争持并不是为了我自己。如今弟弟悔过自新，忠贞的媳妇又回来了，请求交还账簿；我是空身一人来的，现仍然空身一人回去吧。』仇福夫妇都站起来变了脸色，跪下哀求，仇大娘才作罢。没过多久，昭雪命令下达，不几天，田地房屋都归还仇家。魏名大吃一惊，不知其中缘故，恨自己再没办法可以捣鬼了。

恰好仇家西边的邻居发生火灾，魏名假装前往救火，暗中竟用草席点着了仇禄的屋子。这时正巧狂风大作，几乎将仇家的屋子烧光了，只剩下仇福住的两三间房子，于是一家人都挤在里面住着。

不久，仇禄回来，一家人相见不由得悲喜交加。当初，范公子接到仇禄写的休书，拿去和蕙娘商量。蕙娘放声痛哭，将休书撕碎了扔在地上。范公子尊重她的意愿，不再强迫她改嫁。仇禄回来后，听说蕙娘没有改嫁，欢喜地来到岳父家中。范公子知道仇家遭了火灾，就想留他住在家里，仇禄没有同意，便辞别回家。

虽然仇家遭了火灾，幸好仇大娘还藏有一些银子，便拿出来修砌房屋。仇福提着铁锹挖地基，突然挖到一个藏有银子的地窖。他连夜和弟弟一起将地窖打开，只见一丈见方的石池里，装满了银子。于是，仇家请来工匠，大兴土木，盖起了一座楼房，雄伟壮丽，简直可以和世家贵族相媲美。

仇禄感激将军的仁义，筹备了一千两银子去替父亲赎身。仇福要求去接父亲，于是就派了能干的仆人跟他一同前去，而仇禄就将蕙娘接了回来。不久，父亲和哥哥一同回来，全家团圆，欢天喜地。

仇大娘自从回娘家以后，禁止自己的儿子前来探望，唯恐别人议论谋私利。现在父亲回来了，她坚决要求离去。仇福、仇禄兄弟不忍她离去，仇仲便将家产分为三份，两个儿子得两份，女儿也得到一份，仇大娘坚决推辞。兄弟俩都哭着说：『要没有姐姐，我们哪里会有今天啊！』仇大娘这才心安，派人叫儿子把家搬来住在一起。有人问仇大娘：『你和仇福、仇禄是异母姐弟，为什么对他们如此关切呢？』仇大娘说：『只知道有母亲，不知道有父亲，天底下只有禽兽才会这样，人怎么能效仿禽兽呢？』仇福仇禄听了，都感动得流泪，派工匠替姐姐修建住宅，和他们自己住的一模一样。

魏名十几年来，几次要害仇家，反而成全了他们，真是又羞又恼。现在看到他们有钱，又想去巴结，因此，借着庆贺仇仲回家的名义，买了些礼送过去。谁知魏名送来的鸡，脚上绑着布条，一逃逃到灶门，灶火烧着布条，鸡又跳去站在柴堆上。一会儿，柴草烧了起来，烧着了房子。幸亏家里的人手很多，火立刻被扑熄了，但是厨房里所有的东西都烧光了。兄弟俩都说他的东西不吉利。后来到了仇仲生日，魏名又送了一只活羊过来。仇家推也推不掉，就把羊拴在院子里的树下。夜里有一个小工人给用人打了，气愤地跑到树下，解下拴羊的绳子上吊死了。兄弟俩叹气说：『他待我们好，还不如待我们不好呢！』

异史氏说：『啊哈！老天爷真不由人！越是仇恨加害，越使人家得福，那种机巧奸诈的人反而没意思透了。只是接受他的敬慕，倒反招来祸患，不是更奇怪吗？由此可知盗泉的水，捧上一捧也会被玷污的。』

珊瑚

安生大成，重庆人。父孝廉，早卒。弟二成，幼。生娶陈氏，小字珊瑚，性娴淑。而生母沈，悍谬不仁，遇之虐，珊瑚无怨色。每早旦，靓妆往朝。值生疾，母谓其诲淫，诟责之。珊瑚退，毁妆以进。母益怒，投颡自挝。生素孝，鞭妇，母始少解。自此益憎妇。妇虽奉事惟谨，终不与交一语。生知母怒，亦寄宿他所，示与妇绝。久之，母终不快，触物类而骂之，意皆在珊瑚。生曰：『娶妻以奉姑嫜，今若此，何以妻为！』遂出珊瑚，使老妪送诸母家。方出里门，珊瑚泣曰：『为女子不能作妇，归何以见双亲？不如死！』袖中出剪刀刺喉。急救之，血溢沾襟。扶归生族婶家。婶王氏，寡居无偶，遂止焉。媪归，生嘱隐其情，而心窃恐母知。过数日，探知珊瑚创渐平，登王氏门，使勿留珊瑚。王召之入；不入，但盛气逐珊瑚。无何，王率珊瑚出，见生，便问：『珊瑚何罪？』生责其不能事母。珊瑚脉脉不作一言，惟俯首呜泣，泪皆赤，素衫尽染。生惨恻不能尽词而退。又数日，母已闻之，怒诣王，恶言诮让。王傲不相下，反数其恶，且言：『妇已出，尚属安家何人？我自留陈氏女，非留安氏妇也，何烦强与他家事！』母怒甚而穷于词，又见其意气汹汹，惭沮大哭而返。珊瑚意不自安，思他适。先是，生有母姨于媪，即沈姊也。年六十余，子死，止一幼孙及寡媳；又尝善视珊瑚。遂辞王往投媪。媪诘得故，极道妹子昏暴，即欲送之还。珊瑚力言其不可，兼嘱勿言，于是与于媪居，类姑妇焉。珊瑚有两兄，闻而怜之，欲移之归而嫁之。珊瑚执不肯，惟从于媪纺绩以自度。生自出妇，母多方为子谋婚，而悍声流播，远近无与为偶。积三四年，二成渐长，遂先为毕姻。二成妻臧姑，骄悍戾沓，尤倍于母。母或怒以色，则臧姑怒以声。二成又懦，不敢为左右袒。于是母威顿减，莫敢撄，反望色笑而承迎之，犹不能得臧姑欢。臧姑役母若婢，生不敢言，惟身代母操作，涤器汛扫之事皆与焉。母子恒于无人处，相对饮泣。无何，母以郁积病，委顿在床，便溺转侧皆须生；生昼夜不得寐，两目尽赤。呼弟代役，甫入门，臧姑辄唤去之。生于是奔告于媪，冀媪临存。入门，泣且诉。诉未毕，珊瑚自帏中出。生大惭，禁声欲出。珊瑚以两手叉扉。生窘急，自肘下冲出而归，亦不敢以告母。无何，于媪至，母喜止之。由此媪家无日不以人来，来辄以甘旨饷媪。媪寄语寡媳：『此处不饿，后勿复尔。』而家中馈遗，卒无少间。媪不肯少尝食，缄留以进病者。母病亦渐瘥。媪幼孙又以母命将佳饵来问疾。沈叹曰：『贤哉妇乎！姊何修者！』媪曰：『妹以去妇何如人？』

曰：『嘻！诚不至夫己氏之甚也！然乌如甥妇贤。』媪曰：『妇在，汝不知劳；汝怒，妇不知怨；恶乎弗如？』沈乃泣下，且告之悔，曰：『珊瑚嫁也未者？』答云：『不知，请访之。』又数日，病良已，媪欲别。沈泣曰：『恐姊去，我仍死耳！』媪乃与生谋，析二成居。二成告臧姑。臧姑不乐，语侵兄，兼及媪。生愿以良田悉归二成，臧姑乃喜。立析产书已，媪始去。明日，以车乘来迎沈。沈至其家，先求见甥妇，亟道甥妇德。媪曰：『小女子百善，何遂无一疵？余固能容之。子即有妇如吾妇，恐亦不能享也。』沈曰：『呜呼冤哉！谓我木石鹿豕耶！具有口鼻，岂有触香臭而不知者？』媪曰：『被出如珊瑚，不知念子作何语？』曰：『骂之耳。』媪曰：『诚反躬无可骂，亦恶乎而骂之？』曰：『瑕疵人所时有，惟其不能贤，是以知其骂也。』媪曰：『当怨者不怨，则德焉者可知；当去者不去，则抚焉者可知。向之所馈遗而奉事者，固非予妇也，尔妇也。』沈惊曰：『如何？』曰：『珊瑚寄此久矣。向之所供，皆渠夜绩之所贻也。』沈闻之，泣数行下，曰：『我何以见我妇矣！』媪乃呼珊瑚。珊瑚含涕而出，伏地下。母惭痛自挞，媪力劝始止，遂为姑媳如初。十余日偕归，家中薄田数亩，不足自给，惟恃生以笔耕，妇以针黹。二成称饶足，然兄不之求，弟亦不之顾也。臧姑以嫂之出也鄙之；嫂亦恶其悍，置不齿。兄弟隔院居。臧姑时有陵虐，一家尽掩其耳。臧姑无所用虐，虐夫及婢。婢一日自经死。婢父讼臧姑，二成代妇质理，大受扑责，仍坐拘臧姑。生上下为之营脱，卒不免。臧姑械十指，肉尽脱。官贪暴，索望良奢。二成质田贷资，如数纳入，始释归。而债家责负日亟，不得已，悉以良田鬻于村中任翁。翁以田半属大成所让，要生署券。生往，翁忽自言：『我安孝廉也。任某何人，敢市吾业！』又顾生曰：『冥间感汝夫妻孝，故使我暂归一面。』生出涕曰：『父有灵，急救吾弟！』曰：『逆子悍妇，不足惜也！归家速办金，赎吾血产。』生曰：『母子仅自存活，安得多金？』曰：『紫薇树下有藏金，可以取用。』欲再问之，翁已不语，少时而醒，茫不自知。生归告母，亦未深信。臧姑已率数人往发窖，坎地四五尺，止见砖石，并无所谓金者，失意而去。生闻其掘藏，戒母及妻勿往视。后知其无所获，母窃往窥之，见砖石杂土中，遂返。珊瑚继至，则见土内悉白镪；呼生往验之，果然。生以先人所遗，不忍私，召二成均分之。数适得揭取之二，各囊之而归。二成与臧姑共验之，启囊则瓦砾满中，大骇。疑二成为兄所愚，使二成往窥兄，兄方陈金几上，与母相庆。因实告兄，兄亦骇，而心甚怜之，举金而并赐之。二成乃喜，往酬债讫，甚德兄。臧姑曰：『即此益知兄诈。若非自愧于心，谁肯以瓜分者复让人乎？』二成疑信半之。次日，债主遣仆来，言所偿皆伪金，将执以首官。夫妻皆失色。臧姑曰：『如何哉！我固谓兄贤不至于此，是将以杀汝也！』二成惧，往哀债主，主怒不释。二成乃券田于主，听其自售，始得原金而归。细视之，见断金二锭，仅裹真金一韭叶许，中尽铜耳。臧姑因与二成谋，留其断者，余仍反诸兄以觇之。且教之言曰：『屡承让德，实所不忍。薄留二锭，以见推施之义。所存物产，尚与兄等。余无庸多田也，业已弃之，赎否在兄。』生不知其意，固让之。二成辞甚决，生乃受。称之少五两余。命珊瑚质奁妆以满其数，携付债主。主疑似旧金，以剪刀断验之，纹色俱足，无少差谬，遂收金，与生易券。二成还金后，意其必有参差；既闻旧业已赎，大奇之。臧姑疑发掘时，兄先隐其真金，忿诣兄所，责数诟厉。生乃悟反金之故。珊瑚逆而笑曰：『产固在耳，何怒为？』使生出券付之。二成一夜梦父责之曰：『汝不孝不弟，冥限已迫，寸土皆非己有，占赖将以奚为！』醒告臧姑，欲以田归兄。臧姑嗤其愚。是时二成有两男，长七岁，次三岁。无何，长男病痘死。臧姑始惧，使二成退券于兄。言之再三，生不受。未几，次男又死，臧姑益惧，自以券置嫂所。春将尽，田芜秽不耕，生不得已，种治之。臧姑自此改行，定省如孝子，敬嫂亦至。未半年而母病卒。臧姑哭之恸，至勺饮不入口。向人曰：『姑早死，使我不得事，是天不许我自赎也！』产十胎皆不育，遂以兄子为子。夫妻皆寿终。生三子，举两进士。人以为孝友之报云。

异史氏曰：『不遭跋扈之恶，不知靖献之忠，家与国有同情哉。逆妇化而母死，盖一堂孝顺，无德以戡之也。臧姑自克，谓天不许其自赎，非悟道者何能为此言乎？然应迫死，而以寿终，天固已恕之矣。生于忧患，有以矣夫！』

【译文】

重庆人安大成，父亲很早就去世了，他和弟弟二成是母亲一个人带大的。他的妻子陈珊瑚，性格温顺贤淑。他的母亲沈氏，十分凶悍，常常虐待媳妇，可是珊瑚从来没有怨言，每天都打扮整齐，侍奉婆母。

一次大成生病了，沈氏便责备媳妇只知道贪图享乐。珊瑚于是不再打扮，蓬头垢面去见婆婆。沈氏更加恼怒，要责打媳妇，大成十分孝顺母亲，因此鞭打了妻子。沈氏这才稍微缓解了怒气，从此更加厌恶珊瑚。而珊瑚侍奉婆母十分谨慎，只是不再和她说话。大成知道母亲恼怒，便和珊瑚分居了。沈氏还是不满意，不时的责骂珊瑚。大成便说：『娶妻是为了侍奉母亲，现在这样，妻子有什么用呢？』因此把珊瑚休了，让一个仆妇把她送回娘家。

珊瑚出门后，感到又委屈又伤心，流着泪说：『我有什么颜面回家见双亲？不如死了！』说着，拿出藏在袖子里的剪刀便刺向自己的脖子。仆妇急忙救护，鲜血已经沾满了衣襟。仆妇便把她送到了大成的一个婶子家。婶子王氏是个寡妇，独自一人居住。

仆妇回家后，告诉了大成。大成不敢告诉母亲，过了几天，他到王氏家探望，发现珊瑚的伤口已经好了，便坚持让她回娘家。王氏问：『珊瑚有什么罪？』大成说：『她不能侍奉母亲。』珊瑚不发一言，只是低着头伤心地哭泣，流出的眼泪都是红色的，把白衣染得血红。大成心里很凄苦，不忍心再说下去。

过了几天，沈氏听说了，便到王氏家吵闹。王氏生气地数落着她的恶行，并且说：『你把媳妇休出家门，她就不再是安家的人。我收留陈家的女儿，和你有什么关系？』沈氏理屈词穷，只好哭着回去了。

珊瑚心中不安，便告别了王氏，搬到大成的姨母于婆婆家住。于婆婆今年六十多岁，儿子死了，和儿媳妇、小孙子一起生活，对珊瑚十分同情，对妹妹沈氏很是不满。从此，珊瑚就住在了这里。她的两个哥哥，听说了妹子的遭遇，准备把她接回家，再找个婆家。可是珊瑚拒绝了，每天跟着于婆婆纺纱织布，也能维持自己的生活。

大成休了珊瑚后，沈氏多方托人为他提亲，可是大家都知道她的凶悍，没有人愿意把女儿嫁过来。过了三四年，二成长大了，娶了妻子臧姑，性格骄横，比沈氏还要厉害。沈氏脸上稍微露出怒容，臧姑就会破口大骂，二成又懦弱，不敢管教妻子，因此沈氏在臧姑面前渐渐灭了威风，后尊看着她的脸色行事。臧姑还不满足，使唤婆婆干活，就像对待奴婢一样。大成也不敢说话，只能替母亲劳作。母子俩常常在无人处，相对流泪。

不久，沈氏抑郁成疾，躺在床上，不能自理。大成没日没夜照顾母亲，熬得双眼通红。想让弟弟替代一下，二成刚进门，就会被臧姑喊去。大成没有办法，只好去姨母于婆婆家哭诉，希望她能帮帮忙。话还没有说完，珊瑚忽然从内室出来了。大成心中羞愧，想退出去。珊瑚挡着门挽留他，大成窘迫地从她腋下冲了出去。回家后，也不敢告诉母亲。很快，于婆婆来了，沈氏高兴地留她住下。

于婆婆家每天都有人送饭菜过来。于婆婆给儿媳妇捎话说：『这里有饭吃，不必这么麻烦。』可是家中还是每天都送来饭菜。于婆婆自己也不吃，都给病人吃了。沈氏逐渐好了起来，于婆婆的孙子又送来滋补的饭菜。沈氏羡慕地说：『姐姐真是有福气，娶到了这么贤惠的媳妇。』于婆婆说：『你休掉的那个大儿媳怎么样？』沈氏叹口气说：『唉，虽然比臧氏要好些，但远不如你家媳妇贤惠。』于婆婆说：『珊瑚在的时候，任劳任怨，你还不满意吗？』沈氏这才流着泪，后悔地问：『珊瑚不知改嫁了没有？』于婆婆说：『我也不知道，帮你打听打听吧。』

沈氏痊愈了，于婆婆便告辞回家。沈氏哭着说：『姐姐走了，恐怕我是活不了了。』于婆婆便建议大成与二成分家。二成告诉了臧姑，她不同意。大成提出把田产全归二成，臧姑这才高兴了。写好了分家的文书，于婆婆才告辞回家。

过了两天，于婆婆派车把沈氏接到自己家。沈氏一进门，便要见外甥媳妇，极力称赞她。于婆婆说：『媳妇怎么会没有缺点？只是我能容忍罢了。即便你有这样的媳妇，恐怕也享受不了。』沈氏说：『冤枉呀！难道我是不辨是非的人吗？』于婆婆说：『那你对珊瑚怎么样呢？其实前段时间送饭菜的，不是我媳妇，是你媳妇。』沈氏惊讶地问是怎么回事，于婆婆便把珊瑚借住在这里的事情说了，而且说：『那些饭菜，都是她夜夜纺纱织布换来的。』沈氏听了，惭愧地流着泪说：『我真是糊涂人。』于婆婆喊出珊瑚，她流着泪跪在沈氏面前。沈氏惭愧地打自己的耳光，于婆婆极力劝阻，从此婆媳俩和好了。

过了十多天，大成把珊瑚接回家中，夫妻俩侍奉母亲，勤俭度日。二成家境富裕，可是并不帮助兄长，大成也不去求告。臧姑分家后更为放肆，常常虐待丈夫和奴婢。一个婢女受不了毒打，自杀了。她的父亲把臧姑告到了官府。二成替妻子上堂，可是县官坚持拘禁臧姑。二成上下行贿，还是不能幸免。臧姑受到严刑，十根手指全部被夹烂了。二成几乎倾家荡产，才把臧姑救了出来。为了还债，二成准备把自己分到的良田卖给村里的任翁。办理手续时，任翁坚持大成在场。大成赶到后，任翁忽然变了脸色，说：『我是安孝廉，谁敢卖我的田产！』又对大成说：『你们夫妇很孝顺，我特意来见你一面。』大成流着泪说：『父亲有灵，还请救救弟弟。』任翁说：『那个逆子不足怜惜！你赶快回去，把这些田产都买下来。』大成说自己没有钱，任翁说：『紫薇树下面埋着银子。』大成还想再问，任翁已经闭上眼睛不再说话了。过了一会儿，他清醒了过来，一点儿也不知道刚才的情形。大成连忙回家告诉母亲，心中并不相信。臧姑却已经带人在紫薇树下挖了起来。然而挖了四五尺深，也没有找到银子，只好失望地回去了。沈氏听说后，悄悄去看，只见一堆砖石，珊瑚晚些时候也来看，却发现土里藏着很多银子，连忙叫了大成来看，果然如此。大成不忍心自己私吞，便和二成平分了。二成和臧姑到家，打开包裹，却只有瓦砾砖石，心中十分惊异，又怀疑是哥哥捉弄自己，便悄悄到大成家探看，却见他们把银子放在桌上，正在庆贺。

二成把自己家的怪事告诉了哥哥，大成也很惊异，又可怜兄弟，便把自己的银子又分给他一些。二成高兴地去还了债，回到家告诉了妻子，臧姑却说：『一定是你哥哥骗了我们。如果不是心虚，怎么会好心分给我们到手的银子呢？』二成也开始半信半疑起来。

第二天，那些债主忽然找上门来，声称还的银子是假的，要告到官府去。夫妻俩吓得大惊失色，臧姑说：『怎么样？我就说你哥哥怎么那么好心！』二成害怕，于是把地契交给债主，让他们把地卖了还债，然后要回了所还的银子。拿回来仔细查看，其中有两锭断开了，里面只裹着韭菜叶那么细的一点真银子，外面都是铜。臧姑让二成把这两锭留下，剩下的都还给大成，并且教他说：『十分感谢大哥，留下两锭，作为兄弟友爱的心意。自己要不了那么多田产，大哥想赎回的话，悉听尊便。』大成不明白他们的意思，再三推辞。二成态度坚决，大成只好收下了。

大成夫妻拿出所有银子，找到债主，赎回田产。债主怀疑还是先前的假银子，用剪刀铰断验看，却是十足的真银。二成听说大成竟然赎回了田产，十分惊奇。臧姑怀疑兄嫂先把真银藏起来，欺骗他们，因此愤愤地到大成家，厉声斥骂。大成这才明白他们归还银子的原因，珊瑚便让大成将地契归还给他们。当晚，二成梦见父亲责骂自己说：『你们不孝不悌，阴间的惩罚就要降临了，怎么还敢霸占田产！』二成醒来告诉了臧姑，准备把田产还给哥哥，臧姑嗤之以鼻。二成有两个儿子，大儿子七岁，小儿子三岁。没多久，大儿子生病夭折了，臧姑这才害怕，让二成把地契交给大成，大成再三推辞。很快二成的小儿子也夭折了，臧姑更加害怕，于是把地契强行扔给了珊瑚。这时春耕将近，大成担心土地荒芜，便收下了地契。臧姑从此像变了一个人，对婆婆十分孝顺，对嫂嫂十分尊敬。半年后，沈氏病逝，臧姑痛哭失声，几天吃不下饭。后来，她一直不能生育，便过继了大成的儿子。大成的两个孩子都考中了进士，人们都说这是他孝敬父母、爱护兄弟的果报。

异史氏说：『不遇上跋扈凶狠的恶人，就不理解忠厚尽责的忠诚，家庭和国家是一样的。忤逆的儿媳妇被感化了，但婆母却去世了，这说明婆母也没有资格享受全家的孝顺。臧姑重新做人，说老天不允许她自我赎罪，不是明白了事理的人怎么能说出这番话？但是本应早死，却寿终正寝，老天也已经宽恕她了。孟子说，忧患能使人生存，这是有道理的啊！』

卷十一

冯木匠

抚军周有德，改创故藩邸为部院衙署。时方鸠工，有木作匠冯明寰直宿其中。夜方就寝，忽见纹窗半开，月明如昼。遥望短垣上，立一红鸡；注目间，鸡已飞抢至地。俄一少女，露半身来相窥。冯疑为同辈所私；静听之，众已熟眠。私心怔忡，窃望其误投也。少间，女果越窗过，径已入怀。冯喜，默不一言。欢毕，女亦遂去。自此夜夜至。初犹自隐，后遂明告。女曰：『我非误就，敬相投耳。』两人情日密。既而工满，冯欲归，女已候于旷野。冯所居村，离郡固不甚远，女遂从去。既入室，家人皆莫之睹，冯始知其非人。迨数月，精神渐减，心益惧，延师镇驱，卒无少验。一夜，女艳妆来，向冯曰：『世缘俱有定数；当来推不去，当去亦挽不住。今与子别矣。』遂去。

【译文】

巡抚周有德，把从前一个藩王的宅第改建为巡抚衙门。当时在刚刚聚集起来的工匠里，有个名叫冯明寰的木匠，住在里边。晚上刚要就寝，忽然看见花窗半开，月明如同白昼。遥望窗外的矮墙上，站着一只红鸡；注目看着的工夫，红鸡已经飞落在地上。不一会儿，有个少女来到窗前，露出半截身子偷看他。冯木匠怀疑她是同伴儿的情人；侧耳一听，大家已经睡熟。他私心忡忡，暗中希望少女能错误地投到他的怀里。过了一会儿，少女果然跳过窗户，径直投进他的怀里。冯木匠很高兴，沉默不说一句话。欢快完了，少女也就走了。从此夜夜前来相会。起初他还隐瞒自己的心情，后来就公开告诉她投错人了。少女说：『我不是投错了人，而是敬慕你，才来投奔你。』两个人的情谊，一天比一天密切。工程完结以后，冯木匠想要回家，少女已在空旷的野外等着他。冯木匠所住的村子，距离省城本来不太远，少女就跟他回家。进屋以后，家人都看不见她，冯木匠才知她不是人类。过了几个月，精神逐渐减退，心里越来越害怕，延请法师驱邪赶鬼，始终没有一点效验。一天晚上，少女穿着华丽的装束来了，向冯木匠说：『尘世的姻缘都有定数：该来的推不出去，该去的也挽留不住。今天和你别离了。』就告别走了。

黄英

马子才，顺天人。世好菊，至才尤甚。闻有佳种，必购之，千里不惮。一日，有金陵客寓其家，自言其中表亲有一二种，为北方所无。马欣动，即刻治装，从客至金陵。客多方为之营求，得两芽，裹藏如宝。归至中途，遇一少年，跨蹇从油碧车，丰姿洒落。渐近与语。少年自言：「陶姓。」谈言骚雅。因问马所自来，实告之。少年曰：「种无不佳，培溉在人。」因与论艺菊之法。马大悦，问：「将何往？」答云：「姊厌金陵，欲卜居于河朔耳。」马欣然曰：「仆虽固贫，茅庐可以寄榻。不嫌荒陋，无烦他适。」陶趋车前，向姊咨禀。车中人推帘语，乃二十许绝世美人也。顾弟言：「屋不厌卑，而院宜得广。」马代诺之，遂与俱归。第南有荒圃，仅小室三四椽，陶喜，居之。日过北院，为马治菊。菊已枯，拔根再植之，无不活。然家清贫，陶日与马共食饮，而察其家似不举火。马妻吕，亦爱陶姊，不时以升斗馈恤之。陶姊小字黄英，雅善谈，辄过吕所，与共纫绩。陶一日谓马曰：「君家固不丰，仆日以口腹累知交，胡可为常。为今计，卖菊亦足谋生。」马素介，闻陶言，甚鄙之，曰：「仆以君风流高士，当能安贫；今作是论，则以东篱为市井，有辱黄花矣。」陶笑曰：「自食其力不为贪，贩花为业不为俗。人固不可苟求富，然亦不必务求贫也。」马不语，陶起而出。自是，马所弃残枝劣种，陶悉掇拾而去。由此不复就马寝食，招之始一至。未几，菊将开，闻其门嚣喧如市。怪之，过而窥焉，见市人买花者，车载肩负，道相属也。其花皆异种，目所未睹。心厌其贪，欲与绝；而又恨其私秘佳本，遂款其扉，将就诮让。陶出，握手曳入。见荒庭半亩皆菊畦，数椽之外无旷土。去者，则折别枝插补之；其蓓蕾在畦者，罔不佳妙：而细认之，皆向所拔弃也。陶入屋，出酒馔，设席畦侧，曰：「仆贫不能守清戒，连朝幸得微资，颇足供醉。」少间，房中呼「三郎」，陶诺而去。俄献佳肴，烹饪良精。因问：「贵姊胡以不字？」答云：「时未至。」问：「何时？」曰：「四十三月。」又诘：「何说？」但笑不言。尽欢始散。过宿，又诣之，新插者已盈尺矣。大奇之，苦求其术。陶曰：「此固非可言传；且君不以谋生，焉用此？」又数日，门庭略寂，陶乃以蒲席包菊，捆载数车而去。逾岁，春将半，始载南中异卉而归，于都中设花肆，十日尽售，复归艺菊。问之去年买花者，留其根，次年尽变而劣，乃复购于陶。陶由此日富：一年增舍，二年起夏屋。兴作从心，更不谋诸主人。渐而旧日花畦，尽为廊舍。更于墙外买田一区，筑墉四周，悉种菊。至秋，载花去，春尽不归。而马妻病卒。意属黄英，微使人风示之。黄英微笑，意似允许，惟专候陶归而已。年余，陶竟不至。黄英课仆种菊，一如陶。得金益合商贾，村外治膏田二十顷，甲第益壮。忽有客自东粤来，寄陶生函信，发之，则嘱姊归马。考其寄书之日，即妻死之日；回忆园中之饮，适四十三月也，大奇之。以书示英，请问『致聘何所』。英辞不受采。又以故居陋，欲使就南第居，若赘焉。马不可，择日行亲迎礼。黄英既适马，于间壁开扉通南第，日过课其仆。马耻以妻富，恒嘱黄英作南北籍，以防淆乱。而家所需，黄英辄取诸南第。不半岁，家中触类皆陶家物。马立遣人一一赍还之，戒勿复取。未浃旬，又杂之。凡数更，马不胜烦。黄英笑曰：『陈仲子毋乃劳乎？』马惭，不复稽，一切听诸黄英。鸠工庀料，土木大作，马不能禁。经数月，楼舍连亘，两第竟合为一，不分疆界矣。然遵马教，闭门不复业菊，而享用过于世家。马不自安，曰：『仆三十年清德，为卿所累。今视息人间，徒依裙带而食，真无一毫丈夫气矣。人皆祝富，我但祝穷耳！』黄英曰：『妾非贪鄙；但不少至丰盈，遂令千载下人，谓渊明贫贱骨，百世不能发迹，故聊为我家彭泽解嘲耳。然贫者愿富，为难；富者求贫，固亦甚易。床头金任君挥去之，妾不靳也。』马曰：『捐他人之金，抑亦良丑。』黄英曰：『君不愿富，妾亦不能贫也。无已，析君居：清者自清，浊者自浊，何害？』乃于园中筑茅茨，择美婢往侍马。马安之。然过数日，苦念黄英。招之，不肯至；不得已，反就之。隔宿辄至，以为常。黄英笑曰：『东食西宿，廉者当不如是。』马亦自笑，无以对，遂复合居如初。会马以事客金陵，适逢菊秋。早过花肆，见肆中盆列甚繁，款朵佳胜，心动，疑类陶制。少间，主人出，果陶也。喜极，具道契阔，遂止宿焉。要之归。陶曰：『金陵，吾故土，将婚于是。积有薄资，烦寄吾姊。我岁杪当暂去。』马不听，请之益苦。且曰：『家幸充盈，但可坐享，无须复贾。』坐肆中，使仆代论价，廉其直，数日尽售。逼促囊装，赁舟遂北。入门，则姊已除舍，床榻茵褥皆设，若预知弟也归者。陶自归，解装课役，大修亭园，惟日与马共棋酒，更不复结一客。为之择婚，辞不愿。姊遣两婢侍其寝处，居三四年，生一女。陶饮素豪，从不见其沉醉。有友人曾生，量亦无对。适过马，马使与陶相较饮。二人纵饮甚欢，相得恨晚。自辰以迄四漏，计各尽百壶。曾烂醉如泥，沉睡座间。陶起归寝，出门践菊畦，玉山倾倒，委衣于侧，即地化为菊，高如人；花十余朵，皆大于拳。马骇绝，告黄英。英急往，拔置地上，曰：『胡醉至此！』覆以衣，要马俱去，戒勿视。既明而往，则陶卧畦边。马乃悟姊弟菊精也，益爱敬之。而陶自露迹，饮益放，恒自折柬招曾，因与莫逆。值花朝，曾来造访，以两仆舁药浸白酒一坛，约与共尽。坛将竭，二人犹未甚醉。马潜以一瓻续入之，二人又尽之。曾醉已惫，诸仆负之以去。陶卧地，又化为菊。马见惯不惊，如法拔之，守其旁以观其变。久之，叶益憔悴。大惧，始告黄英。英闻骇曰：『杀吾弟矣！』奔视之，根株已枯。痛绝，掐其梗，埋盆中，携入闺中，日灌溉之。马悔恨欲绝，甚怨曾。越数日，闻曾已醉死矣。盆中花渐萌，九月既开，短干粉朵，嗅之有酒香，名之『醉陶』，浇以酒则茂。后女长成，嫁于世家。黄英终老，亦无他异。

异史氏曰：『青山白云人，遂以醉死，世尽惜之，而未必不自以为快也。植此种于庭中，如见良友，如对丽人——不可不物色之也。』

【译文】

马子才，顺天府人。他家祖祖辈辈喜爱菊花，到马子才这一代更是爱菊成癖。一听到什么地方有好品种，一定要买来，即使远隔千里也不在乎。一天，有位南京来的客人住在他家里，自称他的中表亲有一两种菊花，是北京所没有的。马子才怦然动心，立刻准备行装，跟着客人到了南京。客人多方为他谋求，弄到两株幼苗，马子才包裹收藏起来，视如珍宝。走在半路上，遇到一个年轻人，骑着驴子，跟在一辆挂着帘子的车后面，显得风姿洒脱。马子才渐渐走近和他搭话，那年轻人自称姓陶，谈吐很是风雅，便问起马子才从什么地方来，马子才如实相告。陶望三说：『花的品种没有不好的，关键在于养花人的培植浇灌。』马子才于是跟他讨论种植菊花的方法，谈得十分投机，他便问道：『你要到哪里去？』陶望三笑道：『姐姐厌倦了金陵，想迁居北方河朔一带。』马子才欣然说道：『我家虽然很穷，倒还有房舍可以让你们下榻，如果不嫌寒舍简陋，就不必麻烦找别的房子了。』

姓陶的走到车前征求姐姐意见，车里的人推开帘子答话，原来是一个二十多岁的绝代美人。她对弟弟说：『房子不怕简陋，但院落应该宽一点。』马子才应诺了，于是就一同回家。

马子才房子的南面有块荒芜的花圃，仅有三四间小房子，姓陶的高兴地住在那里。每天到北院为马子才料理菊花，菊花枯萎了，拔出根来重新栽培，没有不活的。然而家中清贫，姓陶的每天与马子才一同吃喝。马子才发觉陶家似乎不升火。马子才妻子吕氏，也很喜欢陶家姐姐，不时地给她送几升几斗米。陶家姐姐小名叫黄英，很善交谈，常到吕氏这儿，和吕氏一同绩麻。姓陶的有一天对马子才说：『你家里本不富裕，再添上我们每天吃你的，怎么可以经常如此？我想出卖菊花足可以维持生计。』马子才向来就清高耿介，听姓陶的一说，非常鄙视他，说：『我还以为你是个风流高雅的人，一定能安于贫困；如今说出这番话，是把东篱当作市场，侮辱了菊花。』姓陶的笑着说：『依靠自己的劳动维持生活不是贪婪，卖花为业不算庸俗。人固然不能苟且谋求富裕，但是也不必一定谋求贫困。』马子才不说话，姓陶的起身走出。

从此，马子才扔掉的菊花残枝、淘汰的菊花品种，姓陶的都捡回去，栽在自家的园子里。他也不再留在马子才家里吃饭。马子才来叫他，他才去一次。不久，菊花快要开了。有一天早上，马子才听到陶家门前十分热闹，觉得很奇怪，走出去一看，原来是许多人前来买花。只见人们车载肩挑，生意很好。马子才仔细观看人们买的菊花，发现品种很多，有一些是自己从来没有见过的。顿时，心中很不是滋味，不想再与姓陶的来往，觉得姓陶的自私贪心。但是，他又痛恨姓陶的私藏好的品种，就上前敲门，想当面指责他。姓陶的走出来，握着马子才的手，来到花园。只见原来荒芜的园子，都种上了菊花。买花人挖走了菊花，他就折断别的花枝，重新插上。满园子的菊花，都长得非常漂亮。马子才仔细一看，其实都是自己过去扔掉的。姓陶的走进屋里，拿出酒来，请马子才在园中喝酒，并且说道：『我家中贫穷，不能遵守清廉的美德。这几天卖花挣了一些钱，买了一些酒，足够我们两个喝醉的了。』一会儿，听到屋中黄英呼唤：『三郎！』姓陶的进屋，端出精制的菜肴。马子才问道：『你姐姐为什么不出嫁呢？』姓陶的说：『时候没到。』马子才又问：『什么时候才到呢？』姓陶的说：『四十三个月以后。』马子才不明白是什么意思，姓陶的笑了笑，也不再解释。两人高兴地喝酒，很久才散。过了一个晚上，马子才又到南院，看见新插的菊花枝，已长了一尺来高，他十分地惊奇，苦苦恳求姓陶的，告诉他其中的技巧。姓陶的说：『这不是用语言能够说明白的，既然你不卖花，学这个有什么用呢？』几天之后，买花的人渐渐少了。姓陶的用席子包好剩下的菊花，打成捆，装上车，运往南方。第二年的春天，姓陶的从南方运回一车奇异的花卉，在城里开了一个花店，十天全部卖完，然后又回到家中种菊花。不久，前来买花的人不断，陶家慢慢富裕起来。一年盖了新房，两年盖了高楼。姓陶的想做什么就做什么，也不与马子才商量。渐渐地，旧园子里盖了许多房子，陶家在附近又买了一亩地，垒上土墙，专门用来种菊花。秋天，姓陶的把菊花运走，要到第二年春天才能回来。当时，马子才的妻子已得病去世了。马子才爱慕黄英，就让人去说媒。黄英笑了笑，说是要等到弟弟回来才行。

一年多姓陶的竟然没有回来，黄英就像弟弟一样督促仆人种菊，得了钱就在村外经营良田二十顷，房子修得更壮观。忽然有个从东粤来的人，带来姓陶的信，拆开一看，是嘱咐姐姐嫁给马子才。考查寄信日期，正是马子才妻子去世那天，回想起菊园喝酒那天，算来正好是四十三个月，马子才十分奇怪。把信拿给黄英看，并问：『彩礼放在哪里？』黄英推辞接受彩礼。又因老房子简陋，想让马子才住到南边的房子里去，好像招女婿一样。马子才不同意，选择日子行礼迎亲。

黄英嫁给马子才以后，在隔墙上开个门直通南边房子，每天过去督促她的仆人干活。马子才认为靠妻子富有可耻，总是嘱咐黄英把家产分为南北登记好，以防止混淆。但是家里所需要的，黄英就从南边房中去取，不到半年，家中用的都是陶家的东西了。马子才立即派人把东西一一送还南边，告诫不要再取。但不到十天，南北的东西又混杂在一起了。总共换了几次，马子才觉得麻烦极了。

黄英笑着对他说：『为了表示清高，你这样做不是太费心了吗？』马子才感到很惭愧，从此后，不再过问这些琐事。黄英也尊重马子才的意见，不再卖菊花了。

后来有一次，马子才到南京办事。当时正是秋天，菊花盛开。他一大早路过一家花店，见店里陈列着许多盆菊花，千姿百态，竞相开放，不觉心里一动，觉得这些菊花很像是姓陶的培育的。一会儿，从里面出来一个人，马子才定睛一看，正是姓陶的。马子才高兴极了，马上走过去拉住他的手，双方互致问候，询问别后情形。于是马子才就住在这里。事情办好后，他要姓陶的和他一起回家，姓陶的说：『南京是我的老家，我将来要在这里成婚。这几年来我也攒了一些钱，就请把它捎给我姐姐吧！到年底，我一定去看望你们。』

马子才说什么也不同意，他要姓陶的马上和他回家。他说：『家里现在什么东西也不缺，今后我们可以坐享富贵，你也不要再经商了。』马子才也不同姓陶的商量，命令仆人削价出售菊花。没几天工夫，就全部处理完了。随后，他逼着姓陶的收拾行装，租了一条船，一同北上。

回到家中，黄英已经为她弟弟准备了房间，床铺被褥椅桌都安排齐备，好像已预先知道弟弟要回来的。姓陶的自从回家，什么也不干了。督促仆役，将亭台花园，大加修整。此后，只是天天跟马子才下棋喝酒，再不去结交什么新朋友。马子才要代他找门亲事，他托辞不要，他的姐姐便派了两个婢女去服侍他。过了三四年，陶氏养了一个女儿。

姓陶的很有酒量，从来没有人看见他喝醉过。马子才有一位朋友姓曾，酒量也是很大的，恰巧来找马子才，马子才就叫他跟姓陶的比一比高下。两人尽情地喝得很痛快，只恨相识得太晚了，于是自早上喝到夜深，两人已喝了一百壶了。这时，姓曾的已醉得不省人事，就坐着呼呼睡去，姓陶的也站起来要回房去睡，走到菊畦时，摔倒了，便脱了衣服，竟然变成了菊花，像人那样高，结了十余朵花，朵朵都比拳头大。马子才大吃一惊，赶紧去告诉黄英，黄英急忙前去，将这株菊花拔起来放在地上，说：『怎么醉到这种样子呢？』用衣服把这株花盖上，叫马子才一同走开，别去偷看。

天亮后去看，见姓陶的睡在菊垄旁边。马子才这才意识到姐弟俩都是菊花精，更加敬重他们。但姓陶的自从露相以后，更加放纵喝酒，老是下请帖招来曾生，两人成为莫逆朋友。正当百花生日，曾生来访，姓陶的派两个仆人抬来浸药白酒一坛，请曾生一起喝尽。一坛酒很快喝光，两人还没很醉。马子才又偷偷倒进去一坛酒，两人又喝完了。曾生醉得厉害，几个仆人把他背走。姓陶的倒在地上，又变成了菊花。马子才见惯了不感到惊奇，学黄英那样拔出来，守在旁边观察它的变化。过了很久，菊花渐渐枯萎，马子才十分害怕，告诉黄英。黄英一听，吓得大喊：『你害死我弟弟啦！』跑去一看，根茎都已干枯。黄英十分悲痛，掐断它的秆子，把它埋在花盆里，端进闺房中，每天给它浇水。马子才悔恨得要死，非常埋怨曾生。过了几天后，听说曾生也醉死了。那盆中的花渐渐萌芽，九月开了花，矮矮的花茎、粉白的花朵，一嗅有酒的芬香，给它取名『醉陶』，用酒浇灌，长得更加茂盛。后来陶女长大了，嫁给了显贵人家。黄英终老一生，也没有怪异现象。

异史氏说：『陶生像那自称「青山白云人」的傅奕一样，因为醉酒而死，世上的人都替他惋惜，而他自己未必不觉得快乐。将这样的菊花种在庭院中，就像见着好朋友，就像见着美人一样，不可不寻找这样的菊花啊！』

书痴

彭城郎玉柱，其先世官至太守，居官廉，得俸不治生产，积书盈屋。至玉柱，尤痴：家苦贫，无物不鬻，惟父藏书，一卷不忍置。父在时，曾书『劝学篇』粘其座右，郎日讽诵；又幛以素纱，惟恐磨灭。非为干禄，实信书中真有金粟。昼夜研读，无问寒暑。年二十余，不求婚配，冀卷中丽人自至。见宾亲，不知温凉，三数语后，则诵声大作，客逡巡自去。每文宗临试，辄首拔之，而苦不得售。一日，方读，忽大风飘卷去。急逐之，踏地陷足；探之，穴有腐草；掘之，乃古人窖粟，朽败已成粪土。虽不可食，而益信『千钟』之说不妄，读益力。一日，梯登高架，于乱卷中得金辇径尺，大喜，以为『金屋』之验。出以示人，则镀金而非真金。心窃怨古人之诳己也。居无何，有父同年，观察是道，性好佛。或劝郎献辇为佛龛。观察大悦，赠金三百、马二匹。郎喜，以为金屋、车马皆有验，因益刻苦。然行年已三十矣。或劝其娶，曰：『「书中自有颜如玉」，我何忧无美妻乎？』又读二三年，迄无效，人咸揶揄之。时民间讹言：天上织女私逃。或戏郎：『天孙窃奔，盖为君也。』郎知其戏，置不辨。一夕，读汉书至八卷，卷将半，见纱剪美人夹藏其中。骇曰：『书中颜如玉，其以此应之耶？』心怅然自失。而细视美人，眉目如生，背隐隐有细字云『织女』。大异之。日置卷上，反复瞻玩，至忘食寝。一日，方注目间，美人忽折腰起，坐卷上微笑。郎惊绝，伏拜案下。既起，已盈尺矣。益骇，又叩之。下几亭亭，宛然绝代之姝。拜问：『何神？』美人笑曰：『妾颜氏，字如玉，君固相知已久。日垂青盼，脱不一至，恐千载下无复有笃信古人者。』郎喜，遂与寝处。然枕席间亲爱倍至，而不知为人。每读，必使女坐其侧。女戒勿读，不听。女曰：『君所以不能腾达者，徒以读耳。试观春秋榜上，读如君者几人？若不听，妾行去矣。』郎暂从之。少顷，忘其教，吟诵复起。逾刻，索女，不知所在。神志丧失，嘱而祷之，殊无影迹。忽忆女所隐处，取汉书细检之，直至旧所，果得之。呼之不动，伏以哀祝。女乃下曰：『君再不听，当相永绝！』因使治棋枰、樗蒲之具，日与遨戏。而郎意殊不属。觑女不在，则窃卷流览。恐为女觉，阴取汉书第八卷，杂溷他所以迷之。一日，读酣，女至，竟不之觉；忽睹之，急掩卷，而女已亡矣。大惧，冥搜诸卷，渺不可得；既，仍于汉书八卷中得之，页数不爽。因再拜祝，矢不复读。女乃下，与之弈，曰：『三日不工，当复去。』至三日，忽一局赢女二子。女乃喜，授以弦索，限五日工一曲。郎手营目注，无暇他及；久之，随指应节，不觉鼓舞。女乃日与饮博，郎遂乐而忘读。女又纵之出门，使结客，由此倜傥之名暴著。女曰：『子可以出而试矣。』郎一夜谓女曰：『凡人男女同居则生子；今与卿居久，何不然也？』女笑曰：『君日读书，妾固谓无益。今即夫妇一章，尚未了悟，枕席二字有工夫。』郎惊问：『何工夫？』女笑不言。少间，潜迎就之。郎乐极曰：『我不意夫妇之乐，有不可言传者。』于是逢人辄道，无有不掩口者。女知而责之。郎曰：『钻穴逾隙者，始不可以告人；天伦之乐，人所皆有，何讳焉？』过八九月，女果举一男，买媪抚字之。一日，谓郎曰：『妾从君二年，业生子，可以别矣。久恐为君祸，悔之已晚。』郎闻言，泣下，伏不起，曰：『卿不念呱呱者耶？』女亦凄然。良久曰：『必欲妾留，当举架上书尽散之。』郎曰：『此卿故乡，乃仆性命，何出此言！』女不之强，曰：『妾亦知其有数，不得不预告耳。』先是，亲族或窥见女，无不骇绝，而又未闻其缔姻何家，共诘之。郎不能作伪语，但默不言。人益疑，邮传几遍，闻于邑宰史公。史，闽人，少年进士。闻声倾动，窃欲一睹丽容，因而拘郎及女。女闻知，遁匿无迹。宰怒，收郎，斥革衣衿，梏械备加，务得女所自往。郎垂死，无一言。械其婢，略能道其仿佛。宰以为妖，命驾亲临其家。见书卷盈屋，多不胜搜，乃焚之；庭中烟结不散，暝若阴霾。郎既释，远求父门人书，得从辨复。是年秋捷，次年举进士。而衔恨切于骨髓。为颜如玉之位，朝夕而祝曰：『卿如有灵，当佑我官于闽。』后果以直指巡闽。居三月，访史恶款，籍其家。时有中表为司理，逼纳爱妾，托言买婢寄署中。案既结，郎即日自劾，取妾而归。

异史氏曰：『天下之物，积则招妒，好则生魔：女之妖，书之魔也。事近怪诞，治之未为不可；而祖龙之虐，不已惨乎！其存心之私，更宜得怨毒之报也。呜呼！何怪哉！』

【译文】

彭城人郎玉柱，祖上做过知府，行为很廉洁，有了钱不购买田产房屋，只是藏书很多，屋子里都堆满了书。传到玉柱，更是个书呆子，家里很穷，什么东西都肯变卖，唯有他父亲的藏书却一本也不忍售出。他日夜读书，不管天冷天热。年龄已经二十开外，尚未结婚。客人来访他，他也不知道说什么寒暄话，谈上两三句，便大声念起书来，客人见他这样，也感到无趣，便悄悄地走了。每逢督学岁考，他总是第一名，可是怎么也考不中举人。有一天晚上，他读《汉书》读到第八卷的一半，发现里面夹着一个用纱剪成的美人。玉柱拿起美人仔细一瞧，眉目灵活得和生人一样，背上还隐隐约约地看到有两个小字：『织女』。他这才奇怪起来，每天把美人放在书本上，翻来覆去地玩，甚至连吃饭睡觉都忘了。一天，他正在呆呆地看着美人，这美人忽然把腰一弯，微笑着坐在书本上。郎玉柱诧异极了，便伏在桌子底下磕头。等他站起来，那美人已经长到一尺左右。他越发惊奇了，再跪下去叩头。等他起来，美人已经走下桌子，她容貌的美丽，真是人间少有。郎玉柱问她是什么神仙下凡。美人笑道：『我姓颜，名如玉，你认识我很久了。若不来一次，恐怕今后就没有人肯相信古人的话了。』郎玉柱大喜，便和她同居。不过他们尽管相亲相爱，他却从来不知道如何去尽夫妇之道，每次读书，总是叫那女子坐在旁边。女子叮嘱他不要再读了，他不肯听。她说道：『你之所以不能飞黄腾达，就是因为读书的缘故。请你看看春试、秋试的榜上，像你这样用功读书的人能有几个？如果你再不听话，我就要走了。』郎玉柱暂时服从了一下，但一会儿就把她的话忘了，又开始读起书。过了一刻再去寻那女子，竟不知她跑到什么地方去了。他的精神受到刺激，跪在地下祷告，依然没有影踪。忽然想起她原先隐藏的地方，便拿出《汉书》来仔细翻检第八卷，果然找到了。叫她，她不答，跪着恳切地祝告，女子才走下来说道：『你再不听我的话，我就永远和你断绝了！』他只好答应。女子叫他准备些棋呀牌呀之类的，每日教他玩。郎玉柱对这些没有兴趣，一看到她不在，就拿起书来看。又怕被她发现，于是把《汉书》第八卷混插在旁的地方，免得她再逃进去。一天，他读得太起劲，女子来了都没有觉察。等到看见她，慌忙把书合上，她又没有影踪了。赶快再到书堆里去寻，翻了半天也翻不出来，最后还是从《汉书》第八卷里找到，并且还是在原来的页数里。他又跪下祝告，立誓不再读书，女子才走下来。女子教他下棋，并和他相约道：『如果你三天以内下不好棋，我还是要走的。』到了第三天，郎玉柱忽然在一局中胜了她两子，她才高兴了。女子又教他弹琴，限他五天弹好一支曲子。郎玉柱手眼并用，忙得什么都来不及管，经过一段时期，居然能随手弹出调子来，而且十分合拍，不觉兴奋得手舞足蹈。这样，女子天天和他吃酒下棋，他就渐渐沉醉在这些事物里，把读书忘了。女子又放他出门，教他交朋友，从此他风流倜傥的名气传了开去。女子对他说道：『你如今可以出去做官了。』

过了八九月，女子生了一个男孩，还雇一个老妈子来负责抚养。一天，她对郎玉柱说道：『我跟了你两年，已经替你生了儿子，现在我可以走了，再过下去，怕要给你招来麻烦，那时后悔也来不及。』郎玉柱一听大哭，跪在地下不肯起来，说道：『你难道丢得开那个孩子吗？』女子也很悲伤，过了一会儿才说道：『如果一定要我留下来，就请你把架上的书全部散去。』郎玉柱说：『这些书是你的家，也是我的性命，你怎么说出这种话来？』女子也不再勉强他，只是说道：『我也知道凡事都有定数，但不能预先向你说明。』郎玉柱的亲戚、族人看到那女子，都感到很奇怪，因为他们不曾听说他同哪一家定过亲，便来追问他。他不会撒谎，只是沉默着不讲话。人们越发怀疑，谣言不胫而走，最后传到姓史的县官耳朵里。那县官是福建人，年轻时中了进士，听到这消息，很动心，极想见一见这个美人，因此发下传票，拘捕郎玉柱夫妇。女子知道了，逃得无影无踪。县官大怒，把郎玉柱收监，革去了他的秀才功名，严刑拷打，要得到女子的去向。郎玉柱险些被打死，却始终不肯供出一个字来。县官又对他家的婢女用刑，那婢女才把大概的情形说了。县官认为女子是个妖怪，亲自到郎玉柱家里，发现满屋子都是书，搜查起来很困难，便叫人全部烧了。院子里浓烟凝结不散，阴沉沉的好像起雾一般。郎玉柱被释放后，到远方求他父亲的门生写了一封信，才恢复了功名。那年秋天，他中了举人，第二年又中了进士，他恨透了那姓史的福建县官，要报这个仇，就替颜如玉立个牌位，每天都向她祷告道：『你如果有灵验，可保佑我到福建去做官。』

后来他果然做了巡抚，往福建巡查。在那里留了三个月，终于查清姓史的劣迹，惩罚了他。当时有个担任推官的中表亲，逼他纳了一个爱妾，他便借口买了一个使女，寄居在推官的官署里。案子结束以后，他当天就上表弹劾自己，带着爱妾回家了。

异史氏说：『天下的东西，积累多了，就招人嫉妒，好事就横生魔障：女人的艳丽，就是书籍的魔障。这件事情近于离奇古怪，给以扑灭不是不可以，但用秦始皇焚书坑儒的暴虐，又未免过于悲惨了！而且县官存着私心，更应该得到极端仇恨的报复。唉！有什么可怪的呢！』

齐天大圣

许盛，兖人。从兄成，贾于闽，货未居积。客言大圣灵著，将祷诸祠。盛未知大圣何神，与兄俱往。至则殿阁连蔓，穷极弘丽。入殿瞻仰，神猴首人身，盖齐天大圣孙悟空云。诸客肃然起敬，无敢有惰容。盛素刚直，窃笑世俗之陋。众焚奠叩祝，盛潜去之。既归，兄责其慢。盛曰：『孙悟空乃丘翁之寓言，何遂诚信如此？如其有神，刀槊雷霆，余自受之！』逆旅主人闻呼大圣名，皆摇手失色，若恐大圣闻。盛见其状，益哗辨之；听者皆掩耳而走。至夜，盛果病，头痛大作。或劝诣祠谢，盛不听。未几，头小愈，股又痛，竟夜生巨疽，连足尽肿，寝食俱废。兄代祷，迄无验。或言：神谴须自祝。盛卒不信。月余，疮渐敛，而又一疽生，其痛倍苦。医来，以刀割腐肉，血溢盈碗；恐人神其词，故忍而不呻。又月余，始就平复。而兄又大病。盛曰：『何如矣！敬神者亦复如是，足征余之疾，非由悟空也。』兄闻其言，益恚，谓神迁怒，责弟不为代祷。盛曰：『兄弟犹手足。前日支体糜烂而不之祷；今岂以手足之病，而易吾守乎？』但为延医剉药，而不从其祷。药下，兄暴毙。盛惨痛结于心腹，买棺殓兄已，投祠指神而数之曰：『兄病，谓汝迁怒，使我不能自白。倘尔有神，当令死者复生。余即北面称弟子，不敢有异词；不然，当以汝处三清之法，还处汝身，亦以破吾兄地下之惑。』至夜，梦一人招之去，入大圣祠，仰见大圣有怒色，责之曰：『因汝无状，以菩萨刀穿汝胫股；犹不自悔，啧有烦言。本宜送拔舌狱，念汝一念刚鲠，姑置宥赦。汝兄病，乃汝以庸医夭其寿数，与人何尤？今不少施法力，益令狂妄者引为口实。』乃命青衣使请命于阎罗。青衣曰：『三日后，鬼籍已报天庭，恐难为力。』神取方版，命笔，不知何词，使青衣执之而去。良久乃返。成与俱来，并跪堂上。神问：『何迟？』青衣曰：『阎魔不敢擅专，又持大圣旨上咨斗宿，是以来迟。』盛趋上拜谢神恩。神曰：『可速与兄俱去。若能向善，当为汝福。』兄弟悲喜，相将俱归。醒而异之。急起，启材视之，兄果已苏，扶出，极感大圣力。盛由此诚服信奉，更倍于流俗。而兄弟资本，病中已耗其半；兄又未健，相对长愁。一日，偶游郊郭，忽一褐衣人相之曰：『子何忧也？』盛方苦无所诉，因而备述其遭。褐衣人曰：『有一佳境，暂往瞻瞩，亦足破闷。』问：『何所？』但云：『不远。』从之。出郭半里许，褐衣人曰：『予有小术，顷刻可到。』因命以两手抱腰，略一点头，遂觉云生足下，腾踔而上，不知几百由旬。盛大惧，闭目不敢少启。顷之曰：『至矣。』忽见琉璃世界，光明异色，讶问：『何处？』曰：『天宫也。』信步而行，上上益高。遥见一叟，喜曰：『适遇此老，子之福也！』举手相揖。叟邀过诣其所，烹茗献客；止两盏，殊不及盛。褐衣人曰：『此吾弟子，千里行贾，敬造仙署，求少赠馈。』叟命幢出白石一枰，状类雀卵，莹澈如冰，使盛自取之。盛念携归可作酒枚，遂取其六。褐衣人以为过廉，代取六枚，付盛并裹之。嘱纳腰橐，拱手曰：『足矣。』辞叟出，仍令附体而下，俄顷及地。盛稽首请示仙号。笑曰：『适即所谓筋斗云也。』盛恍然，悟为大圣，又求祐护。曰：『适所会财星，赐利十二分，何须他求？』盛又拜之，起视已渺。既归，喜而告兄。解取共视，则融入腰橐矣。后辇货而归，其利倍蓰。自此屡至闽，必祷大圣。他人之祷，时不甚验；盛所求无不应者。

异史氏曰：『昔士人过寺，画琵琶于壁而去；比返，则其灵大著，香火相属焉。天下事固不必实有其人；人灵之，则既灵焉矣。何以故？人心所聚，而物或托焉耳。若盛之方鲠，固宜得神明之佑，岂真耳内绣针，毫毛能变，足下筋斗，碧落可升哉！卒为邪惑，亦其见之不真也。』

【译文】

有一个人叫许盛，是兖州地方的人，跟着哥哥许成在福建地方做生意，没有买到货物。听客人讲大圣非常灵验，就到祠庙里去祈祷。许盛不晓得大圣是什么神仙，就和哥哥一同前去。来到祠庙里就看见殿阁连连不断，特别雄伟壮丽。走进大殿里抬头一看，神像是猴子的脑袋人的身子，原来是齐天大圣孙悟空。所有的客人严肃地礼拜，谁也不敢不恭敬。大家烧香磕头祈祷，许盛竟然偷偷地离开了。

回来后，哥哥责备许盛对大圣没有礼貌。许盛说：『孙悟空其实是丘公所写的寓言童话，为什么要这样虔诚信仰呢？假如它有神灵，用刀劈用雷击，我都心甘情愿！』店主人听见喊大圣的名字，吓得脸色大变，急忙摆手，好像害怕大圣听见一样。许盛看见他们这样的表情，更加大声议论。听见的人都用手捂起耳朵走开了。到了晚上，许盛突然生病，头疼痛得无法忍受，有人劝他到祠庙里去请罪，许盛没有听从。过了一会儿，许盛头疼稍稍好了一些，大腿又开始疼痛，一夜之间竟然长出了一个大毒疮，连脚都肿了起来，饭也吃不下觉也睡不好。哥哥替他去祈祷，也没有效果。有的人说：『被神灵惩罚了就必须自己去祈祷。』许盛还是一直没有相信。一个多月以后，疮慢慢地好了，可是又长出了一个毒疮，更加疼痛。找来医生，用刀子把腐烂的肉割掉，流出的鲜血足足有一碗。许盛害怕别人议论说他得罪了神灵，所以硬是忍着疼痛一声也不叫。

一个多月以后，许盛的毒疮才愈合，可是哥哥又得了一场大病。许盛说：『为什么会这个样子呢？尊敬神灵的也是如此，这就更能证明我之所以生病，不是由孙悟空所造成的。』哥哥听了他的话以后，更加恼怒，说是神灵生他的气，责备弟弟不替他去祷告。许盛说：『兄弟如同手足。前几天我的大腿腐烂也没有去祈祷，如今怎么会因为哥哥生了病而改变了我所坚持的守则呢？』许盛只是为哥哥请来医生，买来治病的药，而没有遵照他哥哥说的话去替他祈祷。吃完药以后，他的哥哥突然死去了。

许盛悲痛欲绝，买了口棺材把哥哥装殓完以后，跑到祠庙面前用手指着神像责骂道：『哥哥生病，都是你怪罪的结果，让我不能清白。如果你真的有神灵，应该让死去的人重新活过来，我就面向北方做你的弟子，决不食言。否则，你就用惩处三清的办法，使你自身受到处罚，也能够消除我哥哥在阴曹地府所受到的迷惑。』

到了晚上，许盛在梦中见到有一个人在叫他去，进入大圣祠里面，抬头看见大圣脸上有怒气。大圣责备他说：『由于你不像个样子，才用菩萨的刀子刺穿你的大腿，你自己还不知道悔改，又说了一些闲言秽语。本来就应该把你打入到十八层地狱里的拔舌狱，看在你为人一生刚烈直爽，暂时宽恕了你。你哥哥生病死去，其实是你引来庸医让他折寿早早地死去，和别人又有什么相干？现在不去稍微施展一点儿法力，就更会被狂妄的人引为话柄。』然后就吩咐青衣使者去阎罗那里请命。青衣使者说：『人死去三天以后，鬼籍就已经报到天庭去了，只怕无能为力。』大圣拿来一块方版，拿着笔在方版上面写字，不知道写的是什么话，让青衣使者拿去了。过了很长时间，青衣使者才返了回来，许成也跟着他一起回来了，一起在殿堂上跪着。大圣问：『怎么回来得这么慢呢？』青衣使者分辩说：『阎罗王不敢自作主张，又拿着大圣圣旨到上面请示斗宿，所以才回来这么晚。』许盛立刻过去参拜大圣的恩德。大圣说：『你可以立刻和你的哥哥回去了。假如能够从善积德，一定会赐给你福气。』兄弟俩又悲又喜，搀扶着一同回去了。

许盛醒过来，知道这是一场梦，觉得惊疑。他匆忙起身把棺材打开，一看哥哥确实已经醒过来了。他将哥哥从棺材里扶出来，深深感到大圣的力量。从此许盛诚心诚意地信奉大圣，超过了世俗的好几倍。可是兄弟两人的钱财，已经用了一大半来治病，现在哥哥的身体还没有恢复健康，两人相对坐着非常愁苦。

有一天，许盛偶尔在城边散步，忽然有一个穿着粗布衣服的人看着他说：『你为了什么事情这样烦恼啊？』许盛正有苦没处诉说，就把他的遭遇详细地讲述了一遍。穿着粗布衣服的人说：『有一个地方挺好的，你到那里去看一看，就能够把苦闷忧愁全部解除。』许盛问：『那是什么地方呢？』那个人只是说：『不太远。』许盛就跟他一起去了。大约走出城半里多地，穿着粗布衣服的人说：『我施展一个小法术，一会儿就能到达。』然后就让许盛两只手抱住他的腰，稍稍点了一下头，就感觉脚下生云，腾空而起，不知道走了几千里的路程。许盛非常恐惧，把眼睛闭上，不敢睁开。不大一会儿，那个人说：『已经到了。』忽然看见四处都是琉璃瓦的殿堂，五彩缤纷。许盛惊讶地问：『这里是什么地方啊？』那人回答说：『这儿是天上的宫殿。』他们缓缓前行，越走越高。看见在远处的地方有一位老人，那个人说：『恰好碰到这位老人，真是你的运气啊！』举手向老人作揖问候。老人把他们邀请到住所，煮茶款待客人。可是只端上来两杯茶，根本没有在乎许盛。穿粗布衣服的人说：『这是我的徒弟，千里迢迢来做生意，前来仙舍拜访，请求您能够赠送给他点什么东西。』老人让童子端出一盘白石，形状十分像雀蛋，玉光清澈得就像冰一样，让许盛自己动手拿。许盛心里想拿回去可以当酒杯，于是就拿了六个。穿粗布衣服的人认为许盛过于廉洁不贪心，又替他拿了六个，递给许盛让他一起包好，叮嘱装进腰间的钱袋里面，然后拱了拱手说：『够了。』辞别老人出来，依旧让许盛靠在他的身上下去，一会儿工夫就到了地上。许盛磕头询问他的仙号，穿粗布衣服的人笑着说：『刚刚就是人们所说的筋斗云。』许盛才突然明白，此人就是孙大圣啊，就又请求他的佑护。穿粗布衣服的人说：『刚才你所见到的神仙就是财星，赏赐给你十二分的利润，你还有什么需求？』许盛又磕头参拜，起来一看人已经不见了。

回去之后，许盛高兴地把事情的经过跟哥哥说了。把钱袋解下来一起观看，白石已经融入腰间的钱袋里了。后来，用车把货物拉回到家乡，获得数倍的利润。从此，屡次到福建去，一定向孙大圣祈祷。别人的祈祷，经常不太灵验，可许盛所求的事情没有一件不应验的。

异史氏说：『以前有一个读书人路过寺庙，书生擅长绘画，在墙壁上画了一个琵琶然后就离开了。待僧人回来的时候，看到此画，称之为圣琵琶，非常灵验，于是乡村里的人们前来烧香乞求降福的接连不断。世上的事情根本就不一定真的有其人，人们以为它灵验，那么它就灵验了。什么原因？人们的心里都那样想，事物就有寄托而已。像许盛这样刚烈直爽的人，就应该得到神灵的佑护，而不是真的就像孙悟空那样耳朵里面藏针，毫毛可以万般变化，翻筋斗就可以上天入地，具有神通广大的本领。最终被恶魔所诱惑，也能够看出他不是真的就有神灵。』

晚霞

五月五日，吴越间有斗龙舟之戏：刳木为龙，绘鳞甲，饰为金碧；上为雕甍朱槛；帆旌皆以锦绣；舟末为龙尾，高丈余；

以布索引木板下垂，有童坐板上，颠倒滚跌，作诸巧剧。下临江水，险危欲堕。故其购是童也，先以金啖其父母，预调驯之，堕水而死，勿悔也。吴门则载美妓，较不同耳。镇江有蒋氏童阿端，方七岁，便捷奇巧，莫能过，声价益起，十六岁犹用之。至金山下，堕水死。蒋媪止此子，哀鸣而已。阿端不自知死，有两人导去，见水中别有天地；回视，则流波四绕，屹如壁立。俄入宫殿，见一人兜牟坐。两人曰：『此龙窝君也。』便使拜伏。龙窝君颜色和霁，曰：『阿端伎巧可入柳条部。』遂引至一所，广殿四合。趋上东廊，有诸年少出与为礼，率十三四岁。即有老妪来，众呼解姥。坐令献技。已，乃教以钱塘飞霆之舞，洞庭和风之乐。但闻鼓钲喤聒，诸院皆响；既而诸院皆息。姥恐阿端不能即娴，独絮絮调拨之；而阿端一过，殊已了了。姥喜曰：『得此儿，不让晚霞矣！』明日，龙窝君按部，诸部毕集。首按夜叉部，鬼面鱼服。鸣大钲，围四尺许；鼓可四人合抱之，声如巨霆，叫噪不复可闻。舞起，则巨涛汹涌，横流空际，时堕一点星光，及着地消灭。龙窝君急止之，命进乳莺部，皆二八姝丽，笙乐细作，一时清风习习，波声俱静，水渐凝如水晶世界，上下通明。按毕，俱退立西墀下。次按燕子部，皆垂髫人。内一女郎，年十四五已来，振袖倾鬟，作散花舞；翩翩翔起，衿袖袜履间，皆出五色花朵，随风扬下，飘泊满庭。舞毕，随其部亦下西墀。阿端旁睨，雅爱好之。问之同部，即晚霞也。无何，唤柳条部。龙窝君特试阿端。端作前舞，喜怒随腔，俯仰中节。龙窝君嘉其惠悟，赐五文裤褶，鱼须金束发，上嵌夜光珠。阿端拜赐下，亦趋西墀，各守其伍。端于众中遥注晚霞，晚霞亦遥注之。少间，端逡巡出部而北，晚霞亦渐出部而南；相去数武，而法严不敢乱部，相视神驰而已。既按蛱蝶部，童男女皆双舞，身长短、年大小、服色黄白，皆取诸同。诸部按已，鱼贯而出。柳条在燕子部后，端疾出部前，而晚霞已缓滞在后。回首见端，故遗珊瑚钗，端急内袖中。既归，凝思成疾，眠餐顿废。解姥辄进甘旨，日三四省，抚摩殷切，病不少瘥。姥忧之，罔所为计，曰：『吴江王寿期已促，且为奈何！』薄暮，一童子来，坐榻上与语，自言：『隶蛱蝶部。』从容问曰：『君病为晚霞否？』端惊问：『何知？』笑曰：『晚霞亦如君耳。』端凄然起坐，便求方计。童问：『尚能步否？』答云：『勉强尚能自力。』童挽出，南启一户；折而西，又辟双扉。见莲花数十亩，皆生平地上；叶大如席，花大如盖，落瓣堆梗下盈尺。童引入其中，曰：『姑坐此。』遂去。少时，一美人拨莲花而入，则晚霞也。相见惊喜，各道相思，略述生平。遂以石压荷盖令侧，雅可幛蔽；又匀铺莲瓣而藉之，忻与狎寝。既订后约，日以夕阳为候，乃别。端归，病亦寻愈。由此两人日一会于莲亩。过数日，随龙窝君往寿吴江王。称寿已，诸部悉还，独留晚霞及乳莺部一人在宫中教舞。数月更无音耗，端怅惘若失。惟解姥日往来吴江府；端托晚霞为外妹，求携去，冀一见之。留吴江门下数日，宫禁森严，晚霞苦不得出，怏怏而返。积月余，痴想欲绝。一日，解姥入，戚然相吊曰：『惜乎！晚霞投江矣！』端大骇，涕下不能自止。因毁冠裂服，藏金珠而出，意欲相从俱死。但见江水若壁，以首力触不得入。念欲复还，惧问冠服，罪将增重。意计穷蹙，汗流浃踵。忽睹壁下有大树一章，乃猱攀而上，渐至端杪；猛力跃堕，幸不沾濡，而竟已浮水上。不意之间，恍睹人世，遂飘然泅去。移时，得岸，少坐江滨，顿思老母，遂趁舟而去。抵里，四顾居庐，忽如隔世。次且至家，忽闻窗中有女子曰：『汝子来矣。』音声甚似晚霞。俄，与母俱出，果霞。斯时两人喜胜于悲；而媪则悲疑惊喜，万状俱作矣。初，晚霞在吴江，觉腹中震动，龙宫法禁严，恐旦夕身娩，横遭挞楚；又不得一见阿端，但欲求死，遂潜投江水。身泛起，沉浮波中，有客舟拯之，问其居里。晚霞故吴名妓，溺水不得其尸。自念衍院不可复投，遂曰：『镇江蒋氏，吾婿也。』客因代贳扁舟，送诸其家。蒋媪疑其错误，女自言不误，因以其情详告媪。媪以其风格韵妙，颇爱悦之；第虑年太少，必非肯终寡也者。而女孝谨，顾家中贫，便脱珍饰售数万。媪察其志无他，良喜。然无子，恐一旦临蓐，不见信于戚里，以谋女。女曰：『母但得真孙，何必求人知。』媪亦安之。会端至，女喜不自已。媪亦疑儿不死；阴发儿冢，骸骨俱存。因以此诘端。端始爽然自悟；然恐晚霞恶其非人，嘱母勿复言。母然之。遂告同里，以为当日所得非儿尸。然终虑其不能生子。未几，竟举一男，捉之无异常儿，始悦。久之，女渐觉阿端非人，乃曰：『胡不早言！凡鬼衣龙宫衣，七七魂魄坚凝，生人不殊矣。若得宫中龙角胶，可以续骨节而生肌肤，惜不早购之也。』端货其珠，有贾胡出资百万，家由此巨富。值母寿，夫妻歌舞称觞，遂传闻王邸。王欲强夺晚霞。端惧，见王自陈：『夫妇皆鬼。』验之无影而信，遂不之夺。但遣宫人就别院，传其技。女以龟溺毁容，而后见之。教三月，终不能尽其技而去。

【译文】

五月五日这天，江浙一带有赛龙舟的游戏。把大木头挖空做成龙舟，画上鳞甲，装饰上金色和绿色。上面是雕花的屋脊和红色的栏杆，船帆、旗帜都是锦绣做成。船尾部做成龙尾，一丈多高，用布条绳子吊着一块木板垂下来，有个小孩坐在木板上，拿大顶翻跟头，表演各种技巧。下面紧贴着江水，危险得眼看就要掉下去。所以购买这些小孩时，先用金钱收买他的父母，提前弄来调教训练，若是落水死了，也不许反悔。在苏州，木板上表演的是美丽的女子，与此略有不同。

镇江有个姓蒋的孩子叫阿端，才七岁，轻便迅速灵活巧妙，没有人比得过他，身价很高，十六岁了还用他表演。一次龙船到了金山下，阿端落水而死。蒋母只这一个儿子，但也只有哀痛哭泣罢了。阿端不知道自己死了，有两个人领着他往前走，看到水中别有一番天地；回头一看，水波环绕四周，屹立如同墙壁。不久进了一座宫殿，见一个人戴着头盔坐着。那两个人对阿端说：『这是龙窝君。』就让阿端跪下磕头。龙窝君和颜悦色地说：『阿端的技艺可以加入柳条部。』于是那两个人就领着他来到一个地方，是个四面有建筑的大庭院。走上东边的长廊，有许多少年出来给他行礼，都是十三四岁。随即有个老婆婆过来，大家都叫她解姥。解姥坐下让大家献上自己的技艺。表演完了，就教大家跳『钱塘飞霆舞』，演奏『洞庭和风乐』。只听得锣鼓铿锵，各院都响了起来，接着各院又都停止了音乐。解姥恐怕阿端不能立即娴熟，单独细细调教他；然而阿端学了一遍，就掌握得滚瓜烂熟了。解姥高兴地说：『我们得到这个孩子，大略就不比晚霞她们逊色了！』

第二天，龙窝君检阅各部，各部都来了。首先检阅『夜叉部』：带着鬼面具和鱼皮箭袋；敲着大铜钲，周长四尺多；鼓更大，要四个人才能抱过来，声如巨雷，人的说话呼喊声都听不见了。夜叉跳起舞来，巨浪汹涌，横冲天空，天空中不时飘落一点星光，落到地上就熄灭了。龙窝君急忙叫停，命令『乳莺部』上来表演：都是二八美女，吹奏起细柔的笙管，霎时清风习习，波涛之声仿佛都消失了，江水逐渐凝结，像水晶世界，上下透明。表演完毕，都退回去站立在西台阶下。接着检阅『燕子部』：都是披散着头发的少女，其中一个女郎，大约十四五岁，挥动袖子扭着脑袋，跳天女散花舞；她舞姿翩翩像飞了起来，衣襟衣袖鞋袜之间，都飘出五彩缤纷的花朵，随风飘动，飘满整个院子。她跳完舞，也跟着燕子部站在西台阶下。阿端斜眼看看，心里非常喜欢她。询问和自己一个部的人，才知道她就是晚霞。

不一会儿，唤『柳条部』上。龙窝君特意要试试阿端的技艺。阿端就跳起昨天刚学的钱塘飞霆舞，把心里的喜怒哀乐表现得淋漓尽致，每一个前仰后合的动作，都和节拍一致。龙窝君夸奖他聪敏颖悟，又赏给他一件五彩的军服做演出服，和一件用鱼须形金丝制成的束发冠，上面嵌着一颗夜明珠。阿端拜谢赏赐退了下来，也到西台阶下自己的队伍里。阿端在人群里远远地看着晚霞，晚霞也远远地注视着他。一会儿，阿端慢慢移动到柳条部的最北边，晚霞也慢慢地移动到燕子部的最南边，两人只相隔几步远，然而规矩严明不敢站乱了队伍，只能是眉目传情而已。接着检阅『蛱蝶部』，童男童女成双起舞，身材的高矮、年龄的大小、服色的黄白，两人完全一样。各部都检阅完，大家排队按顺序走出去。『柳条部』在『燕子部』后面，阿端急忙走到队伍最前面，而晚霞已经缓慢地落在最后面。回头看见阿端，就故意把一支珊瑚钗掉落在地上，阿端急忙捡起来藏在袖子里。

回去后，阿端就得了相思病，不吃饭也不睡觉。解姥总是送来好吃的，每天来看他三四次，抚摸慰问，可病就是不见好转。解姥很忧虑，不知道怎么办好，说：『吴江王的寿辰就在眼前了，到底怎么办哪！』天傍黑，一个小男孩进来，坐在床上和阿端说话，自称属于蛱蝶部。他语气平和地问阿端：『你的病是为了晚霞吗？』阿端吃惊地问：『你怎么知道？』他笑着说：『晚霞现在和你一样。』阿端悲戚地坐起来，向他问计。男孩说：『你还能走路吗？』阿端回答：『勉强还能走几步。』男孩挽着他出来，打开南边的门；拐弯向西，又打开两扇门。看到莲花有几十亩，都长在平地上；叶子大得像席子，花朵大得像伞盖，落下的花瓣堆在莲花茎下有一尺多厚。男孩领他走进莲花丛中，说：『你暂时在这里坐坐。』就走了。不一会儿，一美女拨开莲花进来，是晚霞啊。两人见面又惊又喜，互相吐诉相思之苦，简略地说说各自的生平。就找块石头把荷叶压偏，正好可以遮住他俩；又均匀地铺下莲花瓣垫着，两人就躺在上面痛快地享受起来。完了事，两人定下今后相约的时间，每天到太阳西斜时就来相会，这才分别。阿端回去病就好了。从此两人每天都到莲花田里幽会一次。

过了几天，跟着龙窝君去给吴江王祝寿。祝完了寿，各部都回去了，只留下晚霞和『乳莺部』的一个人在宫中教舞蹈。过了几个月，一点消息也没有，阿端惆怅得失魂落魄。只有解姥每天来往于吴江府；阿端假说晚霞是他的表妹，求解姥带他去，希望能见到她。留在吴江府好几天，宫中戒备森严，晚霞苦于出不来，阿端只好垂头丧气地回去了。

又过了一个多月，阿端想念得就要死了。一天，解姥进来，悲伤地对阿端说：『可惜啊！晚霞投江了！』阿端大惊，泪流不止。于是他摔碎鱼须冠撕烂五彩衣，藏起夜明珠跑出去，想跟着晚霞一起死。只看见江水像墙壁一般，用头猛碰也进不去。想再回去，又害怕问起帽子和衣服，将获大罪。一点办法也没有，急得汗水直流到脚后跟。忽然看见墙下有棵大树，于是猴子似的爬上去，渐渐到了树梢，猛然使劲跳下，侥幸没有弄湿衣服，反而漂浮到了水面上。不经意间看见了人世，于是随着水流渡水而去。不多时，就到了岸上，在江边坐了一会儿，顿时想起了老母，就搭船回家了。到了村里，四处寻找自己的房屋，恍然如同过了三十年。趔趔趄趄走到家门前，忽听窗子里有女子说：『你儿子回来了。』声音很像晚霞。接着，和母亲一起走出来，果然是晚霞。这时两人的高兴胜过了悲伤，而老太太却又悲又疑又惊又喜，一时百感交集。

当初，晚霞在吴江府，感觉腹中震动，龙宫里法规森严，恐怕早晚之间就要分娩，难免遭受毒打；又不能与阿端见一面，只想一死了之，于是就偷偷跳到江里。但是身体浮上水面，在波浪中沉浮，有艘客船救起她，问她是哪里人氏。晚霞本来是苏州的名妓，溺水而死，但人们却一直没找到她的尸首。她想，妓院是不能再回去了，就说：『镇江蒋阿端，是我的夫婿。』船上的人就替她雇了一只小船，把她送到阿端家。蒋母怀疑她弄错了，晚霞说不会错，就把事情详细地告诉了蒋母。蒋母看到晚霞又漂亮又聪慧，很喜欢她；只担心她太年轻，不会一直守寡。但晚霞孝顺恭敬，看到家中贫穷，就脱下自己的珍宝首饰卖了数万两银子。蒋母看到她不像有二心的样子，很高兴。但是没有儿子，担心一旦生了孩子，邻居亲戚们不会相信，就和晚霞商量怎么办。晚霞说：『母亲只要有真孙子，何必让别人明白相信呢？』蒋母也就放心了。

阿端正好回来了，晚霞高兴得不得了。蒋母也怀疑儿子没死，偷着挖开了儿子的坟墓，骸骨都还在那里。因此就追问阿端。阿端一下子明白自己已是个死人，但是怕晚霞讨厌他不是人，叮嘱母亲不要说死了的事。蒋母同意。于是告诉庄里乡亲，说当时找到的不是儿子的尸体，但是仍然担心他不会有孩子。不久，晚霞竟然生了一个男孩，抱弄着和正常的孩子没有两样，才高兴起来。时间长了，晚霞逐渐感觉到阿端不是人，就说：『怎不早说啊！凡是鬼穿龙宫的衣服，七七四十九天后魂魄就会凝聚起来，和活人一样。要是得到宫中的龙角胶，可以接续断了的骨节生出新的肌肤来，可惜没有早买啊。』

阿端想卖了那颗夜明珠，有个外国商人花了一百万银子买去，阿端家从此成了大富户。恰好蒋母寿辰，夫妻俩歌舞献酒，于是传到王府里去了。王爷要强夺晚霞。阿端害怕，自己去见王爷说：『我们夫妇都是鬼。』王爷检验阿端在太阳底下没有影子才相信了，于是也就不再强夺晚霞。只派宫女们在另外的院子里跟晚霞学习舞蹈。晚霞用乌龟尿毁掉自己的美丽容颜，然后去见王爷。教了三个月，宫女们到底学不全她的技艺，她也就走了。

白秋练

直隶有慕生，小字蟾宫，商人慕小寰之子。聪慧喜读。年十六，翁以文业迂，使去而学贾，从父至楚。每舟中无事，辄便吟诵。抵武昌，父留居逆旅，守其居积。生乘父出，执卷哦诗，音节铿锵。辄见窗影憧憧，似有人窃听之，而亦未之异也。一夕，翁赴饮，久不归，生吟益苦。有人徘徊窗外，月映甚悉。怪之，遽出窥觇，则十五六倾城之姝。望见生，急避去。又二三日，载货北旋，暮泊湖滨。父适他出，有媪入曰：『郎君杀吾女矣！』生惊问之。答云：『妾白姓。有息女秋练，颇解文字。言在郡城，得听清吟，于今结想，至绝眠餐。意欲附为婚姻，不得复拒。』生心实爱好，第虑父嗔，因直以情告。媪不实信，务要盟约。生不肯。媪怒曰：『人世姻好，有求委禽而不得者。今老身自媒，反不见纳，耻孰甚焉！请勿想北渡矣！』遂去。少间，父归，善其词以告之，隐冀垂纳。而父以涉远，又薄女子之怀春也，笑置之。泊舟处，水深没棹；夜忽沙碛拥起，舟滞不得动。湖中每岁客舟必有留住守洲者，至次年桃花水溢，他货未至，舟中物当百倍于原直也，以故翁未甚忧怪。独计明岁南来，尚须揭资，于是留子自归。生窃喜，悔不诘媪居里。日既暮，媪与一婢扶女郎至，展衣卧诸榻上。向生曰：『人病至此，莫高枕作无事者！』遂去。生初闻而惊；移灯视女，则病态含娇，秋波自流。略致讯诘，嫣然微笑。生强其一语。曰：『为郎憔悴却羞郎，可为妾咏。』生狂喜，欲近就之，而怜其荏弱。探手于怀，接唇为戏。女不觉欢然展谑，乃曰：『君为妾三吟王建「罗衣叶叶」之作，病当愈。』生从其言。甫两过，女揽衣起坐曰：『妾愈矣！』再读，则娇颤相和。生神志益飞，遂灭烛共寝。女未曙已起，曰：『老母将至矣。』未几，媪果至。见女凝妆欢坐，不觉欣慰。邀女去，女俯首不语。媪即自去，曰：『汝乐与郎君戏，亦自任也。』于是生始研问居止。女曰：『妾与君不过倾盖之友，婚嫁尚不可必，何须令知家门？』然两人互相爱悦，要誓良坚。

女一夜早起挑灯，忽开卷凄然泪莹，生急起问之。女曰：『阿翁行且至。我两人事，妾适以卷卜，展之得李益江南曲，词意非祥。』生慰解之，曰：『首句「嫁得瞿塘贾」，即已大吉，何不祥之与有！』女乃稍欢。起身作别曰：『暂请分手，天明则千人指视矣。』生把臂哽咽，问：『好事如谐，何处可以相报？』曰：『妾常使人侦探之，谐否无不闻也。』生将下舟送之，女力辞而去。无何，慕果至。生渐吐其情。父疑其召妓，怒加诟厉。细审舟中财物，并无亏损，谯呵乃已。一夕，翁不在舟，女忽至，相见依依，莫知决策。女曰：『低昂有数，且图目前。姑留君两月，再商行止。』临别以吟声作为相会之约。由此值翁他出，遂高吟，则女自至。四月行尽，物价失时，诸贾无策，敛资祷湖神之庙。端阳后，雨水大至，舟始通。生既归，凝思成疾。慕忧之，巫医并进。生私告母曰：『病非药禳可痊，惟有秋练至耳。』翁初怒之；久之，支离益惫，始惧，赁车载子，复入楚，泊舟故处。访居人，并无知白媪者。会有媪操柁湖滨，即出自任。翁登其舟，窥见秋练，心窃喜；而审诘邦族，则浮家泛宅而已。因实告子病由，冀女登舟，姑以解其沉痼。媪以婚无成约，弗许。女露半面，殷殷窥听，闻两人言，眦泪欲堕。媪视女面，因翁哀请，即亦许之。至夜，翁出，女果至，就榻呜泣曰：『昔年妾状，今到君耶！此中况味，要不可不使君知。然羸顿如此，急切何能便瘳？妾请为君一吟。』生亦喜。女亦吟王建前作。生曰：『此卿心事，医二人何得效？然闻卿声，神已爽矣。试为我吟「杨柳千条尽向西」。』女从之。生赞曰：『陕哉！卿昔诵诗余，有采莲子云：「菡萏香连十顷陂。」心尚未忘，烦一曼声度之。』

女又从之。甫阕，生跃起曰：『小生何尝病哉！』遂相狎抱，沉痼若失。既而问：『父见媪何词？事得谐否？』女已察知翁意，直对『不谐』。既而女去，父来，见生已起，喜甚，但慰勉之。因曰：『女子良佳。然自总角时，把柁棹歌，无论微贱，抑亦不贞。』生不语。翁既出，女复来，生述父意。女曰：『妾窥之审矣：天下事，愈急由愈远，愈迎则愈距。当使意自转，反相求。』生问计。女曰：『凡商贾志在利耳。妾有术知物价。适视舟中物，并无少息。为我告翁：居某物，利三之；某物，十之。归家，妾言验，则妾为佳妇矣。再来时，君十八，妾十七，相欢有日，何忧为！』生以所言物价告父。父颇不信，姑以余资半从其教。既归，所自置货，资本大亏；幸少从女言，得厚息，略相准。以是服秋练之神。生益夸张之，谓女自言，能使己富。翁于是益揭资而南。至湖，数日不见白媪；过数日，始见其泊舟柳下，因委禽焉。媪悉不受，但涓吉送女过舟。翁另赁一舟，为子合卺。女乃使翁益南，所应居货，悉借付之。媪乃邀婿去，家于其舟。翁三月而返。物至楚，价已倍蓰。将归，女求载湖水；既归，每食必加少许，如用醯酱焉。由是每南行，必为致数坛而归。后三四年，举一子。一日，涕泣思归。翁乃偕子及妇俱如楚。至湖，不知媪之所在。女扣舷呼母，神形丧失。促生沿湖问讯。会有钓鲟鳇者，得白骥。生近视之，巨物也，形全类人，乳阴毕具。奇之，归以告女。女大骇，谓夙有放生愿，嘱生赎放之。生往商钓者，钓者索直昂。女曰：『妾在君家，谋金不下巨万，区区者何遂靳直也！如必不从，妾即投湖水死耳！』生惧，不敢告父，盗金赎放之。既返，不见女，搜之不得，更尽始至。问：『何往？』曰：『适至母所。』问：『母何在？』腆然曰：『今不得不实告矣，适所赎，即妾母也。向在洞庭，龙君命司行旅。近宫中欲选嫔妃，妾被浮言者所称道，遂敕妾母，坐相索。妾母实奏之。龙君不听，放母于南滨，饿欲死，故罹前难。今难虽免，而罚未释。君如爱妾，代祷真君可免。如以异类见憎，请以儿掷还君。妾去，龙宫之奉，未必不百倍君家也。』生大惊，虑真君不可得见。女曰：『明日未刻，真君当至。见有跛道士，急拜之，入水亦从之。真君喜文士，必合怜允。』乃出鱼腹绫一方，曰：『如问所求，即出此，求书一「免」字。』生如言候之。果有道士蹩躠而至，生伏拜之。道士急走，生从其后。道士以杖投水，跃登其上。生竟从之而登，则非杖也，舟也。又拜之。道士问：『何求？』生出罗求书。道士展视曰：『此白骥翼也，子何遇之？』蟾宫不敢隐，详陈颠末。道士笑曰：『此物殊风雅，老龙何得荒淫！』遂出笔草书『免』字，如符形，返舟令下。则见道士踏杖浮行，顷刻已渺。归舟，女喜，但嘱勿泄于父母。归后二三年，翁南游，数月不归。湖水俱罄，久待不至。女遂病，日夜喘急。嘱曰：『如妾死，勿瘗，当于卯、午、酉三时，一吟杜甫梦李白诗，死当不朽。候水至，倾注盆内，闭门缓妾衣，抱入浸之，宜得活。』喘息数日，奄然遂毙。后半月，慕翁至，生急如其教，浸一时许，渐苏。自是每思南旋。后翁死，生从其意，迁于楚。

【译文】

河北商人慕小寰的儿子叫慕蟾宫，自幼聪明酷爱读书。到了六岁，老人不喜慕生舞文弄墨，于是便带着他出门经商。有一年，父子二人来到湖北做买卖。父亲叫他在栈房里看守刚刚采购回来的货物。他趁父亲外出之际，赶忙拿出书本吟诵了起来。突然他看到窗外有人影在晃动，像在偷听他读书。他没有在意。有一天晚上他父亲外出赴宴，他又拿出书本诵读，这时他看到窗外有一个美貌少女在看着他。那少女一看到慕生出神地望着她，赶忙躲开了。又过了两三天，慕家父子载着货物北归，晚上船停泊在湖滨。父亲正好到别处去，有个老大娘进船舱说：『郎君害死我女儿了。』慕生吃惊地问她怎么回事，大娘说：『我家姓白，有个女儿叫秋练，也喜欢诵读诗篇。她说在武昌城里，听到你清雅的吟诗声，到现在还想念不止，以至不想睡不想吃。想高攀你结为夫妻，你可不能拒绝。』慕生心里其实很爱慕那姑娘，只是顾虑父亲责怪，就把这苦衷向老大娘直说了。老大娘不信，一定要他订下婚约。慕生不肯。老大娘生气地说：『人世间的婚姻，有人想求女方同意还求不来，现在我老太婆自己上门求亲，反而被你拒绝，还有比这更丢脸的吗！你别想渡湖北上了！』说完就去了。过了一会儿，父亲回来了。慕生尽量拣好话说，把这事告诉了父亲，暗暗希望父亲同意这门亲事。但父亲因为路隔得远，又看不起那姑娘急于找男人，笑笑就把这事丢开了。他们停船的地方，水深没过了船橹。当天夜里，湖底的沙石忽然涨起，把船搁浅住了，动弹不得。湖中每年必有商船搁浅在沙洲上的，到第二年春天桃花开放，那时别人的货物还没运到，过冬船上的货物就会比原价增值百倍，所以慕翁并不怎么担忧和奇怪。只是考虑到明年南来，还要增加资金，于是留下儿子，独自回乡。慕生暗暗高兴，但又后悔没有问明老大娘的住址。

天黑以后，老大娘和一个丫鬟搀扶着那姑娘来了，让她宽衣睡在床上。老大娘向慕生说道：『人家病成这样，郎君别像没事人一样高枕无忧。』说完就走了。慕生初听吃了一惊，拿过灯来看那姑娘，只见病态之中含着娇羞，晶莹的眼睛像秋波流动。慕生略微问了她几句，她妩媚地微笑着不说话。慕生缠着要她说话，姑娘就说：『为郎憔悴却羞郎，』《西厢记》里崔莺莺赠张生的诗，真可以说是为我写的。』慕生听得心中好生欢喜，就想和她亲热，但又怜惜她太虚弱了。于是把手伸进她怀里，和她接吻调笑。姑娘不禁欢笑着开起玩笑来，就说道：『你为我吟诵三遍唐朝王建「罗衣层层」那首诗，我的病就会好。』慕生就按她说的吟诵。才两遍，姑娘就披衣坐起来说：『我好了。』慕生再念时，她娇声颤抖着一起念。慕生更加神魂飞扬，于是就熄灯一起睡了。

天不亮，姑娘就起床了，说：『老母就要来了。』不一会儿，老大娘果然来了。看到女儿打扮齐整，欢欢喜喜地坐着，觉得很欣慰，就叫女儿回去，她低着头不答腔。老大娘就独自回去，说：『你乐意和郎君玩耍，也随你吧。』这时慕生才详细询问姑娘的家庭情况。她说：『你我二人只是萍水相逢，婚姻还未得到父母的同意，我的家庭门第还不足为道。』但两人互相爱慕，山盟海誓很坚决。

一天夜里，姑娘很早就起来挑亮了灯，打开一卷书，忽然伤心起来，眼泪汪汪的。慕生急忙起来问她怎么了。她说：『公公很快就要来了。我们两个的事，我刚才用书来算卦，打开一看，是唐朝李益的《江南曲》，这首诗的意思不吉利。』慕生宽慰她说：『这首诗第一句「嫁得瞿塘贾」，就已经大吉大利了，哪有什么不吉利！』秋练才稍微快乐了些，起身告别说：『今天就此告别，以后我们再会吧。』慕生拉着她的手臂哽咽流泪，问：『如果好事能成，我该到哪里去告诉你呢？』秋练说：『我会经常派人探听消息，成不成都会知道的。』慕生要下船送她，她再三推却而去。不久，慕翁果然来了。慕生向父亲一点一点吐露了心事。父亲疑心他把妓女招到船上，生气地斥骂他，细查船上的财物，并没短缺，骂声才停。一夜，父亲不在船上，秋练忽然来了。二人相见，依依不舍，想不出好主意来。秋练说：『成不成命中注定的，先图个眼下吧。我姑且再留你两个月，再商量以后怎么办。』临别，约定慕生吟诗就是相会的暗号。从此，遇到父亲外出，慕生就高声吟诗，秋练就自己来了。四月快过完了，船上货物的价钱错过了好时光，几个客商束手无策，就凑了钱到湖神庙祈祷。端午节后，连降大雨，船才能通航。

慕生回家以后，相思之情郁结于心，病倒了。父亲很忧虑，又是请医生，又是请巫师。慕生私下告诉母亲说：『我的病不是吃药消灾能治好的，只有秋练来了才会好。』父亲起初很生气，时间长了，儿子形神憔悴，更衰弱无力，才害怕了。于是慕翁雇车载着儿子，再次到湖北，把船停泊在原来的地方。他向当地居民打听，却没有一个人知道白大娘的。正好有个老大娘驾船从湖滨经过，就出来自认。慕翁登上她的船，见了秋练，暗暗喜欢，又向白大娘仔细询问籍贯门第，却是以船身为家而已。于是他就如实相告儿子的病因，希望姑娘到自己船上去，先救一救儿子的重病。老大娘以婚姻未定为由拒绝让女儿去看望慕生。秋练在里舱露出半个脸，关注地偷听，听见两个人的话，眼眶里的泪水快要掉下来了。大娘见了女儿的脸色，趁着慕翁哀求，也就同意了。

当天夜里，慕翁外出，秋练果然来了，走近床边呜呜哭着说：『想当初我因为思念你也是这般，没想到你今天也成了这样，真是何苦呢！你吟诗救我，我也仿效一下吧。』慕生心里欢喜。秋练就也吟诵上次王建那首诗。慕生说：『这首诗吻合你的心事，医别人怎能有效呢？但我听了你的声音，精神已经爽快多了。请你为我吟诵唐朝刘方平「杨柳千条尽向西」那首诗。』秋练照他说的做了。慕生赞美说：『痛快！你从前吟词，有一首唐朝皇甫松的《采莲子》：「荷花含苞，香连十顷池塘。」我还记得。你好好吟唱一次吧。』秋练又照他说的做了。一曲刚完，慕生一跃而起说：『我哪里有病呢！』于是二人亲热地拥抱在一起，重病似乎无影无踪了。后来慕生问她：『父亲见了大娘说了些什么话？我们的事能成功吗？』秋练已经觉察慕翁无意允婚，直截了当地回答：『不成。』

秋练走后，父亲回来，看到慕生已能起床，非常欢喜，但只是宽慰勉励了几句，就说：『姑娘很好。但从小就过着水上生活，摇橹把舵唱船歌。不说出身低贱，而且还不贞洁。』慕生沉默不语。

父亲外出后，秋练又来了。慕生向她转述了父亲的意思。秋练说：『我看得很清楚。天下事，越急越难成功，越迎合越要拒绝。要使老人家自己回心转意，反过来求我。』慕生就问她有什么办法。秋练说：『大凡商人的愿望，不过赚钱罢了。我有法术，能预知物价。刚才看船上的货物，一点利也赚不到。你代我转告老人家，囤积某种货物，有三倍的利润；囤积某种货物，有十倍的利润。你们回家以后，假如我的话应验了，那我就将是你们家的好媳妇了。下次来时，你十八，我十六，欢乐的日子长着呢，你担忧什么？』慕生就把秋练所说的物价告诉了父亲。父亲不大相信，姑且用剩余资金的一半照秋练所说的采购了。回家以后，他自己所置办的货物，大大地亏了本，幸而稍微听从了秋练的话，获得了大利润，盈亏大致相抵。慕翁好生佩服秋练的预知能力。慕生更加夸大秋练的本事，说是她曾说过，能使自己发财。于是慕翁带了更多的资金南下。到了湖边，好几天没有见到白大娘。又过了几天，才见到她的船停在柳树下，就送上了聘礼。白大娘没有接受慕家的聘礼，只是选了吉日将秋练送到了慕家，目送女儿过船。慕翁另外租了一条船为儿子举行婚礼。婚后，秋练让公公向南行，所应采购的货物，都开了清单交给他。大娘就把女婿请去，在她的船上安家，过了三个月，慕翁回来了。货物运到湖北，价钱就已经成倍上升。将回河北时，秋练请求带一些湖水回去，回到慕家后，每次吃饭一定要加一点，好像加酱醋一般。从此慕翁每次南下做生意，一定要为她带几坛湖水回来。这样过了三四年，秋练生了一个儿子。

秋练忽然哭着要回南方，慕翁就携同儿子媳妇一起去湖北。到了湖边，不知白大娘在哪里。秋练敲着船舷呼唤母亲，神色都变了，催慕生沿湖打听。这时有个钓鱼的人，钓到一条白鲤鱼。慕生走近去观看，那鱼长得特别像人。慕生很奇怪，回来告诉了秋练。秋练大惊，说自己早就有放生的心愿，叮嘱慕生把那条大白鲤鱼赎了放生。慕生前去和钓鱼的商量，那人要价很高。

秋练对慕生说：『我在你家，出主意赚的钱不下多少万，这点区区的小数目为何就舍不得为我花呢？假如你一定不肯答应，我就跳湖自杀罢了！』慕生害怕，也不敢告诉父亲，偷拿了钱把大白鲤鱼赎了放生。回船以后，秋练不见了，找也找不到，直到天亮才回来。慕生问她：『到哪里去了？』她说：『刚才去母亲那里了。』慕生问：『母亲在哪里呢？』秋练不好意思地说：『现在我不能不如实相告了，刚才你所赎的，就是我的母亲。原先在洞庭湖，龙君命她掌管湖上的交通。最近龙宫选妃子，有些人过分地赞美我，于是龙君就下令给我母亲，指定要我入宫。母亲把我的情况如实回奏，龙君不允许，把我母亲流放到湖的南滨，饿得要死，所以遭到了这个灾难。现在灾难虽然躲过了，流放的处罚还没解除。你如果怜惜我，代为向真君祈祷就可使母亲得到赦免。如果你因为我不是人类而厌恶我，那我把儿子交给你，我走。龙宫的享受，不见得不比你家强百倍。』慕生听了大惊，担忧真君不是轻易能见到的。秋练说：『明天午后一时，真君会到。看见有个瘸腿道士，你就赶紧上前叩拜，他下水你也要跟着他。真君喜爱义士，一定会因为怜悯而答应你的。』又拿出一块鱼肚白的罗绫说：『如果真君问你求什么，你就把这拿出来，求他写个「免」字。』慕生照她说的在湖边等候，果然有个道士一瘸一拐地走来，慕生就伏在地上叩拜。道士急忙走开，慕生紧跟在他后面。道士把拐杖扔在水里，然后跳在上面。慕生竟也跟着他跳上去，却原来不是拐杖，而是一条船。慕生又向他叩拜。道士就问：『你求什么？』慕生就拿出罗绫求道士写。道士打开看了说：『这是白鲤鱼的鳍，你怎么遇上它的？』慕生不敢隐瞒，就说了前后经过。道士笑着说：『这东西相当风雅，老龙怎能如此荒淫！』就拿出笔来像画符一样草写了个『免』字，把船转回到岸边命慕生下船。只见道士踏着拐杖飘浮而去，顷刻之间已经不见了。慕生回到自己船上，秋练很高兴，只是嘱咐他别把此事泄露给父母。

就这样，平平安安过了三年，慕翁要去南方做买卖，有好几个月没有回来。秋练突然得了一场重病，原来是以前带回来的湖水喝完了。秋练病情越来越重，吩咐完后事，她就闭上了眼睛。没过几天，慕翁带着湖水回来了，慕生赶忙按秋练的嘱咐去做。

没过多久，秋练又活过来了。后来慕公去世，慕生和秋练把家迁到了南方湖滨之地。

衢州三怪

张握仲从戎衢州，言：『衢州夜静时，人莫敢独行。钟楼上有鬼，头上一角，相貌狞恶，闻人行声即下。人驰而奔，鬼亦遂去。然见之辄病，且多死者。又城中一塘，夜出白布一匹，如匹练横地。过者拾之，即卷入水。又有鸭鬼，夜既静，塘边并寂无一物，若闻鸭声，人即病。』

【译文】

张握仲从军时曾在衢州驻防，说：『衢州夜深人静后，没人敢在街上独自行走。传言钟楼上有鬼，头上长角，相貌狰狞凶恶。听到人的走路声，就从钟楼上飞扑而下。行人惊骇地逃走后，鬼也随着离开。但见鬼的人往往得病而且很多都死了。又说：城中有个水塘，夜里会从水中悄悄伸出一匹白布，像白练一样横在地上。行人如果捡拾，就会被白布卷入水中。塘中还有鸭子鬼，夜深后，水塘边什么东西也没有，一片死寂。行人如听到鸭子叫，就会得病。』

拆楼人

何冏卿，平阴人。初令秦中，一卖油者有薄罪，其言戆，何怒，杖杀之。后仕至铨司，家资富饶。建一楼，上梁日，亲宾称觞为贺。忽见卖油者入，阴自骇疑。俄报妾生子。愀然曰：『楼工未成，拆楼人已至矣！』人谓其戏，而不知其实有所见也。后子既长，最顽，荡其家。佣为人役，每得钱数文，辄买香油食之。

异史氏曰：『常见富贵家数第连亘，死后，再过已墟。此必有拆楼人降生其家也。身居人上，乌可不早自惕哉！』

【译文】

何冏卿是山东平阴县人。起初在陕西中部做县令时，有一个卖油郎犯了不大的罪，但他说话很直，何冏卿一怒之下，就把他打死了。后来，何冏卿到吏部文选清吏司做官，家中资产很是丰饶。家中新建一座楼，上梁的那天，亲戚朋友都来喝酒，向他祝贺。忽然，他看见卖油郎走了进来，心中暗暗感到疑惑，过了一会儿，有人来报告说他的妾生了一个儿子。何冏卿闷闷不乐地说：『新楼还没有建成，拆楼的人已经来了！』别人都以为他是开玩笑，却不知道他真的看见了。后来，他的儿子长大了，最顽劣，把家产都荡光了。他到人家去做用人，每次得到几文钱，就会买香油吃。

异史氏说：『经常见到富贵人家房屋连成一片，等他去世，再到那里一看便成了废墟。这一定是有拆楼人降生在他家里。做官的人，怎么能不早警惕呢？』

陈云栖

真毓生，楚夷陵人，孝廉之子。能文，美丰姿，弱冠知名。儿时，相者曰：『后当娶女道士为妻。』父母共以为笑。而为之论婚，低昂苦不能就。生母臧夫人，祖居黄冈，生以故诣外祖母。闻时人语曰：『黄州「四云」，少者无伦。』盖郡有吕祖庵，庵中女道士皆美，故云。庵去臧氏村仅十余里，生因窃往。扣其关，果有女道士三四人，谦喜承迎，仪度皆洁。中一最少者，旷世真无其俦，心好而目注之。女以手支颐，但他顾。诸道士觅盏烹茶。生乘间问姓字，答云：『云栖，姓陈。』生戏曰：『奇矣！小生适姓潘。』陈赪颜发赪，低头不语，起而去。少间，瀹茗，进佳果。各道姓字：一，白云深，年三十许；一，盛云眠，二十已来；一，梁云栋，约二十有四五，却为弟。而云栖不至。生殊怅惘，因问之。白曰：『此婢惧生人。』生乃起别，白力挽之，不留而出。白曰：『而欲见云栖，明日可复来。』生归，思恋綦切。次日，又诣之。诸道士俱在，独少云栖，未便遽问。诸道士治具留餐，生力辞，不听。白拆饼授箸，劝进良殷。既问：『云栖何在？』答云：『自至。』久之，日势已晚，生欲归。白捉腕留之，曰：『姑止此，我捉婢子来奉见。』生乃止。俄，挑灯具酒，云眠亦去。酒数行，生辞已醉。白曰：『饮三觥，则云栖出矣。』生果饮如数。梁亦以此挟劝之，生又尽之，覆盏告辞。白顾梁曰：『吾等面薄，不能劝饮。汝往曳陈婢来，便道潘郎待妙常已久。』梁去，少时而返，具言：『云栖不至。』生欲去，而夜已深，乃佯醉仰卧。两人代裸之，迭就淫焉。终夜不堪其扰。天既明，不睡而别。数日不敢复往，而心念云栖不忘也，但不时于近侧探侦之。一日，既暮，白出门，与少年去。生喜，不甚畏梁，急往款关。云眠出应门。问之，则梁亦他适。因问云栖。盛导去，又入一院，呼曰：『云栖！客至矣。』但见室闑然而合。盛笑曰：『闭扉矣。』生立窗外，似将有言，盛乃去。云栖隔窗曰：『人皆以妾为饵，钓君也。频来，身命殆矣。妾不能终守清规，亦不敢遂乖廉耻，欲得如潘郎者事之耳。』生乃以白头相约。云栖曰：『妾师抚养，即亦非易。果相见爱，当以二十金赎妾身。妾候君三年。如望为桑中之约，所不能也。」生诺之。方欲自陈，而盛复至，从与俱出，遂别归。中心怊怅，思欲委曲夤缘，再一亲其娇范，适有家人报父病，遂星夜而还。无何，孝谦卒。夫人庭训最严，心事不敢使知，但刻减金资，日积之。有议婚者，辄以服阕为辞。母不听。生婉告曰：「曩在黄冈，外祖母欲以婚陈氏，诚心所愿。今遭大故，音耗遂梗，久不如黄省问；旦夕一往，如不果谐，从母所命。」夫人许之。乃携所积而去。至黄诣庵中，则院宇荒凉，大异畴昔。渐入之，惟一老尼炊灶下，因就问。尼曰：「前年老道士死，「四云」星散矣。」问：「何之？」曰：「云深、云栋，从恶少去；向闻云栖寓居郡北；云眠消息不知也。」生闻之悲叹。命驾即诣郡北，遇观辄询，并少踪迹。怅恨而归，伪告母曰：「舅言：陈翁如岳州，待其归，当遣伻来。」逾半年，夫人归宁，以事问母，母殊茫然。夫人怒子诳；媪疑甥与舅谋，而未以闻也。幸舅出，莫从稽其妄。夫人以香愿登莲峰，斋宿山下。既卧，逆旅主人扣扉，送一女道士，寄宿同舍，自言：「陈云栖。」闻夫人家夷陵，移坐就榻，告诉坎坷，词旨悲恻。末言：「有表兄潘生，与夫人同籍，烦嘱子侄辈一传口语，但道其暂寄栖鹤观师叔王道成所，朝夕厄苦，度日如岁。令早一临存，恐过此以往，未之或知也。」夫人审名字，即又不知。但云：「既在学宫，秀才辈想无不闻也。」未明早别，殷殷再嘱。夫人既归，向生言及。生长跪曰：「实告母：所谓潘生，即儿也。」夫人既知其故，怒曰：「不肖儿！宣淫寺观，以道士为妇，何颜见亲宾乎！」生垂头，不敢出词。会生以赴试入郡，窃命舟访王道成。至，则云栖半月前出游不返。既归，悒悒而病。适臧媪卒，夫人往奔丧，殡后迷途，至京氏家，问之，则族妹也。相便邀入。见有少女在堂，年可十八九，姿容曼妙，目所未睹。夫人每思得一佳妇，俾子不怼，心动，因诘生平。妹云：「此王氏女也，京氏甥也。怙恃俱失，暂寄此耳。」问：「婿家谁？」曰：「无之。」把手与语，意致娇婉。母大悦，为之过宿，私以己意告妹。妹曰：「良佳。但其人高自位置；不然，胡蹉跎至今也。容商之。」夫人招与同榻，谈笑甚欢；自愿母夫人。夫人悦，请同归荆州；女益喜。次日，同舟而还。既至，则生病未起。母慰其沉疴，使婢阴告曰：「夫人为公子载丽人至矣。」生未信，伏窗窥之，较云栖尤艳绝也。因念：三年之约已过；出游不返，则玉容必已有主。得此佳丽，心怀颇慰。于是辗然动色，病亦寻瘳。母乃招两人相拜见。生出，夫人谓女：「亦知我同归之意乎？」女微笑曰：「妾已知之。但妾所以同归之初志，母不知也。妾少字夷陵潘氏，音耗阔绝，必已另有良匹。果尔，则为母也妇；不尔，则终为母也女，报母有日也。」夫人曰：「既有成约，即亦不强。但前在五祖山时，有女冠问潘氏，今又潘氏，固知夷陵世族无此姓也。」女惊曰：「卧莲峰下者母耶？询潘者，即我是也。」母始恍然悟，笑曰：

『若然，则潘生固在此矣。』女问：『何在？』夫人命婢导去问生。生惊曰：『卿云栖耶？』女问：『何知？』生言其情，始知以潘郎为戏。女知为生，羞与终谈，急返告母。母问其『何复姓王』。答云：『妾本姓王。道师见爱，遂以为女，从其姓耳。』夫人亦喜，涓吉为之成礼。先是，女与云眠俱依王道成。道成居隘，云眠遂去之汉口。女娇痴不能作苦，又羞出操道士业，道成颇不善之。会京氏如黄冈，女遇之流涕，因与俱去，俾改女冠装，将论婚士族，故讳其曾隶道士籍。而问名者，女辄不愿，舅及妗皆不知意向，心厌嫌之。是日，从夫人归，得所托，如释重负焉。合卺后，各述所遭，喜极而泣。女孝谨，夫人雅怜爱之；而弹琴好弈，不知理家人生业，夫人颇以为忧。积月余，母遣两人如京氏，留数日而归。泛舟江流，欻一舟过，中一女冠，近之，则云眠也。云眠独与女善。女喜，招与同舟，相对酸辛。问：『将何之？』盛云：『久切悬念。远至栖鹤观，则闻依京舅矣。故将诣黄冈，一奉探耳。竟不知意中人已得相聚。今视之如仙，剩此漂泊人，不知何时已矣！』因而欷歔。女设一谋：令易道装，伪作姊，携伴夫人，徐择佳偶。盛从之，既归，女先白夫人，盛乃入。举止大家；谈笑间，练达世故。母既寡，苦寂，得盛良欢，惟恐其去。盛早起，代母劬劳，不自作客。母益喜，阴思纳女姊，以掩女冠之名，而未敢言也。一日，忘某事未作，急问之，则盛代备已久。因谓女曰：『画中人不能作家，亦复何为？新妇若大姊者，吾不忧也。』不知女存心久，但惧母嗔。闻母言，笑对曰：『母既爱之，新妇欲效英、皇，何如？』母不言，亦辗然笑。女退，告生曰：『老母首肯矣。』乃另洁一室，告盛曰：『昔在观中共枕时，姊言：「但得一能知亲爱之人，我两人当共事之。」犹忆之否？』盛不觉双眦荧荧，曰：『妾所谓亲爱者，非他：如日日经营，曾无一人知其甘苦；数日来，略有微劳，即烦老母恤念，则中心冷暖顿殊矣。若不下逐客令，俾得长伴老母，于愿斯足，亦不望前言之践也。』女告母。母令姊妹焚香，各矢无悔词，乃使生与行夫妇礼。将寝，告生曰：『妾乃二十三岁老处女也。』生犹未信。继而落红殷褥，始奇之。盛曰：『妾所以乐得良人者，非不能甘岑寂也；诚以闺阁之身，腼然酬应如勾栏，所不堪耳。借此一度，挂名君籍，当为君奉事老母，作内纪纲。若房闱之乐，请别与人探讨之。』三日后，襆被从母，遣之不去。女早诣母所，占其床寝，不得已，乃从生去。由是三两日辄一更代，习为常。夫人故善弈，自寡居，不暇为之。自得盛，经理井井，昼日无事，辄与女弈。挑灯瀹茗，听两妇弹琴，夜分始散。每与人曰：『儿父在时，亦未能有此乐也。』盛司出纳，每纪籍报母。母疑曰：『儿辈常言幼孤，作字弹棋谁教之？』女笑以实告。母亦笑曰：『我初不欲为儿娶一道士，今竟得两矣。』忽忆童时所卜，始信定数不可逃也。生再试不第。夫人曰：『吾家虽不丰，薄田三百亩，幸得云眠纪理，日益温饱，儿但在膝下，率两妇与老身共乐，不愿汝求富贵也。』生从之。后云眠生男女各一，云栖女一男三。母八十余岁而终。孙皆入泮；长孙，云眠所出，已中乡选矣。

【译文】

真毓生，是湖北夷陵人，举人的儿子。他文章写得很好，长得又俊雅潇洒，少年时就出了名。还是孩子时，有个相面的见了他说：『以后当娶女道士为妻。』父母都以为是笑谈。但真生长大后，虽多方提亲，却高不成，低不就，直找不到合适的。

真生母亲臧夫人，娘家是黄冈的。这天，真生因为有事去拜见外祖母。到了黄冈，听人都在传说：『黄州「四云」，少者无伦。』原来，本郡有座吕祖庵，庵中的女道士们都长得很美，所以有这种说法。吕祖庵距臧家村仅十几里路，真生便偷偷跑了去想见识见识。到了吕祖庵，敲敲门，果然有三四个女道士出来迎接，都很整洁漂亮。其中一个最年轻的，真是绝代佳人，无与伦比。真生一见钟情，目不转睛地盯着她看。那少女手托香腮，只是看着别处。女道士们都去煮茶、找茶碗去了。真生乘机问少女的姓名，少女回答说：『叫云栖，姓陈。』真生开玩笑说：『太巧了！我正好姓潘。』云栖听了，羞红了脸颊，低下头默默不语，接着起身走了。不一会儿，女道士们煮了茶来，摆上水果，各自介绍自己的姓名。一个叫白云深，三十多岁；一个叫盛云眠，二十来岁；另一个叫梁云栋，二十四五，却是妹妹。只是陈云栖没来。真生心中怅惘，便问云栖哪儿去了。白云深说：『这丫头怕生人。』真生便起身告辞。白云深极力挽留，真生不听，走出门去。白云深说：『如想见云栖，明天可再来。』

真生回去后，非常想念陈云栖。第二天，又去吕祖庵拜访。女道士们都在，唯独不见陈云栖，真生也不好马上便问。女道士们摆下饭菜，留真生吃饭。真生极力推辞，道士们不听。白云深掰开一块饼，又塞给他一双筷子，殷勤地劝着。吃完饭，真生说：『云栖在哪里？』回答说：『她自己会来的。』过了很久，天已晚了，真生想回去。白云深拉住他的胳膊，说：『再待会儿，我去把那丫头捉来见你！』真生便不走了。一会儿，白云深挑着灯笼，摆上酒菜，这时盛云眠也走了。酒过数巡，真生推辞说醉了。白云深说：『喝三杯，云栖就出来了。』真生便喝了三杯。梁云栋以此要挟，真生又喝了三杯。喝完，倒扣过酒杯，告辞要走。白云深看着梁云栋说：『咱俩的面子小，不能劝客人多喝点。你去拖陈丫头来，就说潘郎等妙常已经很久了！』梁云栋离去，不一会儿又回来了，说：『云栖不来！』真生想走，但夜已深，便假装醉了，仰面睡下。白、梁二人替他脱光了衣服，轮番凑上去行淫。真生终夜不堪骚扰，天刚亮，便立即走了。此后，一连好几天，不敢再去吕祖庵。但心里仍念念不忘云栖，只好不时在吕祖庵附近探视云栖的行踪。

天已黑了。真生见白云深跟着一个少年男子走了，非常高兴。他不太怕梁云栋，便急忙去敲门，盛云眠答应着出来开了门。真生一问，梁云栋也出去没回来，便问云栖在不在。盛云眠领着他又进入一个小院，呼唤说：『云栖，来客人了！』只见云栖的房门『砰』地一声关上了。盛云眠笑着说：『关门了！』真生站在窗外，像有话要说，盛云眠便走了。云栖隔着窗对真生说：『她们拿我作钓饵，在钓你上钩呢！你再来，性命难保！我虽然不能守一辈子清规，可也不敢丧尽廉耻。我想得到一个真正像潘郎那样的人侍奉他！』真生发誓要跟她白头到老，云栖说：『我师父抚养我很不容易，你如果真的爱我，就用二十两银子赎我出去。我等你三年。如指望跟我幽会偷情，绝对办不到！』真生答应了。正想再倾吐心曲，盛云眠又来了。真生只得跟着她出去，告辞回去了。心中惆怅，想再想方设法，亲眼看看云栖。正巧老家来人，告诉他父亲病危，真生连夜奔回。不久，真举人便去世了。臧夫人家教很严，真生不敢让母亲知道自己的心事，只是减扣自己的花销，天天攒钱。有来提亲的，真生就以给父亲服孝为由推辞。母亲不听，真生婉转地告诉母亲说：『上次在黄冈，外祖母想给我提一个姓陈的姑娘，我很愿意。因为家中遭了这次变故，跟黄冈久不通音信，很久没再去问这事了。等我再去一趟，如这事不成，再听凭母亲吩咐！』臧夫人答应了。真生便携带着自己的积蓄上了路。

到了黄冈，真生径直去了吕祖庵。只见院宇颓废，一片荒凉，跟原先大不相同。真生慢慢走进去，见只有一个老尼姑正在做饭，真生便上前询问。老尼姑说：『前年老道士死了，「四云」早已散了。』真生问：『到哪里去了？』回答说：『云深、云栋跟恶少走了，云栖听说寄住在郡北，云眠不知下落。』真生听了，悲叹不已。便又赶到郡北，碰到庙观就打听，却没有一点云栖的踪迹。真生只得惆怅地返回家，骗母亲说：『舅父说，陈老翁到岳州去了，等他回来，就派仆人来告知。』半年后臧夫人回娘家探亲，问母亲这件事，她母亲却茫然不知。臧夫人大怒，知道儿子在撒谎。臧老太太却怀疑外甥跟他舅父有商量，只是没告诉自己。幸亏真生的舅父出了远门，没法对证。

臧夫人到莲峰烧香还愿，在山下住宿。睡下后，店主人又来敲门，送进来一个女道士，同宿一屋。女道士自称叫『陈云栖』，听臧夫人说家是夷陵的，云栖就搬过座位，挨着夫人讲述起自己的坎坷遭遇，言辞神情悲伤凄恻。最后又说：『我有个姓潘的表兄，跟夫人是同一个地方的。麻烦夫人托你的子侄们去告诉他，就说我现在暂住在栖鹤观师叔王道成处，天天受苦，度日如年，让他早点来看看我。不然恐怕错过这个机会，以后就难以见面了。夫人询问潘生的名字，云栖却不知道，只是说：『他既然在学宫读书，那些秀才一定听说过他。』第二天，天还没亮，云栖早早告辞，又再三嘱咐臧夫人不要忘了。

臧夫人回家，跟儿子提起这事。真生跪在地上说：『实话告诉母亲，那个潘生，就是儿子！』臧夫人问知缘故，大怒说：『不肖之子！在尼姑观行淫，以女道士为妻，传出去还有什么脸见亲戚朋友！』真生牵拉着脑袋，一句话不敢说。正好真生要到郡城考试，便偷偷地租了船去访王道成。赶到栖鹤观，得知云栖已于半月前出游，一去不回。真生回到家中，郁郁不乐，接着便病了。

正赶上真生的外祖母去世了。臧夫人回去奔丧。出殡后回家的路上迷了路，来到一个姓京的人家，一打听，还是自己的族妹家。京家请臧夫人进屋。臧夫人见到堂屋内有个少女，约十八九岁，长得秀雅无比，真是从没见过这样漂亮的少女。臧夫人常想找个美丽的儿媳，好安慰儿子，见了这个少女，不禁心动，便打听她的情况。族妹说：『这是王家女儿，京家的外甥女。双亲都已去世，暂时寄居在这里。』臧夫人问：『婆家是哪里？』族妹回答说：『还没有。』臧夫人握着那少女的手跟她说了几句话，见她神情娇婉，心中更加高兴。便在京家住了一晚，私下把自己的意思告诉了族妹。族妹说：『这事很好。只是这姑娘自视很高；不然，怎会拖到现在还没婆家？容我慢慢和她商量。』臧夫人叫过少女同床而睡，二人又说又笑，十分高兴。少女自愿认臧夫人为母，夫人欢喜，请她同去荆州，少女更加高兴。

第二天，臧夫人带着少女同船返回。到家后，真生仍然卧病在床。母亲想安慰安慰他，让丫鬟悄悄地去告诉他说：『夫人给公子带了个美人来！』真生不信，趴在窗子上往外瞅了瞅，果然见一个少女，生得比云栖还要美丽十分。心想：三年之约已经过去，既然出游一去不返，肯定有了新意中人。现在得到这样一个美人，倒也足慰平生。于是喜笑颜开，病也好像一下子好了。母亲招呼真生和少女见过面，真生便出去了。臧夫人对少女说：『你知道我让你一同来的意思吗？』少女微笑着说：『我已经知道了。但我之所以愿意一同来的本意，母亲却不知道。我小的时候和夷陵人潘生定了亲。后来音信隔绝，想必他早已另娶。如果真是这样，那我们就做婆媳；不然，我们仍然做母女。』臧夫人说：『既然早有婚约，当然不能勉强。只是前些年我在五祖山时，就有个女道士打听潘生；现在又是潘生，可夷陵的世族大家并没有姓潘的。』少女惊讶地问：『那次在莲峰下住宿的，是母亲吗？打听潘生的那个女道士就是我啊！』臧夫人恍然大悟，笑着说：『如是这样，那么潘生早就在这里了！』少女问：『在哪里？」夫人命丫鬟领着她去问真生。真生大惊，问：『你是云栖？』少女问：『你怎么知道的？』真生讲了实情，说当初冒充姓潘是跟她开了玩笑。少女知道『潘生』就是真生，害羞得不说话了，忙去告诉了夫人。夫人问道：『你怎么又姓了王呢？』云栖回答说：『我本姓王。我的师父很喜欢我，认了我做女儿，我便改姓了师父的姓。』臧夫人也很高兴，择了吉日为儿子和云栖成了亲。

原来，云栖和云眠当初都去投奔了王道成。因为王道成住处狭窄，云眠便又去了汉口。云栖娇弱，不能劳作，又害羞再去当道士，王道成很不耐烦。正好碰上亲戚京氏去黄冈，云栖哭着讲了自己的遭遇，京氏便带着她一同回了家，让她换下道士的服装还了俗。因为要给她向大户人家提亲，所以忌讳提起她当过道士。但是有来提亲的，云栖都不愿意。舅父、舅母摸不透她的心思，心里十分厌烦她。由于这次偶然的机会，云栖得以跟臧夫人回到夷陵，最终找了自己的归宿，她如释重负。成亲后，真生和云栖各自诉说了自己的遭遇，都喜欢得流下了眼泪。云栖为人孝顺勤谨，臧夫人非常爱怜她。但云栖喜好的是弹琴下棋，不会料理家务，臧夫人很感忧愁。

一个多月后，臧夫人让真生夫妻俩去京氏家拜访。俩人住了几天才往回走。船行江中，见另一只船很快地驶过，船上有个女道士。靠近一看，原来是云眠！云眠唯独和云栖要好。云栖见了她非常高兴，让她到自己船上来，二人相对心酸。云栖问：『你要到哪里去？』盛云眠说：『很久以来，我一直想着你。特地去栖鹤观寻找，听说你又去投奔京氏舅舅了，我之所以要去黄冈，是想去探望你，竟不知你跟意中人已经团聚！现在看你像仙女一样，只剩我一人到处漂泊，真不知何时算个头？』说着，泪流不止。云栖想出一个主意：让云眠换下道士装，假称是自己的姐姐，将她先带回家中陪伴夫人，再慢慢寻找个好丈夫。盛云眠听从了。

回家后，云栖先去禀报过夫人自己的姐姐来了，盛云眠才进家。只见她举止端庄，有大家风度，言谈笑语，老练世故。臧夫人守寡已久，很感枯寂，见了盛云眠，非常高兴，唯恐她马上就走了。第二天，云眠早早就起来，替夫人操劳，不把自己看作是客人。母亲更加欢喜，心中便暗想再为儿子娶了盛云眠，以掩饰儿媳的道士身份——她却不知云眠也是道士。臧夫人尽管有了这心思，但还没敢直说。一天，臧夫人忽然想起忘了一件事没做，急忙问时，云眠早已给办妥了。夫人便对云栖说：『即使长得像画上的人，但不会治家，又有什么用？新媳妇能像你姐姐这样，我就不用担忧了。』夫人不知云栖也早就有这个心思了，只是怕母亲嗔怪，没敢说。听了母亲这样说，便笑着回答说：『母亲既然喜爱她，我想效法女英、娥皇二女同侍大舜的故事，怎么样？』母亲没说话，笑了笑。云栖退下，告诉真生说：『老母已经点头了。』于是另准备了一间干净屋子，云栖又去对云眠说：『过去我们在观中同床共宿时，姐姐曾说：「只要能得到一个亲爱知己的人，我们两人共同服侍他。」你还记得吗？』云眠听了，不觉双眼蒙上了泪光，说：『我所谓的亲爱之人，不指别的：过去我们天天劳作，并无一人知道我的甘苦；几天来，我不过稍操劳了一下，就烦老母挂念体恤，这一冷一暖，我怎能不明白！如果不下逐客令撵我走，能让我长伴老母，我便很满足了，并不敢希望能实现过去说过的话。』云栖告诉了母亲，母亲便命姐妹俩焚香发誓，永不后悔。接着就让真生和云眠行了夫妇礼。同床时，云眠告诉真生说：『我是二十三岁的老处女。』真生还不太相信。既而下红沾湿了褥子，真生才大感惊奇。盛云眠说：『我之所以想找个丈夫，并不是耐不得女尼观中的寂寞，实在是因为拿自己的清白身子，像妓女一样应酬客人，令人不能忍受！我借和你这一次欢会，以明确我是属于你的人。今后我只愿代你服侍老母，料理家务。像那闺房之乐，请你跟别的人一块儿去探讨。』三天后，云眠便抱着被子去找老母，让她回去也不回。云栖便早早地到母亲处占了她的床，云眠迫不得已，只得跟真生去睡。从此，隔两三天，两人就更换一次。

臧夫人本来很会下棋，自从守了寡，便没心思再下了。盛云眠来了后，一切家务都料理得井井有条。夫人白天没事，常常和云栖下棋；晚上就挑灯品茶，听两个儿媳妇弹弹琴，到半夜才散。常常对人说：『孩子的父亲活着时，我都没现在这么快活！』盛云眠掌管账簿和钱财，每次记完账，都要报告老母。老母怀疑地说：『你们姐妹俩都说自小就成了孤儿，那么记账、弹琴都是跟谁学的？』云眠实说了自己的道士身份，母亲也笑着说：『起初我不想给儿子娶个女道士，现在竟娶了两个！』忽然想起儿子小时算的卦，才相信命中注定，运数难逃。

后来，真生又去应试，仍没考中。夫人说：『我们家虽不富裕，也有薄田三百亩。多亏云眠经营料理，生活越来越好过。儿只管在我膝下，领着两个媳妇跟我共乐，不愿意你去求什么富贵！』真生听从了。后来，云眠生了一个儿子、一个女儿；云栖生了三男一女。母亲八十多岁时去世，这时孙子都成了秀才，其中长孙是云眠生的，已经考中了举人。

蚰蜒

学使朱翁三家门限下有蚰蜒，长数尺。每遇风雨即出，盘旋地上如白练。按蚰蜒形若蜈蚣，昼不能见，夜则出，闻腥辄集。或云：蜈蚣无目而多贪也。

【译文】学使朱翁三家门槛下，有条蚰蜒，长好几尺。每遇到刮风下雨天气，蚰蜒就会钻出来，盘旋在地上，很像是团白绢。据说：蚰蜒形状像蜈蚣，白天看不见，晚上才出来，闻到腥味就聚到一起。有的人说：蜈蚣没有眼睛，性贪。

织成

洞庭湖中，往往有水神借舟。遇有空船，缆忽自解，飘然游行。但闻空中音乐并作，舟人蹲伏一隅，瞑目听之，莫敢仰视，任所往。游毕，仍泊旧处。有柳生，落第归，醉卧舟上。笙乐忽作。舟人摇生不得醒，急匿艎下。俄有人捽生。生醉甚，随手堕地，眠如故，既亦置之。少间，鼓吹鸣聒。生微醒，闻兰麝充盈，睨之，见满船皆佳丽。心知其异，目若瞑。少间，传呼织成。即有侍儿来，立近颊际，翠袜紫舄，细瘦如指。心好之，隐以齿啮其袜。少间，女子移动，牵曳倾踣。上问之，因白其故。在上者怒，命即行诛。遂有武士入，捉缚而起。见南面一人，冠类王者。因行且语，曰：『闻洞庭君为柳氏，臣亦柳氏；昔洞庭落第，今臣亦落第；洞庭得遇龙女而仙，今臣醉戏一姬而死。何幸不幸之悬殊也！』王者闻之，唤回，问：『汝秀才下第者乎？』生诺。便授笔札，令赋『风鬟雾鬓』。生固襄阳名士，而构思颇迟，捉笔良久。上诮让曰：『名士何得尔？』生释笔自白：『昔「三都赋」十稔而成，以是知文贵工、不贵速也。』王者笑听之。自辰至午，稿始脱。王者览之，大悦曰：『真名士也！』遂赐以酒。顷刻，异馔纷纶。方问对间，一吏捧簿进白：『溺籍告成矣。』问：『人数几何？』曰：『一百二十八人。』问：『签差何人矣？』答云：『毛、南二尉。』生起拜辞，王者赠黄金十斤，又水晶界方一握，曰：『湖中小有劫数，持此可免。』忽见羽葆人马，纷立水面，王者下舟登舆，遂不复见，久之，寂然。舟人始自艎下出，荡舟北渡，风逆不得前。忽见水中有铁锚浮出。舟人骇曰：『毛将军出现矣！』各舟商人俱伏。又无何，湖中一木直立，筑筑摇动。益惧曰：『南将军又出矣！』少时，波浪大作，上翳天日，四顾湖舟，一时尽覆。生举界方危坐舟中，万丈洪涛，至舟顿灭，以是得全。既归，每向人语其异。言舟中侍儿，虽未悉其容貌，而裙下双钩，亦人世所无。后以故至武昌，有崔媪卖女，千金不售；蓄一水晶界方，言有能配此者，嫁之。生异之，怀界方而往。媪忻然承接，呼女出见，年十五六已来，媚曼风流，更无伦比，略一展拜，反身入帏。生一见，魂魄动摇，曰：『小生亦蓄一物，不知与老姥家藏颇相称否？』因各出相较，长短不爽毫厘。媪喜，便问寓所，请生即归命舆，界方留作信。生不肯留。媪笑曰：『官人亦太小心！老身岂为一界方抽身窜去耶？』生不得已，留之。出则赁舆急返，而媪室已空。大骇。遍问居人，迄无知者。日已向西，形神懊丧，邑邑而返。中途，值一舆过，忽搴帘曰：『柳郎何迟也？』视之，则崔媪。喜问：『何之？』媪笑曰：『必将疑老身拐骗者矣。别后，适有便舆，顷念官人亦侨寓，措办良艰，故遂送女归舟耳。』生邀回车，媪必不可。生仓皇不能确信，急奔入舟，女果及一婢在焉。见生入，含笑承迎。生见翠袜紫履，与舟中侍儿妆饰，更无少别。心异之，徘徊凝注。女笑曰：『眈眈注目，生平所未见耶？』生益俯窥之，则袜后齿痕宛然。惊曰：『卿织成耶？』女掩口微哂。生长揖曰：『卿果神人，早请直言，以祛烦惑。』女曰：『实告君：前舟中所遇，即洞庭君也。仰慕鸿才，便欲以妾相赠；因妾过为王妃所爱，故归谋之。妾之来，从妃命也。』生喜，沐手焚香，望湖朝拜，乃归。后诣武昌，女求同去，将便归宁。既至洞庭，女拔钗掷水，忽见一小舟自湖中出，女跃登，如飞鸟集，转瞬已杳。生坐船头，于没处凝盼之。遥遥一楼船至，既近窗开，忽如一彩禽翔过，则织成至矣。一人自窗中递掷金珠珍物甚多，皆妃赐也。自是，岁一两觐以为常。故生家富有珠宝，每出一物，世家所不识焉。

相传唐柳毅遇龙女，洞庭君以为婿。后逊位于毅。又以毅貌文，不能慑服水怪。付以鬼面，昼戴夜除；久之渐习忘除，遂与面合而为一。毅览镜自惭。故行人泛湖，或以手指物，则疑为指己也；以手覆额，则疑其窥己也；风波辄起，舟多覆。故初登舟，舟人必以此告戒之。不则设牲牢祭享，乃得渡。许真君偶至湖，浪阻不得行。真君怒，执毅付郡狱。狱吏检囚，恒多一人，莫测其故。一夕，毅示梦郡伯，哀求拔救。伯以幽明异路，谢辞之。毅云：『真君于某日临境，但为求恳，必合有济。』既而真君果至，因代求文，遂得释。嗣后湖禁稍平。

【译文】

洞庭湖里，经常有水神来借船。碰见有空船，缆绳就会忽然自己解开，船就漂漂荡荡地游走了。只听见空中音乐齐奏，船夫蹲在一个角落，闭着眼睛听着，不敢抬头看，任凭船游去。游完了，船仍然在原处停着。

有一个姓柳的读书人，参加赶考落榜而归，喝醉了就倒在船上。船上忽然响起音乐，船主人摇唤他，还是没有醒，便急忙自己躲藏在渡口的船下面。一会儿又有人拉柳生。柳生烂醉如泥，随着那人的手掉在地上，仍然呼呼大睡，那人也就撇开他不管了。

过了一会儿，鼓乐声震耳。柳生慢慢地醒过来，闻到满船兰麝的香气，他斜着眼睛一看，发现整条船上都是漂亮的女子。他心里知道碰到了奇怪的事情，就假装把眼睛闭上。一会儿，听到呼唤『织成』，马上就有一个婢女走来，站在柳生的脸旁，穿着绿色的袜子紫色的鞋，脚细小得像手指。柳生心里非常喜爱她这双脚，偷偷地用牙齿咬她的袜子。不大一会儿，这婢女往前挪动，由于柳生牵扯而摔倒了。坐在上座的人问她发生了什么事情，她就把原因说了。上座这个人十分生气，命令立刻把柳生斩了。于是进来几名武士，把柳生绑上拽了起来。

柳生看见上首朝南有一个人坐着，穿戴就像是个君王。他就一边走一边说：『听洞庭君姓柳，我也姓柳；以前洞庭君落了榜，如今我也落了榜；洞庭君遇龙女而成了神仙，现在我因为喝醉酒调戏一个美女而被处死。为什么有幸和不幸的差别这么大呢！』君王听到他说的话，把他叫回来，问：『你是落榜的秀才吗？』柳生回答说是。君王就让人给他纸笔，吩咐他以『风鬟雾鬓』为题作一篇赋。

本来柳生是襄阳的名士，可是构思非常慢，拿着笔很长时间也没有写。上座的人嘲笑他说：『名士怎么能这个样子呢？』柳生把笔放下后解释说：『从前左思作《三都赋》，十年才作成，由此可见，文章贵在好，而不在快。』君王听了这话以后，微微一笑，就不再催促他。柳生从早上一直到中午，文章才脱稿。君王看了文章以后，非常高兴地说：『真不愧是名士啊！』于是赐给柳生酒喝。一会儿，佳肴美酒便摆满了桌子。

正在谈话的时候，一个官吏手里捧着簿子走进来说：『要淹死的人名单已经拟成了。』君王问：『一共有多少人？』回答说：『一百二十八人。』君王又问：『派谁去执行了？』回答说：『毛、南两位都尉。』

柳生起身告别，君王赠送给他十斤黄金，又给他一把水晶界尺，对他说：『湖里有点灾难，拿着这个东西可以免灾。』忽然看见车盖和人马都站立在水面上，君王走下船登上车子，于是就再也看不见了。过了一会儿，一切都静悄悄了。

船夫才从渡口的船下面钻出来，摇着船向北边走去，船顶着风艰难前进。忽然，看见水里有一只铁猫浮出来。船夫惊骇地喊：

『毛将军出现了！』每条船上的商人都趴下了。又过了一段时间，湖里冒出一根木头，直上直下地立着，上下捣动。船夫更加恐慌地喊：『南将军又出来了！』不大一会儿，波浪狂起，遮天蔽日，向周围一看，湖面上的船都翻了。柳生举着界尺端坐在船里，万丈洪涛，到了船边马上就消失了，因此他得以保全性命。

柳生回到家以后，常常向别人讲述这段奇遇。说船上的那个婢女，虽然没有看到她的容貌，可是裙子下面的双脚，也是人世间没有的。后来，柳生到武昌去办事，碰到一个姓崔的老妇人在卖女儿，一千两银子也不同意卖，她保存着一个水晶界尺，说如果有人有一模一样的界尺，能够和她家的配成一对的，就将女儿嫁给他。柳生觉得这件事情非常奇怪，就揣着界尺前去。老妇人高兴地招待他，让女儿出来和他见面。那女子大约有十五六岁，柔美风流，没有人能和她相比。她略微侧身一拜，就转身进入帏帐里去了。柳生一见，神魂颠倒，说：『我也保存着一件东西，不知道和大娘家里所藏的一样不一样？』于是，各自把界尺拿出来做比较，长短不差一分一毫。老妇人非常高兴，就问他家住在什么地方，请柳生立刻回去准备车马，并将界尺留下来作为信物。柳生没有答应将界尺留下。老妇人笑着对他说：『您也太小心了！难道我能为了一个界尺抽身逃跑吗？』柳生没有办法，只好把界尺留下了。

柳生出来就租了一辆车，立刻返回来，可是老妇人的房屋已经空了。柳生非常吃惊，向附近的人家问了个遍，也没有人知道。太阳已经落山，那妇人一家还不见踪影，柳生心里非常懊丧，垂头丧气地往回走。路上，遇见一辆车子，车上的人忽然把车帘拉开，然后说：『柳郎怎么来得这么晚呢？』柳生一看，原来正是老妇人。他高兴地问：『您到哪里去？』老妇人笑着说：『你一定认为我是个骗子。和您分开以后，恰好有辆十分方便的车，我马上想到您也是出门在外的人，操办一定很困难，所以就把女儿送到您的船上了。』柳生邀请老妇人把车转回去，老妇人说什么也没有同意。柳生犹豫不定，不能相信老妇人说的话，马上回去进入船中，老妇人的女儿和一个丫鬟确实在船里。那女子看见柳生走进来，笑着相迎。只见她绿袜紫鞋，和上一次在船上看见的婢女的装饰，一点差别也没有。柳生心里感到奇怪，来回走着打量她。那女子笑着说：『怎么这样看我，从来没看见过吗？』柳生更加俯下身子看她，发现袜子后面的齿痕还在。他吃惊地说：『你是织成吗？』那女子掩口微笑。柳生深深作个揖说：『你真的是个仙女，为什么不早点说，以解除我的烦恼和迷惑？』那女子说：『实话告诉您吧，上一次您在船上碰见的那个人就是洞庭君。他看中了您的才华，就打算将我赠送给您；因为我特别被王妃所喜爱，所以回去和王妃商议，我就是遵从王妃之命来的。』柳生满心欢喜，洗手点香，向湖里朝拜，然后才开船回家去。

后来，柳生要到武昌去，织成要求和他一起去，顺便回娘家去探望。来到洞庭湖，织成拔下头钗投到水里，忽然有一只小船从湖里漂出来，织成一跃登上船，像飞鸟落到树上一样，转眼就消失了。柳生坐在船头，朝着织成隐没的地方聚精会神地看着。这时候，远处有一只楼船驶过来，靠近柳生的船以后，窗户打开，犹如一只彩禽飞过，原来是织成回来了。这时有一个人从窗口扔进许多金银珠宝，都是王妃赏赐的。从此以后，他们每年去朝见王妃一两次，所以柳生家有很多珠宝，每拿出一件，就连世代为官的人家也不认识。

相传唐代书生柳毅碰到龙女，龙王洞庭君就将女儿许配给了柳毅，招为婿。后来又把王位让给了柳毅。可是龙王认为柳毅的相貌太文雅，不能镇服水怪，就给了他一副鬼面具，白天戴上，晚上就摘下来。时间长了，慢慢也就习惯了，晚上也就忘记摘下来，于是鬼面具和脸合为一体，长在一起了。柳毅拿起镜子一照，觉得非常惭愧。所以来往旅客坐船过湖，如果有人用手指一下什么，他就怀疑是在指他；用手放在眉心，就怀疑是在偷看他，他就立刻兴风作浪，使船沉没。所以初次坐船的人，驾船的人一定告诫他不要用手乱指或把手放在头上，否则就会翻船。不这样，风浪起了就要赶快杀猪为祭品磕头祭湖，才能渡过湖去。许真君偶然来到洞庭湖，大风大浪也把真君的船阻拦住不能继续向前行走。真君非常生气，命令手下把柳毅押到省城的监狱里。管监狱的人查点狱中人数时，怎么点也是多出一个人，不知这是什么缘故。有一天傍晚，柳毅给郡守托个梦，哀求郡守前来搭救他。郡守认为人界和仙界是两回事，只好婉言推辞。柳毅说：『真君于某日路过这个地方，如果愿意替我求情，就一定能够救我。』不多久真君真的来了，郡守就为柳毅求情，柳毅才被释放了。此后湖里的禁忌才解除，风浪也平静了。

狐女

伊衮，九江人。夜有女来，相与寝处。心知为狐，而爱其美，秘不告人，父母亦不知也。久而形体支离。父母穷诘，始实告之。父母大忧，使人更代伴寝，兼施敕勒，卒不能禁。翁自与同衾，则狐不至；易人，则又至。伊问狐，狐曰：『世俗符咒，何能制我？然俱有伦理，岂有对翁行淫者！』翁闻之，益伴子不去，狐遂绝。后值叛寇横恣，村人尽窜，一家相失。伊奔入昆仑山，四顾荒凉。日既暮，心恐甚。忽见一女子来，近视之，则狐女也。离乱之中，相见忻慰。女曰：『日已西下，君姑止此。

我相佳地，暂创一室，以避虎狼。』乃北行数武，遂蹲莽中，不知何作。少顷返，拉伊南去；约十余步，又曳之回。忽见大木千章，绕一高亭，铜墙铁柱，顶类金箔；近视，则墙可及肩，四围并无门户，而墙上密排坎窞。女以足踏之而过，伊亦从之。既入，疑金屋非人工可造，问所自来。女笑曰：『君子居之，明日即以相赠。金铁各千万，计半生吃着不尽矣。』既而告别。伊苦留之，乃止。曰：『被人厌弃，已拚永绝；今又不能自坚矣。』及醒，狐女不知何时已去。天明，逾垣而出。回视卧处，并无亭屋，惟四针插指环内，覆脂合其上；大树，则丛荆老棘也。

【译文】

伊衮，江西九江人。夜间有个女子来，跟他一起睡觉。衮心里知道她是狐狸精，但爱她长得美，秘不告人，连父母也不知道。时间长了，身体越来越憔悴虚弱。父母追根问底，伊衮这才把真情说出来。父母大为忧虑，派人轮流陪伴符咒，但始终不能禁住狐精。父亲同儿子一起睡，狐女就不来；换个人陪，就又来了。伊衮以此问狐女。狐女说：『世俗流传的符咒，哪能制住我呢！但我也像人一样要讲伦理道德。』

后来遇到叛贼猖獗，村里人纷纷逃窜，伊衮一家人离散了。伊衮逃入昆仑山后，心里很恐慌。忽见有个女子走来，近前一看，正是狐女。离乱之中，相见很觉欣慰。狐女说：『太阳已经西下，你姑且留在这儿。我来选一块好地方，临时盖一间房，以避虎狼。』就向北走了几步，蹲在丛里，不知干些什么。过一会儿回来，拉着伊衮向南，走了十几步，又拖他往回走。伊衮忽见数以千计的大树，围绕着一座高亭，铜墙铁柱，屋顶好像贴金箔。走近看，墙才齐肩高，四周并没有门，墙上密密层层排列着一个个坑坑洼洼。狐女踏着这些坑洼就过了墙，伊衮也照她样子做。进到里面，伊衮疑惑这金屋不是人工可以制造的，就问怎么来的。狐女笑着说：『你这个君子就住下吧，明天我就把它送给你。金铁各有千万斤，算来半辈子吃穿不尽了。』后狐女告别。伊衮苦苦挽留，她才留下，说道：『被人厌弃，本来已经横下心永不来往，现在又不能坚持了。』

伊衮醒来，狐女不知什么时候已经走了。天亮后，他越墙出来。回头再看睡觉的地方，并没有什么亭子房屋，只有四枚针插在一个指环里，一只香脂盒在上面；大树，是些荆丛老棘罢了。

汪可受

湖广黄梅县汪可受，能记三生：一世为秀才，读书僧寺。僧有牝马产骡驹，爱而夺之。后死，冥王稽籍，怒其贪暴，罚使为骡偿寺僧。既生，僧爱护之，欲死无间。稍长，辄思投身涧谷，又恐负豢养之恩，冥罚益甚，遂安之。数年，孽满自毙。生一农人家。堕蓐能言，父母以为怪，杀之，乃生汪秀才家。秀才近五旬，得男甚喜。汪生而了了，但忆前生以早言死，遂不敢言。至三四岁，人皆以为哑。一日，父方为文，适有友人过访，投笔出应客。汪入见父作，不觉技痒，代成之。父返见之，问：『何人来？』家人曰：『无之。』父大疑。次日，故书一题置几上，旋出；少间即返，翳行悄步而入。则见儿伏案间，稿已数行，忽睹父至，不觉出声，跪求免死。父喜，握手曰：『吾家止汝一人，既能文，家门之幸也，何自匿为？』由是益教之读。少年成进士，官至大同巡抚。

【译文】

湖北黄梅县地方有一个人名字叫汪可受，能够记住他的三次托生：一世他身为秀才，在僧人的寺院中读书，僧人有一个母马生下个马驹，他非常喜欢小马驹然后就把它抢走了。他死去以后，阎王爷查看户籍，对他的贪婪非常生气，惩罚他为骡马偿还给寺院。出生为骡子以后，僧人非常爱护，想死也没有办法。稍稍长大以后，就想跳进山谷中，又害怕辜负了僧人的豢养之恩，于是就安下心来。几年过后，偿满罪债自然死了。又托生在一个农夫的家里，落在蓐子上就会说话，父母认为自己是个妖怪，就把他杀死了，才托生到汪秀才家里。老秀才年近五十，得到一个儿子非常高兴。汪生聪明懂事，可是想到前生因为早言而死去，于是就不敢再说话。到了三四岁的时候，大家都认为他是个哑巴。有一天，父亲正在写文章的时候，有一个朋友来拜访，放下笔出去会客。汪生进入书房看到父亲的作文，感觉技痒，替父亲把文章写好。父亲返回看到文章，问：『谁来书房里了？』家人说：『谁也没有来。』父亲觉得非常奇怪。第二天，老秀才特意写了一个题目放在桌子上，然后走出去，不大一会儿就返回来了，隐蔽而行偷偷地进入书房里。就看见儿子在桌案上伏着，稿子已经写成好多行。儿子忽然看见父亲来到，不觉说出话来，在地上跪着央求饶命。父亲非常高兴，握住儿子的手说：『我们家里只有你这么一个儿子，既然能够写文章，是家门的荣幸啊，为什么要偷着做呢？』从此以后就更加用心地教他读书写文章。汪生少年时就成为进士，后来做官一直当到大同巡抚。

乐仲

乐仲，西安人。父早丧，遗腹生仲。母好佛，不茹荤酒。仲既长，嗜饮善啖，窃腹诽母，每以肥甘劝进。母咄之。后母病，弥留，苦思肉。仲急无所得肉，刲左股献之。病稍瘥，悔破戒，不食而死。仲哀悼益切，以利刃益刲右股见骨。家人共救之，裹帛敷药，寻愈。心念母苦节，又恸母愚，遂焚所供佛像，立主祀母。醉后，辄对哀哭。年二十始娶，身犹童子。娶三日，谓人曰：『男女居室，天下之至秽，我实不为乐！』遂去妻。妻父顾文渊，浼戚求返，请之三四，仲必不可。迟半年，顾遂醮女。

仲鳏居二十年，行益不羁：奴隶优伶皆与饮；里党乞求，不靳与；有言嫁女无釜者，揭灶头举赠之，自乃从邻借釜炊。诸无行者知其性，咸朝夕骗赚之。或以赌博无资，对之欷歔，言追呼急，将鬻其子。仲措税金如数，倾囊遗之；及租吏登门，自始典质营办。以故，家日益落。先是仲殷饶，同堂子弟，争奉事之，凡有任其取携，莫与较；及仲蹇落，存问绝少。仲旷达，不为意。

值母忌辰，仲适病，不能上墓，欲遣子弟代祀，诸子弟皆谢以故。仲乃酹诸室中，对主号痛，无嗣之戚，颇萦怀抱，因而病益剧。瞀乱中，觉有人抚摩之，目微启，则母也。惊问：『何来？』母曰：『缘家中无人上墓，故来就享，即视汝病。』问：『母向居何所？』母曰：『南海。』抚摩既已，遍体生凉。开目四顾，渺无一人，病瘥。既起，思朝南海。会邻村有结香社者，即卖田十亩，挟资求偕。社人嫌其不洁，共摈绝之。乃随从同行。途中牛酒薤蒜不戒，众更恶之，乘其醉睡，不告而去。仲即独行，至闽，遇友人邀饮，有名妓琼华在座。适言南海之游，琼华愿附以行。仲喜，即待趋装，遂与俱发；虽寝食与共，而毫无所私。既至南海，社中人见其载妓而至，更非笑之，鄙不与同朝。仲与琼华知其意，乃任其先拜而后拜之。众拜时，恨无现示。及二人拜，方投地，忽见遍海皆莲花，花上璎珞垂珠；琼华见为菩萨，仲见花朵上皆其母。因急呼奔母，跃入从之。众见万朵莲花，悉变霞彩，障海如锦。少间，云静波澄，一切都杳，而仲犹身在海岸。亦不自解其何以得出，衣履并无沾濡。望海大哭，声震岛屿。琼华挽劝之，怆然下刹，命舟北渡。途中有豪家招琼华去，仲独憩逆旅。有童子方八九岁，丐食肆中，貌不类乞儿。细诘之，则被逐于继母。心怜之。儿依依左右，苦求拔拯，仲遂携与俱归。问其姓氏，则曰：『阿辛，姓雍，母顾氏。尝闻母言：适雍六月，遂生余。余本乐姓。』仲大惊。自疑生平一度，不应有子。因问乐居何乡，答云：『不知。但母没时，付一函书，嘱勿遗失。』仲急索书。视之，则当年与顾家离婚书也。惊曰：『真吾儿也！』审其年月良确，颇慰心愿。然家计日疏，居二年，割亩渐尽，竟不能畜僮仆。一日，父子方自炊，忽有丽人入，视之，则琼华也。惊问：『何来？』笑曰：『业作假夫妻，何又问也？向不即从者，徒以有老妪在；今已死。顾念不从人，无以自庇；从人，则又无以自洁；计两全者，无如从君，是以不惮千里。』遂解装代儿炊。仲良喜。至夜，父子同寝如故，另治一室居琼华。儿母之，琼华亦善抚儿。戚党闻之，皆锓仲，两人皆乐受之。客至，琼华悉为治具，仲亦不问所自来。琼华渐出金珠，赎故产，广置婢仆牛马，日益繁盛。仲每谓琼华曰：『我醉时，卿当避匿，勿使我见。』华笑诺之。一日，大醉，急唤琼华。华艳妆出。仲睨之良久，大喜，蹈舞若狂，曰：『吾悟矣！』顿醒。觉世界光明，所居庐舍，尽为琼楼玉宇，移时始已。从此不复饮市上，惟日对琼华饮。琼华茹素，以茶茗待。一日，微醺，命琼华按股，见股上封痕，化为两朵赤菡萏，隐起肉际。奇之。仲笑曰：『卿视此花放后，二十年假夫妻分手矣。』琼华信之。既为阿辛完婚，琼华渐以家付新妇，与仲别院居。子妇三日一朝，事非疑难不以告。役二婢，一温酒，一瀹茗而已。一日，琼华至儿所，儿媳咨白良久，共往见父。入门，见父白足坐榻上。闻声，开眸微笑曰：『母子来大好！』即复瞑。琼华大惊曰：『君欲何为？』视其股上，莲花大放。试之，气已绝。即以两手捻合其花，且祝曰：『妾千里从君，大非容易。为君教子训妇，亦有微劳。即差二三年，何不一少待也？』移时，仲忽开眸笑曰：『卿自有卿事，何必又牵一人作伴也？无已，姑为卿留。』琼华释手，则花已复合。于是言笑如初。积三年余，琼华年近四旬，犹如二十许人。忽谓仲曰：『凡人死后，被人捉头舁足，殊不雅洁。』遂命工治双椑。辛骇问之。答云：『非汝所知。』工既竣，沐浴妆竟，命子及妇曰：『我将死矣。』辛泣曰：『数年赖母经纪，始不冻馁。母尚未得一享安逸，何遂舍儿而去？』曰：『父种福而子享，奴婢牛马，皆骗债者填偿汝父，我无功焉。我本散花天女，偶涉凡念，遂谪人间三十余年；今限已满。』遂登木自入。再呼之，双目已含。辛哭告父，父不知何时已僵，衣冠俨在。号恸欲绝。入棺，并停堂中，数日未殓，冀其复返。光明生于股际，照彻四壁。琼华棺内则香雾喷溢，近舍皆闻。棺既合，香光遂渐减。既殡，乐氏诸子弟觊觎其有，共谋逐辛。讼诸官，官莫能辨，拟以田产半给诸乐。辛不服，以词质郡，久不决。初，顾嫁女于雍，经年余，雍流寓于闽，音耗遂绝。顾老无子，苦忆女，诣婿，则女死甥逐。告官。雍惧，赂顾；不受，必欲得甥。穷觅不得。一日，顾偶于途中，见彩舆过，避道左。舆中一美人呼曰：『若非顾翁耶？』顾诺。女子曰：『汝甥即吾子，现在乐家，勿讼也。甥方有难，宜急往。』顾欲详诘，舆已去远。顾乃受赂入西安。至，则讼方沸腾。顾自投官，言女大归日、再醮日，及生子年月，历历甚悉。诸乐皆被杖逐，案遂结。及归，述其见美人之日，即琼华没日也。辛为顾移家，授庐赠婢。六十余，生一子，辛顾恤之。

异史氏曰：『断荤戒酒，佛之似也。烂漫天真，佛之真也。乐仲对丽人，直视之为香洁道伴，不作温柔乡观也。寝处三十年，若有情、若无情，此为菩萨真面目，世中人乌得而测之哉！』

【译文】

有一个人叫乐仲，是西安人。他父亲死得非常早，母亲遗腹生下了乐仲。母亲信佛，不吃酒肉。乐仲已经长大，好吃好喝，对母亲不吃酒肉很不以为然，经常拿出好吃的东西劝诱母亲吃，母亲就责备他。后来母亲有病，病危的时候，特别想吃肉。乐仲着急没有地方弄到肉，就割下左腿上的肉献给母亲吃。母亲的病稍有好转，可是后悔破了斋戒，不吃东西而死去了。乐仲更加悲痛地悼念母亲，又用快刀将右腿上的肉割下来，都露出了骨头。家里人一齐来抢救他，敷好药，用布缠上，过了一阵子就好了。乐仲心里思念母亲，苦苦守节，又为母亲的愚昧而痛心，于是就将母亲供奉的佛像烧掉，立主人牌位来祭祀母亲。每当酒醉以后，就对着母亲牌位痛哭。

乐仲二十岁才娶妻子，身子仍然像个童子。娶妻三天，他对别人说：『男女在一起居住，是天下最肮脏的事情，我真的不认为这是快乐的事情！』接着就把妻子赶走。妻子的父亲顾文渊，托人去央求让他女儿回来，再三请求，可是乐仲坚决没有同意，半年以后，顾文渊就让女儿改嫁了。

乐仲一个人生活了二十年，行为更加无所顾忌，仆人、差人、戏子、乐工不管什么身份，他都和他们一起喝酒；邻居朋友向他乞求什么，他就毫不犹豫地送给他们。有人说嫁女没有锅，他就去把自己灶上的锅揭下来，很有礼貌地送给人家，自己则从邻居家里借锅做饭。一些品行不好的人知道他的性情，每天都来骗取他的东西。有的因为赌博没有钱，就对他叹息，说追要得太急促，打算把儿子卖掉还债，乐仲就把筹措准备缴税的那些银子，全部拿出来送给他。等到收租的官吏登门收税，他自己才典当东西准备纳税。如此一来，他的家境一天比一天萧条了。原先乐仲殷实富有的时候，本家子弟抢着侍候他，凡是家里有的东西都随便让子弟们拿去，也不和他们计较。等到乐仲的家里败落以后，来问候的人就非常少了。乐仲心胸开阔，一点儿也不在乎。正赶好母亲去世周年的日子，乐仲生了病，无法去给母亲上坟，想让本家子弟替他去祭坟，本家子弟都用各种理由推辞不去。乐仲就将酒洒在屋地上祭奠，对着母亲的牌位失声痛哭。没有子嗣的悲伤在他心中萦绕，因而，他的病情越来越重了。在心绪纷乱中，乐仲感觉有人在用手抚摸他，微微睁开眼睛一看，原来是母亲。他惊奇地问：『您为什么会来？』母亲说：『因为家里没有人上坟，所以才来享受一下祭奠，也来看看你的病情。』乐仲问：『母亲一向住在哪里？』母亲说：『在南海。』抚摸完毕，乐仲觉得浑身冒凉气。睁开眼睛四下一看，竟然一个人也没有，病也全好了。他起来以后，就寻思着到南海去朝拜。

赶上邻村有些人结成香社到南海去拜神，乐仲马上卖了十亩地，拿着钱参加了香社。社里的人认为他这个人不洁净，都回绝他。乐仲就跟在他们后面一起走。路上，乐仲酒肉葱蒜都不戒，大家就更加讨厌他，乘着他喝醉睡熟，众人没有告诉他就走了。于是乐仲一个人行走，到了福建碰见友人请他喝酒，有名妓琼华作陪。正好谈到南海之游，琼华愿意陪他一起去。乐仲非常高兴，就等她去整理完行装，和她一起走。虽然两人吃饭睡觉都在一起，可是毫无男女私情之事。

来到南海，结社的那些人看见乐仲把妓女带来，更加讥讽他，看不起他，不愿意和他一起朝拜。乐仲和琼华知道他们的意思，就任他们先朝拜完了，然后他们再朝拜。大家朝拜的时候，恼恨佛没有显示。等到乐仲两人朝拜的时候，刚跪在地上，忽然看见遍海都是莲花，莲座垂帘挂珠。琼华看见莲里坐着菩萨，乐仲见花朵上都是他的母亲。他急忙呼喊着奔向母亲，跳进海里跟着母亲。大家看见万朵莲花竟然全部都变成彩霞，就像锦缎一样把大海遮住。不大一会儿，云静波平，一切都不见了，而乐仲却还身在海岸。乐仲自己也不知道怎么从海里出来的，衣服鞋袜并没有湿。他望着大海痛哭，声震岛屿。琼华挽着他的手臂劝慰他。他们悲伤地走下庙来，雇了一条船，让船向北开去。

路上，有一个富豪人家把琼华招去，乐仲独自一个人在旅店里居住。有一个刚刚八九岁的小孩，在街上讨饭，样子不像是乞讨的儿童。乐仲仔细盘问他，原来是被继母赶出来的。乐仲很同情他，小孩在他的左右苦苦求救。乐仲就带着他一同回到家里。问小孩姓名，小孩就说：『我的名字叫阿辛，姓雍。母亲姓顾。曾听母亲说，嫁到雍家六个月，就生了我。我本来姓乐。』乐仲非常吃惊，自己怀疑平生从来不应该有孩子。就问姓乐的家住在什么地方，回答说：『不知道。可是母亲死的时候交给我一封信，叮嘱我不要弄丢了。』乐仲匆忙要来书信，一看，原来是当年和顾氏的离婚书。他惊奇地说：『果真是我的儿子呀！』查问生年月日都很对，心里很是宽慰。可是家里钱财一天比一天少，过了两年以后，田地慢慢卖光，竟然连仆人都雇不起了。

有一天，父子两人正在做饭，忽然走进来一个美貌的妇女。一看，原来是琼华。乐仲惊奇地问：『你怎么来了？』说：『已经做了假夫妻，为什么又要问啊？以前没立刻和你一起走，只因为有老妇人在。如今老妇人已经死了，我想如果不嫁人吧，又无法保护自己；如果嫁人吧，可又不能自洁；要想两者都顾全，不如就跟着你，所以不怕千里迢迢来了。』然后就脱掉外衣帮助小孩做饭。乐仲非常高兴。到了傍晚，父子两人还像以前一样同寝，另外安排一个屋子给琼华住。小孩管琼华叫母亲，琼华也精心地抚育小孩。亲戚朋友听说以后，都馈送食物给乐仲，两人很高兴地接受了。有客人来了，琼华就准备好东西招待，乐仲也不问东西是从哪儿来的。琼华慢慢地拿出金银珠宝，赎回原来的产业，买了很多婢女、仆人和牛马，家业日益繁盛。乐仲经常对琼华说：『我喝醉的时候，你应当躲避，不要让我看见你。』琼华微笑着答应了他。

有一天，乐仲喝得大醉，连忙呼唤琼华。琼华艳妆出来。乐仲斜视了好长时间，忽然高兴起来，像发狂似的手舞足蹈，说：『我醒悟了！』酒立刻醒了。他感觉世界光明，所住的房舍，都是琼楼玉宇，过了一段时间才消失。从此，乐仲不再到街上喝酒，只是天天和琼华相对畅饮。琼华吃素，用茶相陪。

有一天，乐仲稍稍有点醉意，让琼华按摩大腿。琼华看到大腿上被割的痕迹，变作两朵红莲花，隐约在肉中突起，她感到惊奇。乐仲笑着说：『你看见此花开放以后，二十年的假夫妻就要结束了。』琼华也相信了。这时已经给阿辛完了婚。儿子和媳妇三天就来拜见一次，不是有疑难事就不告诉他们。他们两人只使用两个婢女，一个管温酒，一个管泡茶。

有一天，琼华来到儿子的住处。儿媳问这问那，唠叨了很长时间，琼华才回家。儿子和媳妇也一起来看望父亲。进了门，看见父亲光着脚在床上坐着。听见声音，乐仲睁开眼睛微笑着说：『母子来了太好了！』立刻又合上了眼睛。琼华非常吃惊，说：『你要干什么？』只见他的大腿上莲花伤痕开得大大的。用手一摸，乐仲已经没有气息了。琼华立刻用两手捻合他腿上的莲花，并祈祷说：『我千里迢迢奔你来，非常不容易。为你教子训妇，也算有微劳：就差二三年，为什么不稍微等我一会儿？』过了不大一会儿，乐仲忽然睁开眼睛笑着对她说：『你自会有你的事情，为什么又牵着一人呢？没有办法，暂时为你留下来。』琼华放开手，莲花已经又合上了。于是，两人说笑又和以前一样。

三年多以后，琼华年近四十岁，还像二十几岁的人。忽然她对乐仲说：『凡是人死去以后，都会被人抬头拽脚，十分不洁净。』于是就让工匠打了一对小而薄的棺材。阿辛吃惊地问她做什么。回答说：『这你就不明白了。』棺材做完以后，琼华洗澡妆饰完毕，对儿子和媳妇说：『我就要死去了。』阿辛哭着说：『多年来全依赖母亲照顾，我们才没有受冻挨饿。母亲还没享受到安适的生活，为什么舍下儿子就走了呢？』琼华说：『父亲种下的福分儿子享受，奴婢牛马，都是骗子和欠债的人偿还给你父亲的。我没有什么功劳。我本来是散花天女，偶尔涉及凡念，于是被贬到人世间三十多年，现在期限已经满了。』于是蹬着木头自己进入棺材里。大家再三呼唤她，可是她双目已经合上了。阿辛哭着告诉父亲，父亲不知道什么时候已经僵硬了，衣帽整整齐齐。阿辛哀痛欲绝。他把父亲尸体装入棺材里，和母亲的棺材并排停放在堂屋里，几年没有入殓，希望父母能再活过来。这时候一道光亮从乐仲的大腿间生出，照得四壁通亮。琼华棺内则喷溢出香雾，邻居们都能够闻到。棺材已经盖合，香雾和光亮才慢慢减退。殡葬完毕以后，乐家各子弟妒忌乐仲家富有，就共同谋划着要把阿辛赶走。乐家子弟告到官府里，官府不能分辨真假，准备把乐仲的一半田产分给乐家各子弟。阿辛不服气，写了诉讼状质问郡官，案子拖延没有裁决。

起初，顾翁把女儿嫁给雍氏，经过一年多，雍氏流落到福建地方居住，也就没有了音信。顾翁没有儿子，十分想念女儿，到女婿家去找，而女儿已经死去，外孙也被赶走了。顾翁告到官府，雍氏恐慌，用钱收买顾翁，顾翁没有接受，一定要得到外孙。雍氏到处找也没有找到阿辛。有一天，阿翁偶然在路上看见一辆彩车路过，他躲避在道路左侧。车里有一个美女呼唤说：『你不是顾翁吗？』顾翁说：『是。』美人说：『你的外孙就是我的儿子，现在乐家。你不要告状了，现在你外孙有难，应该赶快去。』顾翁刚要详细询问，车子已经走远了。顾翁就接受雍家收买的钱去西安。来到西安，乐家的官司正打得很激烈。顾翁自己投奔官府，说明女儿最初出嫁的时间，再嫁的时候，以及生孩子的年月，各项细节说得特别明白。乐家各子弟被官府打了一顿赶了出去，案子就完结了。

顾翁和阿辛回到家里，说见到美女那天，正是琼华死去的那一天。阿辛替顾翁把家搬来，给他房屋，赠供媳女，顾翁六十多岁，生下独子，阿辛照顾抚养他。

异史氏说：『不吃荤，疏远妻子，就像佛一样。天真烂漫，是佛的本性。乐仲对待美女，一直把她看作是芳香洁静的求道伙伴，没有看作是迷人美色。他与美女一起居住三十多年，像是有情，又像是无情，这就是菩萨的真正面目，世上的人怎么能够猜度他呢？』

韦公子

韦公子，咸阳世家。放纵好淫。婢妇有色，无不私者。尝载金数千，欲尽览天下名妓，凡繁丽之区，无不至。其不甚佳者，信宿即去；当意，则作百日留。叔亦名宦，休致归，怒其行，延明师置别业，使与诸公子键户读。公子夜伺师寝，逾垣归，迟明而返。一夜，失足折肱，师始知之。告公，公益施夏楚，俾不能起而始药之。及愈，公与之约：能读倍诸弟，文字佳，出勿禁；若私逸，挞如前。然公子最慧，读常过程。数年，中乡榜。欲自败约，公钳制之。赴都，以老仆从，授日记籍，使志其言动，故数年无过行。后成进士，公乃稍驰其禁。公子或将有作，惟恐公闻，入曲巷中，辄托姓魏。一日，过西安，见优僮罗惠卿，年十六七，秀丽如好女，悦之。夜留缱绻，赠贻丰隆。闻其新娶妇尤韵妙，私示意惠卿。惠卿无难色，夜果携妇至，三人共一榻。留数日，眷爱臻至。谋与俱归。问其家口，答云：『母早丧，父存。某原非罗姓。母少服役于咸阳韦氏，卖至罗家，四月即生余。倘得从公子去，亦可察其音耗。』公子惊问母姓，曰：『姓吕。』生骇极，汗下浃体，盖其母即生家婢也。生无言。时天已明，厚赠之，劝令改业。伪托他适，约归时召致之，遂别去。后令苏州，有乐伎沈韦娘，雅丽绝伦，爱留与狎。戏曰：『卿小字取「春风一曲杜韦娘」耶？』答曰：『非也。妾母十七为名妓，有咸阳公子与公同姓，留三月，订盟婚娶。公子去，八月生妾，因名韦，实妾姓也。公子临别时，赠黄金鸳鸯，今尚在。一去竟无音耗，妾母以是愤悒死。妾三岁，受抚于沈媪，故从其姓。』公子闻言，愧恨无以自容。默移时，顿生一策。忽起挑灯，唤韦娘饮，暗置鸩毒杯中。韦娘才下咽，溃乱呻嘶。众集视，则已毙矣。呼优人至，付以尸，重赂之。而韦娘所与交好者尽势家，闻之皆不平，贿激优人，讼于上官。生惧，泻橐弥缝，卒以浮躁免官。归家，年才三十八，颇悔前行。而妻妾五六人，皆无子。欲继公孙；公以门无内行，恐儿染习气，虽许过嗣，必待其老而后归之。公子愤欲招惠卿，家人皆以为不可，乃止。又数年，忽病，辄挝心曰：『淫婢宿妓者，非人也！』公闻而叹曰：『是殆将死矣！』乃以次子之子，送诣其家，使定省之。月余果死。

异史氏曰：『盗婢私娼，其流弊殆不可问。然以己之骨血，而谓他人父，亦已羞矣。乃鬼神又侮弄之，诱使自食便液。尚不自剖其心，自断其首，而徒流汗投鸩，非人头而畜鸣者耶！虽然，风流公子所生子女，即在风尘中，亦皆擅场。』

【译文】

韦公子，咸阳的官僚世家。他喜好女色，毫无约束，随心所欲地淫荡，丫鬟仆妇稍有姿色的，没有不被奸污的。曾用车子载着几千两银子，想要看尽天下有名的妓女，凡是繁华的地方，没有不到的。不太漂亮的，住两宿就走；当心如意的，就住上一百天。

叔叔也是有名的官员，退休回到家里，恼火他的行为，请来贤明的老师，买了一所别墅，叫他和自己的儿子们锁上大门读书。

韦公子夜里等到老师睡觉了，他就爬过墙头回到家里，天不亮又返回去。一天晚上，失足跌断了腿骨，老师才知道。告诉给他叔叔，叔叔又打他一顿棍子，叫他爬不起来，才给他治疗。他好了以后，叔叔和他约定：读书能比弟弟们多一倍，文章写得好，出去才不禁止；再若私逃，还像前些天那么揍他。但是公子很聪明，读书常常超过老师规定的课程。过了几年，考中了举人。想要自己废除约法，叔叔钳制他。他进京赶考，也打发一个老仆跟着，交给老仆一个日记本，叫老仆记下他的言论和行动，所以好几年没有过火的行为。后来考中了进士，叔叔才稍微放松对他的限制。公子想要干点什么，唯恐叔叔听到风声，进到妓院里，总是假托姓魏。

一天，他路过西安，看见一个唱戏的少年，名叫罗惠卿，十六七岁，容貌秀丽，如同漂亮的少女，心里很喜爱。晚上留下来，缠缠绵绵的，送给他很多东西。听说他新娶的媳妇更漂亮，私下就向惠卿示意。惠卿毫无难色，晚上果然把媳妇领来，三个人睡在一个床上。留住了好几天，眷恋到了极点，商量和他们一起回去。问他家庭人口，他回答说：『母亲早已去世，父亲还活着。我原来不姓罗。母亲青年时代在咸阳一户姓韦的家里当使女，后来卖给姓罗的，四个月就生了我。如果能跟公子去咸阳，也可以察察母亲的音信。』公子惊讶地问他母亲姓什么。他说：『姓吕。』公子惊讶已极，汗流浃背，原来惠卿的母亲就是他家的丫鬟。公子再也无话可说了。当时天色已经大亮，赏赐了很多东西，劝他改换职业，借口到别的地方去，约定回来的时候招呼他一起走，说完就告别走了。

后来到苏州当县官，有个名叫沈韦娘的乐伎，文雅秀丽，无与伦比，爱上了就留下乱搞。调戏地说：『你的名字是取自「春风一曲杜韦娘」吗？』回答说：『不是。我母亲十七岁做了名妓，有一个咸阳公子，和你同姓，留下住了三个月，和他订了婚约。公子走了以后，八个月生了我，所以起名叫韦，实际上是我的姓。公子临别的时候，赠送了黄金鸳鸯，现在还保存在手里。他一去竟然毫无音信，我母亲是气愤忧郁而死的。我三岁，受沈老太太的抚养，所以就跟她姓沈了。』公子听到这番话，惭愧得无地自容。默默想了一会儿，突然想出一条毒计。忽然站起来挑挑灯花，招呼韦娘喝酒，偷偷把毒药放在酒杯里。韦娘刚刚咽下去，神志昏乱，痛苦呻吟。大家跑来一看，已经死了。喊来乐户，把尸体交给他们，给了很多钱。

韦娘结交的好朋友，都是有势力的人家，听见这个噩耗，都气愤不过，花钱怂恿乐户，到府里告状。韦公子害怕了，拿出全部钱财去缝补，终以轻佻的罪名罢了官。回家才三十八岁，对以前的行为颇感后悔。妻妾五六个人，都没有儿子。想要过继叔叔的孙子；叔叔认为他的家门没有德行，害怕儿孙染上坏习气，虽然答应过继一个孙子，却要等他死后才能归过去。公子气愤得要把惠卿招来，家人都说不可以，才打消了这个念头。又过了几年，忽然得了重病，总是拍着心口说：『奸污使女、睡过娼妓的家伙，不是人哪！』叔叔听到消息，叹息着说：『他是大概要死了！』就把二儿子的儿子送到他家，早晚向他问安。病了一个多月，果然死了。

异史氏说：『奸污使女，和妓女通奸，这种流弊大概不用问。但是自己的骨血，管别人叫父亲，也已羞死人了。鬼神又侮弄他，诱使他奸污自己的女儿，还不挖出自己的心，砍掉自己的脑袋，反倒空自汗流浃背，投撒毒药，不是长着人头会叫的畜生吗？虽然这样，风流公子所生的子女，就是沦落为妓女，也胜过一般人。』

石清虚

邢云飞，顺天人。好石，见佳石，不惜重直。偶渔于河，有物挂网，沉而取之，则石径尺，四面玲珑，峰峦叠秀。喜极，如获异珍。既归，雕紫檀为座，供诸案头。每值天欲雨，则孔孔生云，遥望如塞新絮。有势豪某，踵门求观。既见，举付健仆，策马径去。邢无奈，顿足悲愤而已。仆负石至河滨，息肩桥上，忽失手，堕诸河。豪怒，鞭仆。即出金，雇善泅者，百计冥搜，竟不可见。乃悬金署约而去。由是寻石者日盈于河，迄无获者。后邢至落石处，临流于邑，但见河水清澈，则石固在水中。邢大喜，解衣入水，抱之而出。携归，不敢设诸厅所，洁治内室供之。一日，有老叟款门而请。邢托言石失已久。叟笑曰：『客舍非耶？』邢便请入舍，以实其无。及入，则石果陈几上。愕不能言。叟抚石曰：『此吾家故物，失去已久，今固在此耶。既见之，请即赐还。』邢窘甚，遂与争作石主。叟笑曰：『既汝家物，有何验证？』邢不能答。叟曰：『仆则故识之。前后九十二窍，巨孔中五字云：「清虚天石供」。』邢审视，孔中果有小字，细如粟米，竭目力才可辨认；又数其窍，果如所言。邢无以对，但执不与。叟笑曰：『谁家物，而凭君作主耶！』拱手而出。邢送至门外，既还，已失石所在。邢急追叟，则叟缓步未远。奔牵其袂而哀之。叟曰：『奇哉！径尺之石，岂可以手握袂藏者耶？』邢知其神，强曳之归，长跽请之。叟乃曰：『石果君家者耶、仆家者耶？』答曰：『诚属君家，但求割爱耳。』叟曰：『既然，石固在是。』入室，则石已在故处。叟曰：『天下之宝，当与爱惜之人。此石能自择主，仆亦喜之。然彼急于自见，其出也早，则魔劫未除。实将携去，待三年后，始以奉赠。

既欲留之，当减三年寿数，乃可与君相终始。君愿之乎？」曰：「愿。」叟乃以两指捏一窍，窍软如泥，随手而闭。闭三窍，已，曰：「石上窍数，即君寿也。」作别欲去。邢苦留之，辞甚坚；问其姓字，亦不言，遂去。积年余，邢以故他出，夜有贼入室，诸无所失，惟窃石而去。邢归，悼丧欲死。访察购求，全无踪迹。积有数年，偶入报国寺，见卖石者，则故物也，将便认取。卖者不服，因负石至官。官问：「何所质验？」卖石者能言窍数。邢问其他，则茫然矣。邢乃言窍中五字及三指痕，理遂得伸。官欲杖责卖石者，卖石者自言以二十金买诸市，遂释之。邢得石归，裹以锦，藏椟中，时出一赏，先焚异香而后出之。有尚书某，购以百金。邢曰：「虽万金不易也。」尚书怒，阴以他事中伤之。邢被收，典质田产。尚书托他人风示其子。子告邢，邢愿以死殉石。妻窃与子谋，献石尚书家。邢出狱始知，骂妻殴子，屡欲自经，家人觉救，得不死。夜梦一丈夫来，自言：「石清虚。」戒邢勿戚：「特与君年余别耳。明年八月二十日，昧爽时，可诣海岱门，以两贯相赎。」邢得梦，喜，谨志其日。其石在尚书家，更无出云之异，久亦不甚贵重之。明年，尚书以罪削职，寻死。邢如期至海岱门，则其家人窃石出售，因以两贯市归。后邢至八十九岁，自治葬具，又嘱子，必以石殉。及卒，子遵遗教，瘗石墓中。半年许，贼发墓，劫石去。子知之，莫可追诘。越二三日，同仆在道，忽见两人，奔踬汗流，望空投拜，曰：「邢先生，勿相逼！我二人将石去，不过卖四两银耳。」遂絷送到官，一讯即伏。问石，则鬻宫氏。取石至，官爱玩，欲得之，命寄诸库。吏举石，石忽堕地，碎为数十余片。皆失色。官乃重械两盗论死。邢子拾碎石出，仍瘗墓中。

异史氏曰：「物之尤者祸之府。至欲以身殉石，亦痴甚矣！而卒之石与人相终始，谁谓石无情哉？古语云：『士为知己者死。』非过也！石犹如此，何况于人！」

【译文】

顺天府人邢云飞，非常喜欢石头，几乎已到了爱石成痴的地步。他的家中有许多各式各样的奇石，都是他不惜重金从各地收购来的。

有一天，他到河里打鱼，发现渔网仿佛被什么东西挂住，便潜入水底去看，没想到竟是一块大约一尺见方的石头。捧到水面上仔细一瞧，真是一块奇石，石头四面玲珑，峰峦叠秀，美极了。邢云飞喜出望外，如获至宝般地把这块石头捧回了家，还用紫檀木雕替它做了一个石托，供在客厅的案头，天天欣赏。

邢云飞很快就发现，这块石头不仅很美，还很特别，每当要下雨的时候，石头的许多孔隙中就会生出一大堆的小云朵，非常奇妙。邢云飞对这块奇石更加爱不释手了。有个豪绅听说有这么一块奇石，就找到邢家，对邢云飞说：『听说你有一块奇石，今日特地登门观看。』说着，也不等邢云飞答话，就径直走到屋里来，『哈哈，真是一块好石头啊！』豪绅啧啧地赞叹着，不觉起了贪心，他眼珠一转，朝仆人吩咐道：『把石头包起来，拿回家去！』『啊，什么？这是我的石头啊！』邢云飞一听，急忙阻拦道。『只要是我看上的，那就是我的了。』豪绅蛮不讲理地说。『可，可……』邢云飞没料到会是这样，一时竟张口结舌起来。那豪绅也不理他，对仆人说：『抱着石头，我们走！』说着，径直走了出去。豪绅很有权势，邢云飞不敢去追，更不敢去告状，只能对着扬长而去的恶霸及其仆人的身影跺脚痛骂。

说也奇怪，那仆人抱着石头来到河边，经过一座桥，刚停下来稍微喘口气，突然手一滑，那块奇石竟然『扑通』一声掉进了河里。『哎呀，老爷，不好了，石头掉到河里去了！』『什么？』豪绅气急败坏地说，『这点事都干不好，你成心跟我捣乱是不是？来人，给我狠狠地揍！』『老爷，饶命啊，我也不知道那块石头怎么突然像活了似的，在手里一滑就掉下去了。』『石头会活吗？真是笑话！给我往死里打。』豪绅听了，更加生气。『你们几个去河里捞石头！』豪绅又吩咐着。几个擅长水性的仆人，跳进河里拼命打捞，但忙活了半天，仍然一无所获。豪绅没办法，只好贴出悬赏布告，说：『如果谁捞到那块石头，谁就可以得到一大笔赏金。』从此，河里整天挤满了来捞石头的人，可一连好几天过去了，没人能找到那块奇石。这天，邢云飞也来到河边，站在桥上，想着心爱的奇石就这样不见了，不禁悲从中来，暗自垂泪。就在这时，河水突然变得清澈无比，邢云飞清清楚楚地看到那块奇石就在水里，他喜出望外，马上脱掉衣服跳入水中，把奇石抱了出来。失而复得，邢云飞对这块奇石更有说不出的钟爱，他不敢再放在客厅，而是改放在内室，独自欣赏。有一天，一位老先生想求看那块奇石，邢云飞推说早就丢了。老先生笑着说：『那放在客厅里的不就是吗？』『客厅？没有啊！不信您就进来看看吧！』没想到一走进客厅，那块明明放在内室的石头居然真的移到了客厅里，邢云飞惊讶得说不出话来。老先生上前抚摸着石头，充满感情地说：『这本是我家的旧物，遗失很长一段时间了，今天既然被我找到了，就请你物归原主吧！』『不，它是我的！』邢云飞涨红了脸争辩道，『我才是这块奇石的主人！』老先生笑笑说：『既然你说这块奇石是你的，那你知道它前后一共有几个孔吗？它的大孔中有五个字，你知道是哪五个字吗？』这下倒把邢云飞给问住了。『告诉你吧！』老先生说，『这块奇石前后共有九十二个孔，大孔中有五个字「清虚天石供」，不信的话，你自己看看！』邢云飞凑上去仔细一看，果然如此，那『清虚天石供』五个字，小得像米粒，难怪他一直没有发觉。但尽管如此，邢云飞还是不肯把石头还给老人，他辩解道：『石头是我捡来的，我没偷没抢，石头就应该是我的。』

先生不再说什么，只是拱拱手走了。邢云飞满腹狐疑地把老先生送到门外，再回到客厅时，发觉奇石不见了！邢云飞赶紧飞奔出门，追上老先生，跪下哀求道：『老先生，请您原谅我吧！我实在是太珍爱这块石头了，请您把这石头送还给我吧！』老先生说：『我问你，这块奇石到底是谁的？』『是您的！』邢云飞恭恭敬敬地回答道，但我仍然想求您割爱。老先生说：『既然如此，那这石头就算是你的了。』邢云飞回家一看，奇石已放在内室的紫檀石托上了。『谢谢您！谢谢您！』邢云飞真是欣喜若狂。老先生说：『天下珍宝，本来就该属于懂得爱惜它的人。这奇石懂得自己找主人，本来也是一桩好事，只不过它太性急，出世得太早，所以注定会有一些劫难。我今天本来是想先把它带走，等三年后再送给你，如果你执意现在就要留下它，必须减三年寿命，这奇石才能与你长相伴，你愿意吗？』邢云飞毫不犹豫地说：『愿意，愿意。』于是老先生伸出两个手指，像捏泥巴一样，捏掉了石头上的三个小孔，说：『石头上小孔的数目，就是你的年寿。』说罢，就像风一样地走了。

一年后，邢云飞有事外出。一天晚上，一个贼摸进他的内室，把那块石头偷走了。邢云飞回来，见石头被窃，立刻痛哭起来，他伤心欲绝，四处寻觅，还悬赏索回，但一点儿踪影也没有。一晃又过去了几年，邢云飞对那块石头仍念念不忘。有一天，邢云飞偶然在一个古玩摊上发现了那块丢失多年的石头。邢云飞上前认领，指着那块石头对小贩说：『这块石头是我家的，你应该还给我。』那卖石头的小贩哪肯给他？回口道：『凭什么说是你的？』两人争执不下，结果只好一起来到衙门找县官评理。县官说：『既然都说是自己的，那么你们谁能拿得出证据来证明呢？』『我能！』小贩抢先说，『石头上有八十九个小孔。』『你知道石头上还有什么吗？』邢云飞问他。小贩答不出来。邢云飞就得意地对县官说：『禀告大人，这小贩只知道石头上的小孔数目，而我还知道其中一个大孔写有五个字：清虚天石供。而且，这块石头本来有九十二个孔，有三个孔被捏死了，但仍能看出手捏的指痕，大人请看！』

县官一看，果然如邢云飞所说，于是，县官就朝小贩怒喝道：『大胆小贩，竟敢把别人的东西据为己有，你赶快交代这块石头是怎么弄来的。若不从实招来，本官可要大刑伺候了！』『冤枉啊，大人，这块石头是我花了二十两银子从别人手中买的，我实在不知道它是从哪里来的。』小贩害怕被上刑，哭诉道。『既然如此，此案明了，石头归邢云飞，小贩态度老实，暂不关押。你们都退下去吧。』『谢谢，谢谢大人！』邢云飞取回了石头，高兴地回到家里。他用锦缎把石头包起来，放在匣子里，每隔几天才拿出来观赏一番。观赏之前还要焚一炷香，然后再开匣观石。有一个大官知道了这块奇石，就派人对邢云飞说：『我用一百两银子买你的石头。』邢云飞回复来人道：『别说一百两，就是一万两我也不卖！』大官听说后十分恼火：『岂有此理！简直是活得不耐烦了！』于是，他随便加了个罪名就把邢云飞关进了监狱。邢云飞的妻子和儿子为了搭救他的性命，就把那块石头送到了大官的家里，大官这才把邢云飞放出来。邢云飞见石头没有了，气得他又是骂妻子又是打儿子，还几次企图上吊自杀，幸亏被家人救下。一天夜里，邢云飞梦见一个人对他说：『你不要悲伤。我叫石清虚，我只不过跟你分手一年多罢了，明年八月二十，天快亮时，你可以到海岱门去，我就在那里，你可用两贯钱来赎我。』邢云飞得梦后大喜，牢牢地记着那个日子。

再说那块石头到了大官的家里，并没有出现云朵的奇迹。日子一长，大官也就不怎么看重它了。第二年，大官因罪被革职，不久就死了。到了八月二十那一天，邢云飞早早地来到海岱门，正好碰上大官家的仆人把石头偷出来卖。于是邢云飞花了两贯钱就把石头买回了家。从此，邢云飞知道那块石头有灵性，对它更加视若珍宝，而那块石头一直陪伴在邢云飞身边。又过了好多年，邢云飞八十九岁了，他知道自己快要死了，就把儿子叫到床前，叮嘱道：『我死之后，定要那块石头陪葬，切记！』等他死后，儿子就按遗嘱把石头葬进了坟墓。没想到半年后，盗墓贼又把石头盗走了，邢云飞的儿子知道后，也没有办法。一天，邢云飞的儿子正带着仆人在路上走，忽然看见两个人汗流满面地跑过来，一边对着空中作揖，一边喊道：『邢先生，不要追我们了吧！我们偷了石头，只卖了四两银子！』邢云飞的儿子一听，知道他们就是盗墓贼，立即命人把他们押送官府。经过审讯，才知道原来那块石头被他们卖给了一个姓宫的人了。于是石头从宫家抬到衙门。官老爷看见了这石头，不禁动了邪念，想占为己有，就说：『这块石头先暂存在库房里。』说罢不等邢云飞的儿子反驳，就命令衙役来搬。不料，当衙役来搬石头的时候，石头却突然粉碎了。『啊！』在场的人都大惊失色。官老爷见石头已碎，也没了兴趣，一甩袖子走了。邢云飞的儿子把碎石头收拾起来运回到家里，依旧把它葬进了父亲的坟墓。

异史氏说：『好的东西往往藏着祸患。至于要为一块石头而死，也实在是痴得不一般了！但是到底石头和人相伴到头，谁说石头没有感情呢！古语说：士为知己者死。一点儿也不过分！石头尚且如此，何况人呢！』

卷十二

车夫

有车夫载重登坡，方极力时，一狼来啮其臀。欲释手，则货敝身压，忍痛推之。既上，则狼已龁片肉而去。乘其不能为力之际，窃尝一脔，亦黠而可笑也。

【译文】

有个车夫拉着很重的东西上坡，正在用尽全力时，一只狼跑来咬他的屁股，他如果一松手，货物就会摔坏，身子也会被压在车下，所以他只好忍着痛继续推车。等车子推上坡后，那狼已经咬下一片肉跑掉了。狼乘车夫无能为力的时候，偷了他身上一块肉吃，倒也狡猾可笑。

苗生

龚生，岷州人。赴试西安，憩于旅舍，沽酒自酌。一伟丈夫入，坐与语。生举卮劝饮，客亦不辞。自言苗姓，言噱粗豪。生以其不文，偃蹇遇之。酒尽，不复沽。苗曰：『措大饮酒，使人闷损！』起向垆头沽，提巨瓻而入。生辞不饮，苗捉臂劝酬，臂痛欲折。生不得已，为尽数觞。苗以羹碗自吸，笑曰：『仆不善劝客，行止惟君所便。』生即治装行。约数里，马病，卧于途，坐待路侧。行李重累，正无方计，苗寻至。诘知其故，遂谢装付仆，己乃以肩承马腹而荷之，趋二十余里，始至逆旅，释马就枥。移时，生主仆方至。生乃惊为神人，相待优渥，沽酒市饭，与共餐饮。苗曰：『仆善饭，非君所能饱，饫饮可也。』引尽一瓻，乃起而别曰：『君医马尚须时日，余不能待，行矣。』遂去。后生场事毕，三四友人，邀登华山，藉地作筵。方共宴笑，苗忽至，左携巨尊，右提豚肘，掷地曰：『闻诸君登临，敬附骥尾。』众起为礼，相并杂坐，豪饮甚欢。众欲联句。苗争曰：『纵饮甚乐，何苦愁思？』众不听，设『金谷之罚』。苗曰：『不佳者，当以军法从事！』众笑曰：『罪不至此。』苗曰：『如不见诛，仆武夫亦能之也。』首座靳生曰：『绝凭临眼界空。』苗信口续曰：『唾壶击缺剑光红。』下座沉吟既久，苗遂引壶自倾。移时，以次属句，渐涉鄙俚。苗呼曰：『只此已足，如赦我者，勿作矣！』众弗听。苗不可复忍，遽效作龙吟，山谷响应；又起俯仰作狮子舞。诗思既乱，众乃罢吟，因而飞觞再酌。时已半酣，客又互通闱中作，迭相赞赏。苗不欲听，牵生豁拳。胜负屡分，而诸客诵赞未已。苗厉声曰：『仆听之已悉。此等文，只宜向床头对婆子读耳，广众中刺刺者可厌也！』众有惭色，更恶其粗莽，遂益高吟。苗怒甚，伏地大吼，立化为虎，扑杀诸客，咆哮而去。所存者，惟生及靳。靳是科领荐。后三年，再经华阴，忽见嵇生，亦山上被噬者。大恐欲驰，嵇捉鞚使不得行。靳乃下马，问其何为。答曰：『我今为苗氏之伥，从役良苦。必再杀一士人，始可相代。三日后，应有儒服儒冠者见噬于虎，然必在苍龙岭下，始是代某者。君于是日，多邀文士于此，即为故人谋也。』靳不敢辨，敬诺而别。至寓，筹思终夜，莫知为谋，自拚背约，以听鬼责。适有表戚蒋生来，靳述其异。蒋名下士，邑尤生考居其上，窃怀忌嫉。闻靳言，阴欲陷之。折简邀尤，与共登临，自乃着白衣而往，尤亦不解其意。至岭半，肴酒并陈，敬礼臻至。会郡守登岭上，与蒋为通家，闻蒋在下，遣人召之。蒋不敢以白衣往，遂与尤易冠服。交着未完，虎骤至，衔蒋而去。

异史氏曰：『得意津津者，捉衿袖，强人听闻；闻者欠伸屡作，欲、睡欲遁，而诵者足蹈手舞，茫不自觉。知交者亦当从旁肘之蹑之，恐座中有不耐事之苗生在也。然嫉忌者易服而毙，则知苗亦无心者耳。故厌怒者苗也——非苗也。』

【译文】

龚生，甘肃岷州人，到西安应乡试，途中在客店里买了一壶酒自酌。突然有一个身材魁梧的男子进来，同他攀谈。龚生举杯劝客，客人也不谦辞。他自称姓苗，举止言谈很粗鲁。龚生因为他没有斯文气，态度很冷淡，壶中酒喝完，也不再添。苗生说道：『穷措大饮酒，这样不爽快，真要把人急死了。』说着走向酒缸前面，出钱买了一坛进来。龚生辞谢不饮，苗生拉住他的腕臂相劝，不得已，连吃了几大杯。苗生端起大碗来自饮，一面笑道：『我不会敬客。你不必管我，有事尽管先走好了。』龚生便收拾了一下，重新上路。约摸走了几里，马害病，倒在路上，他只好坐在旁边等待，行李繁重，进退两难。这时忽然苗生来了，问明原因，便把背包交给仆人，自己钻到马肚子底下把它扛起。走了二十里路，找到客栈，放下马送到槽里。过了许久，龚生主仆也赶到了，他才开始觉得苗生很不平凡，殷勤招待，呼酒备饭，一道吃喝。苗生说道：『我食量极大，很难吃饱，我们还是喝酒吧！』喝了一坛之后，他站起来告别道：『你要替马治病，还得等几天。我不能候你了，再会吧！』说着径自去了。考试完毕后，龚生的三四个朋友邀他去华山游玩，就地饮宴。正在吃喝说笑的时候，苗生忽然又来了，左手提着一大瓶酒，右手提着个猪肘，往地上放好后道：『听说你们各位上山游玩，我也来凑凑热闹。』大家站起来施礼，然后随便坐下，喝得很痛快。这时有人提议联句吟诗。苗生很不以为然，说：『纵情豪饮很快乐，何必一定去皱着眉头苦思呢！』大家不听，并定出谁作不出诗来就要罚酒。于是首座上一位靳生起句道：『绝凭临眼界空。』苗生信口联吟道：『唾壶击缺剑光红。』下面的一位思索了很久才接上去，苗生便拿起酒壶来自饮。然后大家依次联吟，词句越来越鄙俗。苗生叫道：『够了，如果你们肯饶我，就不必再联下去了！』大家不听，还要继续。苗生不能忍耐，马上大吼起来，声震山谷，站起来俯仰翻腾，做狮子舞。大家的诗思被打乱了，只好停止联吟，重新斟酒续饮。这时已经半醉，几个客人轮流背诵考卷，而且不住地互相赞美。苗生听得很不耐烦，拉住龚生猜拳，两人互有胜负。这时，另外几个人还是边背边赞。苗生大声喝道：『你们念的我全听到了。像这种狗屁文章，只配在床头上对着老婆去读，在大庭广众中絮絮叨叨，真令人感觉讨厌。』大家有些惭愧，但又恨他这样太粗暴了，就故意越发高声吟诵起来。苗生很生气，伏在地上大吼，立刻化作一只老虎，把几个客人全部杀了，然后咆哮着走去。留下来的只有龚、靳两人。靳生在那一次乡试中了举人。

三年之后，靳生再从华阴经过时，忽然遇到一个嵇生，也是前次在山上被老虎吃掉的。靳生见了心里很害怕，想加鞭逃去，嵇生拉住马缰，不让他走。靳生只好下马，问他打算怎样。嵇生答道：『我现在替苗生做伥，成天受他驱使，痛苦不堪，必须再杀一个文人，才能使我得到解脱。三天后，必有一个穿读书人服装的被虎吞噬，不过一定要是在苍龙岭下死的方是我的替身。你能在那天多邀几位文人来，就算帮了我这老朋友的忙了。』靳生不敢争辩，答应着告别了。靳生回到寓所，想了一晚上，不知道如何应对，最后还是决定拼死背约，随鬼怎样处置。这时恰有他的表亲蒋生来访，便把这件怪事对他说了一遍。蒋生也是一位名士，自命不凡。同县有一个尤生，名次考在他的前头，不免心生妒忌。那天蒋生听了靳生的话，想陷害尤生，便写信邀请尤生登苍龙岭游览。他自己特地穿了一身白衣，这时正赶上县官也来游岭，他和蒋家原是世交，听说蒋生在下面，便派人相邀。蒋生不敢穿着白衣前去，换穿了尤生的衣服。他还没穿好，一只猛虎突然窜来，把他衔了去。

异史氏说：『得意扬扬而又津津有味地诵读自己的文章，拉着别人的衣襟和袖子，硬要人家听下去；听的人一次又一次地打呵欠，伸懒腰，昏昏欲睡，甚至想要逃走，而诵读文章的人却手舞足蹈，迷迷茫茫的，毫不自觉。知心的朋友，应该在旁边用胳膊肘碰碰他，用脚踹踹他，恐怕座中有不耐事的苗生在。但是心怀嫉妒的蒋生在换穿衣服的时候被咬死，可知苗生也是无心的。所以值得厌恶谴责的是苗生——但也不尽是苗生。』

老龙船户

朱公徽荫巡抚粤东时，往来商旅，多告无头冤状。千里行人，死不见尸，数客同游，全无音信，积案累累，莫可究诘。初告，有司尚发牒行缉；迨投状既多，竟置不问。公莅任，历稽旧案，状中称死者不下百余，其千里无主者，更不知凡几。公骇异恻怛，筹思废寝。遍访僚属，迄少方略。于是洁诚熏沐，致檄城隍之神。已而斋寝，恍惚见一官僚，搢笏而入。问：『何官？』答云：『城隍刘某。』『将何言？』曰：『鬓边垂雪，天际生云，水中漂木，壁上安门。』言已而退。既醒，隐谜不解。辗转终宵，忽悟曰：『垂雪者，老也；生云者，龙也；水上木为船；壁上门为户：岂非「老龙船户」耶！』盖省之东北，曰小岭，曰蓝关，源自老龙津，以达南海，岭外巨商，每由此入粤。公遣武弁，密授机谋，捉龙津驾舟者，次第擒获五十余名，皆不械而服。盖此等贼以舟渡为名，赚客登舟，或投蒙药，或烧闷香，致客沉迷不醒；而后剖腹纳石，以沉水底。冤惨极矣！自昭雪后，遐迩欢腾，谣诵成集焉。

异史氏曰：『剖腹沉石，惨冤已甚，而木雕之有司，绝不少关痛痒，岂特粤东之暗无天日哉！公至则鬼神效灵，覆盆俱照，何其异哉！然公非有四目两口，不过恫瘝之念，积于中者至耳。彼巍巍然，出则刀戟横路，入则兰麝熏心，尊优虽至，究何异于老龙船户哉！』

【译文】

朱徽荫先生任广东巡抚的时候，有许多粤东地方往来的商人上告无头的冤枉案。其中有出门千里的行路人，死都没有见到尸体；有的几个人一起出门，结果全部都没有音信，积案累累，无从查起。开始接到这类状子时，官府还时常发出文牒，通缉一番；等到后来状子越来越多了，竟然放在一边，不管不问了。朱徽荫先生到任以后，一件件地把旧案清理，状子中报称已经死亡的不少于一百人，至于从千里以外到这里以后就没有下落的，更不知道有多少。朱先生感到非常震惊，又为受害者悲伤，苦思对策，夜里无法入睡，访问了所有的僚属，也没有得到好的对策。于是，他虔诚地沐浴更衣，到城隍庙宣读祭文，祭祀城隍。祭毕，朱先生在书房里睡着了，恍恍惚惚地看见有一个官员，手里拿着笏板进入书房。朱徽荫问：『来人是哪位官员？』回答说：

『我是城隍的刘某。』又问：『你有什么事要禀报？』回答说：『鬓边垂雪，天际生云，水中漂木，壁上安门。』说完以后就退了出去。朱徽荫醒来，怎么也无法解开这四句隐语。在床上辗转反侧想了整整一夜，忽然醒悟道：『鬓边垂雪这一句，是「老」啊；天边生云这一句，是「龙」啊；水中漂木，是「船」；壁上的门，是「户」。这不就是「老龙船户」吗？』原来，广东的东北部，有『小岭』『蓝关』两条河流，都是从老龙津发源，流向南海。岭外的富商，经常沿着这两条河进入广东。于是朱徽荫派遣一部分军官，秘密地授予他们任务，让他们化装成客商去捉拿在老龙津上驾船的那些人，先后拿获多名，还没有等到用刑就全部都招认了。原来这些贼寇以载客过河为名，将客人骗到船上，有的投下蒙汗药，有的烧闷香，让旅客昏迷不醒，然后把肚腹剖开，塞进石块，把尸体沉到水底，真是惨不忍睹了！自从这些无头案昭雪以后，远近各地的百姓们一片欢悦，赞颂的诗文都已经汇编成集了。

异史氏说：『剖腹纳石沉尸的冤案凄凉到了极点，而像木雕的官吏，根本就不关心百姓们的疾苦，难道只有粤东这样不见天日吗？朱徽荫到任就鬼神显灵，申冤昭雪，多么让人感到惊讶啊！然而朱徽荫并没有四目两口，只不过有关心百姓们疾苦的念头，在他的心里至般至切就是了。那些巍巍然做大官的，出门是刀戟横路，入室是兰麝熏心，虽然尊贵无比，但是又和老龙船户有什么不同呢？』

青城妇

费邑高梦说为成都守，有一奇狱。先是，有西商客成都，娶青城山寡妇。既而以故西归，年余复返。夫妻一聚，而商暴卒。同商疑而告官，官亦疑妇有私，苦讯之。横加酷掠，卒无词。牒解上司，并少实情，淹系狱底，积有时日。后高署有患病者，延一老医，适相言及。医闻之，遽曰：『妇尖嘴否？』问：『何说？』初不言，诘再三，始曰：『此处绕青城山有数村落，其中妇女多为蛇交，则生女尖喙，阴中有物类蛇舌。至淫纵时，则舌或出，一入阴管，男子阳脱立死。』高闻之骇，尚未深信。医曰：『此处有巫媪，能内药使妇意荡，舌自出，是否可以验见？』高即如言，使媪治之，舌果出，疑始解。牒报郡。上官皆如法验之，乃释妇罪。

【译文】

费城高梦说当成都地方官时，遇上一个奇特的案子。早些时候，有个西商，客居成都，娶青城山一个寡妇做妻子。不久，商人因事西归，过了一年多，重又返回来。夫妻只欢聚一次，西商就突然死去。和西商一道做生意的一个商人，怀疑他妻子有问题，就告到官府。官府也怀疑他妻子有见不得人的勾当，就苦苦刑讯。严刑拷问，直到最后也没有招供。呈文解送给上司，因为缺少实证，滞留在监狱里，关押很长时间了。后来，高梦说的衙门里有人患病，请来一位老医生，言谈中碰巧说到这个案子。老医生一听，急忙问道：『那个女人是不是尖嘴？』高梦说问他：『尖嘴有什么说道？』刚一问他，他不肯说，再三追问，他才说：『围绕青城山的几个村落，村中的许多妇女和蛇交配，就生下尖嘴女人，阴门里有个东西，类似蛇的舌头。到性交高潮时，蛇舌就吐出来，一旦插入阴茎，男子射精之后，立刻死亡。』高梦说听完，大吃一惊，还不太相信。老医生说：『此处有个巫婆，能用口服的春药使女人发生强烈的淫欲，蛇舌自然就吐出来了，是否可以试试看看？』高梦说马上依照他说的办法，让巫婆去验证。验证的结果，蛇舌果然吐了出来，疑案才真相大白了。呈文上报府衙。上级官员都依法验证，那个女人就无罪释放了。

元少先生

韩元少先生为诸生时，有吏突至，白主人欲延作师，而殊无名刺。问其家阀，含糊对之。束帛缄贽，仪礼优渥。先生许之，约期而去。至日，果以舆来。迤逦而往，道路皆所未经。忽睹殿阁，下车入，气象类藩邸。既就馆，酒炙纷罗，劝客自进，并无主人。筵既撤，则公子出拜；年十五六，姿表秀异。展礼罢，趋就他舍，请业始至师所。公子甚慧，闻义辄通。先生以不知家世，颇怀疑闷。馆有二僮给役，私诘之，皆不对。问：『主人何在？』答以事忙。先生求导窥之，僮不可。屡求之，乃导至一处，闻拷楚声。自门隙目注之。见一王者坐殿上，阶下剑树刀山，皆冥中事。大骇。方将却步，内已知之，因罢政，叱退诸鬼，疾呼僮。僮变色曰：『我为先生，祸及身矣！』战惕奔入。王者怒曰：『何敢引人私窥！』即以巨鞭重笞讫。乃召先生入，曰：『所以不见者，以幽明异路。今已知之，势难再聚。』因赠束金使行，曰：『君天下第一人，但坎末尽耳。』使青衣捉骑送之。先生疑身已死。青衣曰：『何得便尔！先生食御一切，置自俗间，非冥中物也。』既归，坎坷数年，中会、状，其言皆验。

【译文】

韩元少先生当秀才的时候，突然有一个役吏装束的人来到家里，说他家的主人打算聘请元少先生去做老师，然而并没有带来名帖。向他询问主人的姓氏出身，回答得十分含糊。这人带来了成匹的布帛和成封的银子，拜师的礼物非常丰厚，先生也就同意了，约好了日期，来人就辞别离去。

到了约定的日子，果真派车来接。曲折地走了很长时间，道路都是以前没有路过的地方。忽然看到前面有一座府宅，就下车进去，只见殿阁辉煌，气势很像是一座藩王的官邸。先生来到以后，先是酒宴款待，酒肉摆设满席，十分丰盛，然而只是劝说客人自斟自饮，并没有主人奉陪。筵席撤下以后，公子就出来拜师。公子大约有十五六，姿容秀美，仪表超凡。行过礼以后，公子就到另一个房屋去了，受业的时候才到老师这边来。公子非常聪明，老师讲授的道理听过以后就能完全懂得。

因为元少先生不知道这个学生的家世，心里经常觉得疑惑。学馆里有两个书童服侍先生，先生私下问他们，都没有回答。问：『主人在什么地方？怎么一直都没有见到？』总是回答说他事情非常忙。先生求他们领着去看一看，书童也没有同意。后来，经过多次请求，便领着先生来到一座殿前，只听里面传出拷打和痛苦喊叫的声音。从门缝往里看，只见有一位君王在殿上坐着，阶下是剑树刀山，原来办的都是阴间的案子。先生心里非常恐惧，刚打算退走，殿里的君王已经发现，因而停止了审案，斥退了众鬼魂，大声唤来书童。书童吓得脸色大变，说：『我为了先生，就要大祸临头了！』胆战心惊地跑进殿去，君王生气地说：『你胆敢领人来偷看！』就吩咐左右用巨鞭狠狠地把书童打了一顿。然后把元少先生请进来，对先生说：『以前不能去见你，是因为阴间和阳间是两个世界。现在你已经知道了，就一定很难再相聚了。』因而赠给元少先生许多银两作为学费，请元少先生马上动身回去。还对元少先生说：『你是天下第一人，只是目前这种不得志的日子还没有到尽头！』于是，指派一名身穿青衣的役吏牵马送他。先生怀疑自己已经身死。役吏对他说：『先生怎么会到这种地步呢？您吃的用的，都是从人间置办的，不是阴间的东西！』

元少先生回到家里，又过了数年坎坷的日子，真的考中了会元和状元，那位冥间王者的话全部都应验了。

田子成

江宁田子成，过洞庭，舟覆而没。子良耜，明季进士，时在抱中。妻杜氏，闻讣，仰药而死。良耜受庶祖母抚养成立，筮仕湖北。年余，奉宪命营务湖南。至洞庭，痛哭而返。自告才力不及，降县丞，隶汉阳，辞不就。院司强督促之，乃就。辄放荡江湖间，不以官职自守。一夕，舣舟江岸，闻洞箫声，抑扬可听。乘月步去，约半里许，见旷野中茅屋数椽，荧荧灯火；近窗窥之，有三人对酌其中。上座一秀才，年三十许；下座一叟；侧座吹箫者，年最少。吹竟，叟击节赞佳。秀才面壁吟思，若罔闻。叟曰：『卢十兄必有佳作，请长吟，俾得共赏之。』秀才乃吟曰：『满江风月冷凄凄，瘦草零花化作泥。千里云山飞不到，梦魂夜夜竹桥西。』吟声怆恻。叟笑曰：『卢十兄故态作矣！』因酌以巨觥，曰：『老夫不能属和，请歌以侑酒。』乃歌『兰陵美酒』之什。歌已，一座解颐。少年起曰：『我视月斜何度矣。』突出见客，拍手曰：『窗外有人，我等狂态尽露也！』遂挽客入，共一举手。叟使与少年相对坐。试其杯皆冷酒，辞不饮。少年起，以苇炬燎壶而进之。良耜亦命从者出钱行沽，叟固止之。因讯邦族，良耜具道生平。叟致敬曰：『吾乡父母也。少君姓江，此间土著。』指少年曰，『此江西杜野侯。』又指秀才，『此卢十兄，与公同乡。』卢自见良耜，殊偃蹇不甚为礼。良耜因问：『家居何里？如此清才，殊早不闻。』答曰：『流寓已久，亲族恒不相识，可叹人也！』言之哀楚。叟摇手乱之曰：『好客相逢，不理觞政，聒絮如此，厌人听闻！』遂把杯自饮，曰：『一令请共行之，不能者罚。每掷三色，以相逢为率，须一古典相合。』乃掷得幺二三，唱曰：『三加幺二点相同，鸡黍三年约范公朋友喜相逢。』次少年，掷得双二单四，曰：『不读书人，但见俚典，勿以为笑。四加双二点相同，四人聚义古城中：兄弟喜相逢。』卢得双幺单二，曰：『二加双幺点相同，吕向两手抱老翁：父子喜相逢。』良耜掷，复与卢同，曰：『二加双幺点相同，茅容二簋款林宗：主客喜相逢。』令毕，良耜兴辞。卢始起，曰：『故乡之谊，未遑倾吐，何别之遽？将有所问，愿少留也。』良耜复坐，问：『何言？』曰：『仆有老友某，没于洞庭，与君同族否？』良耜曰：『是先君也，何以相识？』曰：『少时相善。没日，惟仆见之，因收其骨，葬江边耳。』良耜出涕下拜，求指墓所。卢曰：『明日来此，当指示之。要亦易辨，去此数武，但见坟上有丛芦十茎者是也。』良耜洒涕，与众拱别。至舟，终夜不寝，念卢情词似皆有因。昧爽而往，则舍宇全无，益骇。因遵所指处寻墓，果得之。丛芦其上，数之，适符其数。恍然悟卢十兄之称，皆其寓言；所遇，乃其父之鬼也。细问土人，则二十年前，有高翁富而好善，溺水者皆拯其尸而埋之，故有数坟在焉。遂发冢负骨，弃官而返。归告祖母，质其状貌皆确。

江西杜野侯，乃其表兄，年十九，溺于江；后其父流寓江西。又悟杜夫人殁后，葬竹桥之西，故诗中忆之也。但不知叟何人耳。

【译文】

江宁地方有一个书生叫田子成，一次乘船过洞庭湖的时候，沉船而死。他的儿子良耜，是明朝末年的进士，当时年龄还很小，还在襁褓里。妻子杜氏，听到丈夫去世的消息，就喝药殉夫。良耜在庶祖母的抚养下长大成人，后派到湖北地方去做官。他到任一年多以后，奉上司的命令到湖南去办理事务，到达洞庭湖边，想到遇难的父亲，痛哭一场就返回湖北。良耜向上级申报说自己才力不够，于是降为县丞，分派到汉阳县，他一再推辞不愿上任。经按察司强力督促他才勉强到任，然而他总是放荡在江湖上，游山玩水，没有将官职放在心上。

有一天晚上，船在大江的岸边停靠，忽然远处传来洞箫的声音，抑扬顿挫非常悦耳，良耜就上了岸，乘着月色向箫声的方向走去。大约走了半里多的路程，看见旷野中有茅屋数间，窗中闪动荧荧灯火。田生靠近窗户向里面窥视，只见有三个人正在屋子里饮酒。上首坐着一位秀才，大约有三十多岁；下首坐着一老者；侧位坐着一位吹箫的人，年纪很小。少年吹奏完毕，老者拍手称赞，而那位秀才却面壁沉思，就像没有听到一样。老者说：『卢十兄一定有佳作，请马上吟咏出来，好让大家一起欣赏。』于是秀才吟道：『满江风月冷凄凄，瘦草零花化作泥。千里云山飞不到，梦魂夜夜竹桥西。』声调凄凉悲惨。老者笑着说：『卢十兄，怎么你又和以前一样啦！』于是斟了一大杯酒，说：『老夫会作诗，不能奉和，让我唱个曲子来助酒吧！』于是唱了支『兰陵美酒』一类的曲子。曲子唱完，大家都开颜而笑，气氛才不那么沉闷。

少年站起身说：『经斜到什么程度了，现在又是什么时辰？』走出屋子突然看见良耜，拍手笑着说：『原来窗外有人，我们的狂态都叫你看到了！』于是挽着客人走进屋子里，大家一起拱手相迎。

老者请良耜与少年相对而坐，一起喝酒。良耜一试其杯都是冷酒，推辞不饮。少年站起来用苇火燎壶，把酒温热以后让他斟酒。良耜也命仆人拿钱去买酒，老者执意阻止才罢了。接着，问起来客的家乡和姓氏，良耜都一一回答。老者怀着敬意说：『原来是咱们的父母官啊！我姓江，世居本地。』指着少年介绍说：『这位是江西的杜野侯！』又指着秀才说，『这位是卢十兄，和您是同乡。』自从卢十兄见到良耜，一直仰面皱眉很不客气。良耜很有礼貌地问：『不知老先生家住在什么地方？品学这样纯洁高尚，为什么以前一直没有听人说过？』卢十兄回答说：『流寓在外时间已经很长，家人族人都不认识了，真是让人可叹哪！』

说得悲伤凄凉。老者立刻摇手制止他说：『喜逢贵客，不痛痛快快地喝酒，唠唠叨叨地都让人听厌烦了！』

于是老者端起酒杯自己先喝了一杯，说：『大家一起来行个酒令，不行的罚酒。酒令是：每人掷三个骰子，以骰子的点数之一恰好为另外两个点数之和，还须说一个和点数相合的典故。』老者首先开始，掷得的是幺二三点，于是唱道：『三加幺二点相同，鸡黍三年约范公。朋友喜相逢。』接着为少年，掷得的是双二单四。他说：『我没有读过书，只能说个比较粗俗的典故，请不要笑话。』接着唱道，『四加双二点相同，四人聚义古城中。兄弟喜相逢。』接着是卢十兄，卢掷得双幺单二，他唱道：『二加双幺点相同，吕向两手抱老翁。父子喜相逢。』最后是良耜掷，掷得的点数还是和卢相同，他唱道：『二加双幺点相同，茅容二簋款林宗。主客喜相逢。』

酒令行完，良耜站起身辞别。卢十兄这时候才站起来说：『同乡之人还未来得及推心置腹地谈一谈，为什么走得这么急呢？我要向你打听一些事情，请再稍留一会儿。』良耜又重新坐下，问：『不知有什么事情要问？』卢十兄说：『我有一个老朋友名字叫田子成，死在洞庭，和你是不是同宗？』良耜说：『那就是老父，不知道你们是怎么认识的？』卢十兄说：『少年的时候是好朋友。他淹死的那一天，只有我见到了，因此把他的尸骨收了，埋葬在江边。』良耜听了以后，痛哭流涕，立刻下拜，请求指示坟墓埋葬的地点。卢十兄说：『明天你来到这个地方，我一定会指示给你。按照它的特征，也非常容易分辨。离开这里不几步，只要看到坟上有一丛芦苇，正好是十根者就是。』良耜流着泪水，和大家拱手告辞。

回到船上，良耜整夜也没有入睡，回想起卢十兄的表情言谈，好像都有所指。天刚刚有点儿亮就来到昨天晚上的去处，一看房屋全部都不见了，更加觉得惊骇。于是按照卢十兄的指点去寻找坟墓，确实找到了。一丛芦苇长在坟上，一数，根数正好相符。这才明白，原来卢十兄的称呼，皆是寓言：昨天晚上所碰到的，恰是自己父亲的鬼魂。细细向当地人询问，原来二十年前，当地有一位高翁富而好善，凡是溺水的人他都将尸体打捞上来加以埋葬，所以这个地方至今还留有数座坟墓。

于是，良耜把坟墓掘开，把父亲的尸骨捡出来，辞掉官职，背回家乡重新安葬。回到家里，向祖母报告了发现尸骨的经过，问到父亲的相貌，更加确凿无疑。江西杜野侯乃是良耜的表兄，十九岁的时候溺死于大江，后来他的父亲又流落到江西。良耜又想到母亲杜氏死后葬于竹桥的西边，所以在父亲的诗中有夜夜要想会到她的话。却不知道那位老者究竟是谁。

王桂庵

王樨，字桂庵，大名世家子。适南游，泊舟江岸。邻舟有榜人女，绣履其中，风姿韶绝。王窥既久，女若不觉。王朗吟『洛阳女儿对门居』，故使女闻。女似解其为己者，略举首一斜瞬之，俯首绣如故。王神志益驰，以金一锭投之，堕女襟上。女拾弃之，金落岸边。王拾归，益怪之，又以金钏掷之，堕足下；女操业不顾。无何，榜人自他归。王恐其见钏研诘，心急甚；女从容以双钩覆蔽之。榜人解缆，径去。王心情丧惘，痴坐凝思。时王方丧偶，悔不即媒定之。乃询舟人，皆不识其何姓。返舟急追之，杳不知其所往。不得已，返舟而南。务毕，北旋，又沿江细访，并无音耗。抵家，寝食皆萦念之。逾年，复南，买舟江际，若家焉。日日细数行舟，往来者帆楫皆熟，而曩舟殊杳。居半年，资罄而归。行思坐想，不能少置。一夜，梦至江村，过数门，见一家柴扉南向，门内疏竹为篱，意是亭园，径入。有夜合一株，红丝满树。隐念：诗中『门前一树马缨花』，此其是矣。过数武，苇笆光洁。又入之，见北舍三楹，双扉阖焉。南有小舍，红蕉蔽窗。探身一窥，则椸架当门，罥画裙其上，知为女子闺闼，愕然却退；而内亦觉之，有奔出瞰客者，粉黛微呈，则舟中人也。喜出望外，曰：『亦有相逢之期乎！』方将狎就，女父适归，倏然惊觉，始知是梦。景物历历，如在目前。秘之，恐与人言，破此佳梦。又年余，再适镇江。郡南有徐太仆，与有世谊，招饮。信马而去，误入小村，道途景象，仿佛平生所历。一门内，马缨一树，梦境宛然。骇极，投鞭而入。种种物色，与梦无别。再入，则房舍一如其数。梦既验，不复疑虑，直趋南舍，舟中人果在其中。遥见王，惊起，以扉自幛，叱问：『何处男子？』王逡巡间，犹疑是梦。女见步趋甚近，閛然扃户。王曰：『卿不忆掷钏者耶？』备述相思之苦，且言梦征。女隔窗审其家世，王具道之。女曰：『既属宦裔，中馈必有佳人，焉用妾？』王曰：『非以卿故，昏娶固已久矣。』女曰：『果如所云，足知君心。妾此情难告父母，然亦方命而绝数家。金钏犹在，料钟情者必有耗问耳。父母偶适外戚，行且至。君姑退，倩冰委禽，计无不遂；若望以非礼成耦，则用心左矣。』王仓卒欲出。女遥呼王郎曰：『妾芸娘，姓孟氏。父字江蓠。』王记而出。罢筵早返，谒江蓠。江迎入，设坐篱下。王自道家阀，即致来意，兼纳百金为聘。翁曰：『息女已字矣。』王曰：『讯之甚确，固待聘耳，何见绝之深？』翁曰：『适间所说，不敢为诳。』王神情俱失，拱别而返。当夜辗转，无人可为媒。向欲以情告太仆，恐娶榜人女为先生笑；今情急，无可为媒，质明，诣太仆，实告之。太仆曰：『此翁与有瓜葛，是祖母嫡孙，何不早言？』王始吐隐情。太仆疑曰：『江蓠固贫，素不以操舟为业，得毋误乎？』乃遣子大郎诣孟。孟曰：『仆虽空匮，非卖婚者。曩公子以金自媒，谅仆必为利动，故不敢附为婚姻。既承先生命，必无错谬。但顽女颇恃娇爱，好门户辄便拗却，不得不与商榷，免他日怨婚也。』遂起，少入而返，拱手一如尊命，约期乃别。大郎复命，王乃盛备禽妆，纳采于孟，假馆太仆之家，亲迎成礼。居三日，辞岳北归。夜宿舟中，问芸娘曰：『向于此处遇卿，固疑不类舟人子。当日泛舟何之？』答云：『妾叔家江北，偶借扁舟一省视耳。妾家仅可自给，然傥来物颇不贵视之。笑君双瞳如豆，屡以金资动人。初闻吟声，知为风雅士，又疑为儇薄子作荡妇挑之也。使父见金钏，君死无地矣。妾怜才心切否？』王笑曰：『卿固黠甚，然亦堕吾术矣！』女问：『何事？』王止而不言。又固诘之。乃曰：『家门日近，此亦不能终秘。实告卿：我家中固有妻在，吴尚书女也。』芸娘不信，王故壮其词以实之。芸娘色变，默移时，遽起，奔出；王履追之，则已投江中矣。王大呼，诸船惊闹，夜色昏蒙，惟有满江星点而已。王悼痛终夜，沿江而下，以重价觅其骸骨，亦无见者。悒悒而归，忧痛交集。又恐翁来视女，无词可对。有姊丈官河南，遂命驾造之，年余始归。途中遇雨，休装民舍，见房廊清洁，有老妪弄儿厦间。儿见王入，即扑求抱，王怪之。又视儿秀婉可爱，揽置膝头。妪唤之，不去。少顷，雨霁，王举儿付妪，下堂趣装。儿啼曰：『阿爹去矣！』妪耻之，呵之不止，强抱而去。王坐待治任，忽有丽者自屏后抱儿出，则芸娘也。方诧异间，芸娘骂曰：『负心郎！遗此一块肉，焉置之？』王乃知为己子。酸来刺心，不暇问其往迹，先以前言之戏，矢日自白。芸娘始反怒为悲，相向涕零。先是，第主莫翁，六旬无子，携媪往朝南海。归途泊江际，芸娘随波下，适触翁舟。翁命从人拯出之，疗控终夜，始渐苏。翁媪视之，是好女子，甚喜，以为己女，携归。居数月，欲为择婿，女不可。逾十月，生一子，名曰寄生。王避雨其家，寄生方周岁也。王于是解装，入拜翁媪，遂为岳婿。居数日，始举家归。至，则孟翁坐待，已两月矣。翁初至，见仆辈情词恍惚，心颇疑怪；既见，始共欢慰。历述所遭，乃知其枝梧者有由也。

【译文】

王樨，字桂庵，大名府的世家后代。到南方游历，船停在长江边上。邻船上有个船家女，在船上绣鞋，风度姿态美得很。王桂庵瞅了她很久，女子像是毫无察觉。王桂庵便高声吟诵王维诗句『洛阳女儿对门居』，故意让她听见。女子好像懂得是为她吟诵的，略一抬头斜了他一眼，又低头照旧在鞋面绣花。王桂庵更加神思飞驰，把一锭金子扔给她，落在女子的衣襟上。女子顺手拾起，扔在岸边。王桂庵把金子捡回来，更加感到奇怪，又把金镯扔给她，落在女子的脚下，女子绣鞋不理睬镯子。不一会儿，船家从别处回来。王桂庵怕他发现金镯子询问，心里很急得慌，女子从容地用双脚盖住金镯子。

船家解开缆绳，划船走了。王桂庵心情十分沮丧，呆呆坐在那里出神。当时王桂庵刚刚死了妻子，后悔没有立即请媒人向船家提亲。就向各船打听，都不知她姓什么。王桂庵返回船来急忙去追，那只船早已杳然不见踪影了。不得已，王桂庵只好返回船来南渡。办完事，北归，又沿江细细查访，依然不见消息。回家后，吃饭睡觉都想着那女子。

一过了年，王桂庵又到南方，买了条船住在江边，就像家一样。每天仔细观察过往的行船，往来船只的帆色桨影都看熟了，但去年那条船却依然杳无踪影。过了半年，花光了钱回家。走也想坐也想，片刻不能忘怀那船家女。

一天夜里，王桂庵梦中到了江边一个小村里，过了几个大门，看见一家柴门朝南开着，门内稀疏的翠竹编成篱笆，心想可能是座亭园，就走了进去。里边有一棵马缨花，红丝挂满树枝。暗想：元人虞集诗中有『门前一树马缨花』的句子，说的就是这里了。又走几步，芦苇篱笆光亮整洁。他又走了进去，看到北屋三间，双门紧闭。南边有一间小屋，一株美人蕉掩映在窗前。王桂庵探身一看，见迎门有个衣架，上面挂着花裙子，知道这是女子的闺房，吃惊地连忙后退；但是屋里人也发觉了，有人跑出来看客人，粉面稍微一露，王桂庵就认出正是那位船家女。王桂庵喜出望外，说：『也有重逢的一天啊！』刚要靠近亲昵，女子的父亲正好回来，一下子醒了，才知是做了一个梦。梦中景物历历，如在眼前。王桂庵把这当秘密保存着，恐怕同别人说了，会破坏掉这个好梦。

又过了一年多，王桂庵再到镇江。城南有个徐太仆，和王家是世交，请王桂庵去喝酒。王桂庵信马由缰地走去，误入一个小村子，道路及景物，好像平生曾经见过。一家门里，有一树马缨花，宛然就是梦中的景象。他非常吃惊，扔掉鞭子下马走了进去。院内种种景物，与梦境毫无差别。再往里走，房舍的数目也如梦中。梦境既然应验，王桂庵就不再犹豫，直奔南边小屋而去，船家女果然在屋中。她远远地看见王桂庵，吃惊地站起来，藏到门后头，呵斥说：『哪里的男子？』王桂庵进退两难之间，还怀疑是在做梦。

女子见他已经走近，砰地一声关上了门。王桂庵说：『你不记得扔镯子的人了吗？』详细诉说了相思之苦，并且说了梦中的验证。女子隔窗询问王桂庵的家世，王桂庵都详细告诉她。女子说：『既是官家的后代，家中自然早有美妻了，还要我干什么？』王桂庵说：『若不是为了你，我早就应该娶妻了！』女子说：『如果真像你说的，足见你的诚心。我的心事不好向父母说，但也不听父母的话回绝了好几家提亲的了。那金镯子还在，料想钟情的人一定会有消息的。父母到亲戚家去了，眼看就要回来。

你先回去，请媒人来下聘礼，心意一定能实现；你若想靠非礼和我成亲，那你就打错了算盘！』王桂庵急着要走。女子又远远地喊住他，说：『我叫芸娘，姓孟。我父亲字江篱。』王桂庵牢牢记住，才出来。

王桂庵到徐太仆家赴宴，提早回来，就去拜见孟江篱。孟江篱迎他进去，在篱笆墙下设座而谈。王桂庵自己说了自己的家世，就说明来意，并拿出一百两银子作为聘礼。孟江篱说：『小女已经许人了。』王桂庵说：『我打听得很准，本来正在待聘，为何这样坚决地拒绝呢？』孟江篱说：『我刚才说的，没有半句假话。』王桂庵失魂落魄，举举手告别回去了。

王桂庵一夜辗转反侧，心想着无人可以做媒。本想把这事告诉徐太仆，又怕娶个船家女被先生笑话；现在情急之下，找不到媒人，天一明，就到太仆家，实话告诉了他。太仆说：『这老头儿和我有点关系，是我祖母的亲侄孙。你怎不早说？』王桂庵这才倾吐了心中的隐情。太仆怀疑说：『江篱虽然贫穷，却从来不以撑船为业，难道弄错了吗？』就打发儿子大郎到孟家去询问。孟江篱说：『我虽然贫穷，却不是卖婚的人。先前公子拿着金钱给自己做媒，他估量着我一定被金钱打动，所以不敢和他结为婚姻。既是徐先生的意思，一定不会有错。但我那个不懂事的女儿非常任性娇惯，好人家她还老是拒绝，我不能不和她商量商量，免得日后埋怨这门婚事。』起身走进内室，一会儿出来，拱拱手说一切照先生说的办，二人定好日期，才告别。大郎回家回报父亲，王桂庵置办了丰盛的聘礼，到孟家交礼定亲，借徐太仆的家，把新娘子迎来举行了婚礼。

住了三天，王桂庵带着芸娘辞别岳父北归。夜间住在船上，王桂庵问芸娘说：『以前在这里遇见你，就疑心你不像船家女。那天你乘船到哪里去呢？』芸娘回答说：『我叔父家住江北，我们偶然借船去看望他。我家生活仅仅能养活自己，可是对意外之财也很不看重。可笑你目光短浅，多次想用金钱打动我。当初听你吟诵，知道是个风雅文士，又疑心你是个轻薄子弟把我当作荡妇来挑逗。若让我父亲看到那金镯子，你就死无葬身之地了。我是不是很爱惜人才啊？』

王桂庵笑着说：『你固然很狡猾，还是掉进了我的圈套！』芸娘问：『怎么回事？』王桂庵故意停住不说。芸娘再三问他，他才说：『离家一天天近了，这事也不能老是瞒着你。实话告诉你吧：我家里本来有妻子，是吴尚书的女儿。』芸娘不信，王桂庵故意夸大其词来说明。芸娘变了脸色，沉默了片刻，一下子站起来，就跑了出去；王桂庵趿拉着鞋追出来，芸娘已经投江自杀了。王桂庵大喊，各船一片惊闹，但夜色昏茫，江上只有漫天星点而已。桂庵哀伤悲痛了一夜，顺流而下，出重价寻觅芸娘的尸骨，也没有人见到。王桂庵郁闷地回家，又是忧伤又是悲痛。又害怕岳父来看闺女，无法回答。有个姐夫在河南做官，于是就整装到他那里去。

过了一年多王桂庵才回来。途中遇雨，在一农家避雨休息，看到庭院廊舍很干净，一个老太太在房厦下逗弄婴儿。婴儿看见王桂庵进来，就扑过来叫他抱。王桂庵觉得有点怪。又见婴儿长得秀气可爱，就抱过来搁在膝上。老太太喊婴儿，婴儿也不去。一会儿，天晴了，王桂庵把婴儿交给老太太，走下堂来整理行装。婴儿哭着说：『爹爹走了！』老太太感到不好意思，吆喝不住他，就硬抱他走了。

王桂庵坐着等待仆人整治行装，忽有一个美女抱着婴儿从屏风后面走出来，正是芸娘。王桂庵正在疑惑，芸娘骂道：『负心郎！留下这块肉，怎么处理？』王桂庵这才明白婴儿是他的儿子。酸痛伤心，解释当初是戏言，对着老天发誓表白。芸娘才转怒为悲，相对流泪。原来，这家主人莫翁，六十岁了没有儿子，领着妻子到普陀山进香。归途在长江边停船，芸娘顺流而下，恰好碰到莫翁的船舷。莫翁让随从救她上来，抢救了一整夜，芸娘才渐渐苏醒过来。莫老头和老太太见芸娘是位漂亮女子，很高兴，认作自己的女儿，带她回家。过了几个月，想给她找个女婿，芸娘不同意。过了十个月，芸娘生下一个男孩，取名寄生。王桂庵到这家来避雨，寄生正好满周岁了。

王桂庵重新卸下行李，进屋拜见老头儿老太太，就成了岳家和女婿。住了几天，才全家北归。一到家，孟江篱在王家等待，已经两个月了。孟江篱刚来时，见仆人们闪烁其词，心里感觉奇怪可疑；等见了女儿女婿，大家才高兴起来。细细讲述这番遭遇经过，才知道仆人们的支支吾吾是有原因的。

周生

周生，淄邑之幕客。令公出，夫人徐，有朝碧霞元君之愿，以道远故，将遣仆赍仪代往。使周为祝文。周作骈词，历叙平生，颇涉狎谑。中有云：『栽般阳满县之花，偏怜断袖；置夹谷弥山之草，惟爱余桃。』此诉夫人所愤也，类此甚多。脱稿，示同幕凌生。凌以为亵，戒勿用。弗听，付仆而去。未几，周生卒于署；既而仆亦死。徐夫人产后，亦病卒。人犹未之异也。周生子自都来迎父榇，夜与凌生同宿。梦父戒之曰：『文字不可不慎也！我不听凌君言，遂以亵词，致干神怒，遽夭天年；又贻累徐夫人，且殃及焚文之仆：恐冥罚尤不免也！』醒而告凌，凌亦梦同，因述其文。周子为之惕然。

异史氏曰：『恣情纵笔，辄洒洒自快，此文客之常也。然淫嫚之词，何敢以告神明哉！狂生无知，冥谴其所应尔。但使贤夫人及千里之仆，骈死而不知其罪，不亦与刑律中分首从者，反多愦愦耶？冤已！』

【译文】

周生是山东淄川县的幕僚。县令因公外出，夫人徐氏许下过朝拜泰山『碧元君娘娘』的愿望，因路程太远，准备派遣仆人携带供礼代去，让周生撰写一篇祝祷文。周生用骈体文叙述了徐夫人的平生，很有些秽亵戏谑的语句，其中说：『淄川全县都有花枝招展的美女，偏怜男宠；淄川满山尽是令人陶醉的丽人憎恨的事。』类似这样的语句还很多。文稿写好，拿给同僚凌生过目，凌生认为番甲秽亵，劝周生不要用它。周生不听，还是将祷词交给仆人带去了泰山。

不久，周生死在官署中，接着那个仆人也死了。徐夫人产后也一病身亡。人们还没引以为怪。周生的儿子从京城来运回他父亲的灵柩，夜间和凌生同一室。梦见父亲告诫他说：『写文章千万要小心谨慎啊！我不听凌君劝告，折寿而死，又连累了徐夫人，而且殃及焚烧祭文的仆人；恐怕阴间的惩罚还免不了呢！』醒来告诉凌生，凌生竟然也做了同样的梦，就把当时的轻狂文字叙述了一下。周生的儿子不禁为之深感敬畏。

异史氏说：『纵情弄笔，自以为洒脱痛快，这是文人的通病。但是淫秽不洁的文词，怎敢用来祝告神明呢？周生狂妄无知，受到神明的惩罚是罪有应得。为夫人还愿的仆人都一并死去，而不知罪分别首犯和从犯的，反而要糊涂得多吗？冤枉啊！』

褚遂良

长山赵某，税屋大姓。病症结，又孤贫，奄然就毙。一日，力疾就凉，移卧檐下。及醒，见绝代丽人坐其旁。因诘问之，女曰：『我特来为汝作妇。』某惊曰：『无论贫人不敢有妄想，且奄奄一息，有妇何为！』女曰：『我能治之。』某曰：『我病非仓猝可除；纵有良方，其如无资买药何！』女曰：『我医疾不用药也。』遂以手按赵腹，力摩之。觉其掌热如火。移时，腹中痞块，隐隐作解拆声。又少时，欲登厕。急起，走数武，解衣大下，胶液流离，结块尽出，觉通体爽快。返卧故处，谓女曰：『娘子何人？祈告姓氏，以便尸祝。』答云：『我狐仙也。君乃唐朝褚遂良，曾有恩于妾家，每铭心欲一图报。日相寻觅，今始得见，夙愿可酬矣。』某自惭形秽，又虑茅屋灶煤，玷染华裳。女但请行。赵乃导入家，土莝无席，灶冷无烟，曰：『无论光景如此，不堪相辱；即卿能甘之，请视瓮底空空，又何以养妻子？』女但言：『无虑。』言次，一回头，见榻上毡席衾褥已设，方将致诘，又转瞬，见满室皆银光纸裱贴如镜，诸物已悉变易，几案精洁，肴酒并陈矣。遂相欢饮。日暮，与同狎寝，如夫妇。主人闻其异，请一见之。女即出见，无难色。由此四方传播，造门者甚夥。女并不拒绝。或设筵招之，女必与夫俱。一日，座中一孝廉，阴萌淫念。女已知之，忽加诮让。即以手推其首；首过棂外，而身犹在室，出入转侧，皆所不能。因共哀免，方曳出之。积年余，造请者日益烦，女颇厌之。被拒者辄骂赵。值端阳，饮酒高会，忽一白兔跃入。女起曰：『春药翁来见召矣！』谓兔曰：『请先行。』兔趋出，径去。女命赵取梯。赵于舍后负长梯来，高数丈。庭有大树一章，便倚其上；梯更高于树杪。女先登，赵亦随之。女回首曰：『亲宾有愿从者，当即移步。』众相视不敢登。惟主人一僮，踊跃从其后。上上益高，梯尽云接，不可见矣。共视其梯，则多年破扉，去其白板耳。群入其室，灰壁败灶依然，他无一物。犹忆僮返可问，竟终杳已。

【译文】

长山县的赵某，租赁大户人家的房子居住。他腹中长了个结块，又孤苦贫困，奄奄一息就要死了。一天，他撑着病体乘凉，移到屋檐下躺着。醒来时，见一位绝代佳人坐在身旁。就问她，女郎说：『我特意来给你做媳妇。』赵某吃惊地说：『不要说穷人不敢有妄想，再说我奄奄一息就要死了，还要妻子做什么？』女郎说：『我能治你的病。』赵某说：『我的病不是短时间能治好的；纵然有良方，没钱买药也没办法！』女郎说：『我治病不用药的。』就用手按着赵某的肚子，用力按摩。赵某觉得她的手掌像火一样热。过了一会儿，赵某腹中的结块，隐隐约约有破解的声音。又过了一会儿，赵某想上厕所。他急忙起来，走出几步，解开衣裤就大泻起来，黏液稀里哗啦，结块都排出来，觉得浑身爽快。

回原来的地方躺下，对女郎说：『娘子是什么人？请你告诉我姓氏，以便立个牌位祭祀。』女郎说：『我是狐仙。你前世是唐朝名宦褚遂良，曾经对我家有恩，我经常想报答你。天天找你，今天才见到，长期的心愿总算实现了。』赵某自惭形秽，又担心茅屋灶灰，弄脏了女郎华丽的衣服。女郎只是要求跟他一起走。赵某就领着她进家，土炕铺着碎草没有席子，灶膛冷冷清清，没有烟火。赵某说：『不说家境如此，你忍受不了；就算你能忍受，你看这瓮底空空，又拿什么来养活妻子？』女郎只说：『莫愁。』说话之间，赵某一回头，看见床上毛毡苇席锦被绸褥都铺设好了；赵某正要询问，又一转眼，满屋已用银光纸裱糊得像镜子似的，各种器物也都换了，桌椅板凳精致光洁，菜肉美酒都已摆好。于是两人相对欢饮。天一黑，就和女郎睡了，如同夫妻一样。

房主听说了这件怪事，就请见一见女郎。女郎就出来相见，也没有为难的神色。从此四方传播，登门求见的人很多。女郎也不拒绝。有人摆酒席请她，女郎一定要和丈夫一起去。一天，酒席上有一位举人，暗中产生了淫念。女郎已经知道了，突然对他诮骂一番，就用手推着他的头；举人的头伸在窗棂子外边，而身子还在屋里，出不去进不来，也不能转动。大家都请求饶了他，女郎才把他拽出来。

过了一年多，登门求见的人越发多了，女郎很厌烦。被拒绝的人都骂赵某。过五月端午，大家聚会饮酒，忽然一只白兔子跳了进来。女郎站起来说：『捣药翁来召见我了。』对兔子说：『请先走一步。』兔子跑出去，走了。女郎叫赵某拿梯子来。赵某从房后扛长梯子来，有好几丈高。院子里有一棵大树，便把梯子倚在树上；梯子比树梢还高。女郎先爬上去，赵某也跟着她上去。女郎回过头来说：『亲戚朋友有愿意跟着走的，请赶紧上来。』众人互相看着没人敢上去。只有房子主人家一个小童仆，跳跃着跟在他们后面。越上越高，梯子到了头就进入了云彩，看不见了。大家一看那梯子，原来是多年的一扇破门，去掉了门板而已。大家进入她的住房，还是原来的灰墙壁破炉灶，其他空无一物。大家还希望那童仆回来问问情况，但最终查无踪迹。

姬生

南阳鄂氏，患狐，金钱什物，辄被窃去。迕之，祟益甚。鄂有甥姬生，名士不羁，焚香代为祷免，卒不应；又祝舍外祖使临己家，亦不应。众笑之。生曰：『彼能幻变，必有人心。我固将引之，俾入正果。』数日辄一往祝之。虽不见验，然生所至，狐遂不扰。以故，鄂常止生宿。生夜望空请见，邀益坚。一日，生归，独坐斋中，忽房门缓缓自开。生起，致敬曰：『狐兄来耶？』殊寂无声。又一夜，门自开。生曰：『倘是狐兄降临，固小生所祷祝而求者，何妨即赐光霁？』却又寂然。案头有钱二百，及明失之。生至夜，增以数百。中宵，闻布幄铿然。生曰：『来耶？敬具时铜数百备用。仆虽不充裕，然非鄙吝者。若缓急有需，无妨质言，何必盗窃？』少间，视钱，脱去二百。生仍置故处，数夜不复失。有熟鸡，欲供客而失之。生至夕，又益以酒。而狐从此绝迹矣。鄂家祟如故。生又往祝曰：『仆设钱而子不取，设酒而子不饮；我外祖衰迈，无为久祟之。仆备有不腆之物，夜当凭汝自取。』乃以钱十千、酒一罇，两鸡皆聂切，陈几上。生卧其傍，终夜无声，钱物如故。狐怪从此亦绝。生一日晚归，启斋门，见案上酒一壶，燂鸡盈盘；钱四百，以赤绳贯之，即前日所失物也。知狐之报。嗅酒而香，酌之色碧绿，饮之甚醇。壶尽半酣，觉心中贪念顿生，蓦然欲作贼。便启户出。思村中一富室，遂往越其墙。墙虽高，一跃上下，如有翅翎。入其斋，窃取貂裘、金鼎而出。归置床头，始就枕眠。天明，携入内室。妻惊问之，生嗫嚅而告，有喜色。妻骇曰：『君素刚直，何忽作贼！』生恬然不为怪，因述狐之有情。妻恍然悟曰：『是必酒中之狐毒也。』因念丹砂可以却邪，遂研入酒，饮生。少顷，生忽失声曰：『我奈何做贼！』妻代解其故，爽然自失。又闻富室被盗，噪传里党。生终日不食，莫知所处。妻为之谋，使乘夜抛其墙内。生从之。富室复得故物，事亦遂寝。生岁试冠军，又举行优，应受倍赏。及发落之期，道署梁上粘一帖云：『姬某作贼，偷某家裘、鼎，何为行优？』梁最高，非跋足可粘。文宗疑之，执帖问生。生愕然，思此事除妻外无知者，况署中深密，何由而至？因悟曰：『此必狐之为也。』遂缅述无讳，文宗赏礼有加焉。生每自念：无取罪于狐，所以屡陷之者，亦小人之耻独为小人耳。

异史氏曰：『生欲引邪入正，而反为邪惑。狐意未必大恶，或生以谐引之，狐亦以戏弄之耳。然非身有夙根，室有贤助，几何不如原涉所云，家人寡妇，一为盗污遂行淫哉！吁！可惧也！』

吴木欣云：『康熙甲戌，一乡科令浙中，点稽囚犯。有窃盗，已刺字讫，例应逐释。令嫌「窃」字减笔从俗，非官板正字，使刮去之；候创平，依字汇中点画形象另刺之。盗口占一绝云：「手把菱花仔细看，淋漓鲜血旧痕斑。早知面上重为苦，窃物先防识字官。」禁卒笑之曰：「诗人不求功名，而乃为盗？」盗又口占答之云：「少年学道志功名，只为家贫误一生。冀得资财权子母，囊游燕市博恩荣。」』即此观之，秀才为盗，亦仕进之志也。狐授姬生以进取之资，而反悔为所误，迂哉！一笑。

【译文】

南阳的鄂氏，家里闹狐狸精，金钱器物，常常被它们偷去。若是冒犯了它们，就祸害得越发厉害。鄂氏有个外甥姬生，是位名士，性情狂放不羁，他焚香替鄂氏祝祷，请求狐狸精别闹了，却始终没有反应；他又祷告让狐狸精离开外祖父家来自己家，也不答应。大家都笑话他。姬生说：『狐狸精既能变化，一定有人性。我一定要设法引导它们，走上正道。』过几天，姬生就到外祖父家祝祷一次。虽然没有灵验，但姬生来到的时候，狐狸精却躲开不骚扰。因此，鄂氏常常留姬生过夜。

姬生夜里朝空中拜祝着要求和狐狸精相见，十分诚恳。一天，姬生回家，独坐书房，忽见房门慢慢地自动开了。他站起身，行礼说：『狐兄来了吗？』一点声音也没有。又一天夜里，房门又自动开了，姬生说：『倘若是狐兄驾到，正是我祝祷盼望的事，何妨让我看看你的美好形象呢？』但又是一点声音也没有。桌子上原有二百个铜钱，天亮时不见了。姬生到了晚上，在桌子上放上几百个铜钱。半夜，听到布帘子里铿然作响。姬生说：『来啦？我恭敬地准备了几百个铜钱供你使用。我虽不算富裕，却也不是小气鬼。如果你手头有些紧张，不妨实话实说，何必偷窃呢？』过了一会儿，看看钱又少了二百个。姬生依旧把钱放在那里，过了几夜，都没有再丢失。

姬生有只熟鸡，准备用来招待客人，却不见了。到了晚上，他又备一只熟鸡，还添了一壶酒。狐狸精从此绝迹了。只是鄂氏家狐狸精还是闹个不休。姬生又去祝祷，说：『我放了钱你不取，准备了酒你不喝；我外祖父年迈衰老，不要老在这里作祟他了吧。我准备了一点菲薄礼物，夜间随你自己来拿。』于是将十贯铜钱、一坛美酒、两只切好的鸡，摆在桌子上。姬生躺在桌子旁边，一整夜也没有动静，桌上的钱和食物都丝毫不少。鄂氏家的狐狸精从此断绝了。

姬生一天晚上回来，打开书房门，看到桌子上放着一壶酒，满满一桌子摆着的东西，正是以前丢失的东西。他知道这是狐狸的回敬。闻闻酒，很香，斟了一杯，颜色碧绿，喝下，味道很醇。姬生喝完了这壶酒就半醉了，他感觉心里忽然起了贪财的念头，猛然间想去做贼。他就开门出来。想起村里有一家富户，就去爬他家的墙头。墙虽然很高，但一跳就上去下来了，就像长了翅膀。他走进屋里，偷拿了貂皮衣服、金银香炉出来。回家放到床头上，才躺下睡了。

天刚亮，他把偷来的东西带到内室。妻子大惊，问他缘故，他吞吞吐吐告诉了她，脸上还挺高兴。妻子吃惊地说：『你一向刚直正派，怎么忽做了贼呢？』姬生心安理得不感到奇怪，就讲述了同狐狸精的交情。妻恍然大悟说：『这一定是喝了狐狸精的狐毒酒了。』她想起朱砂可以驱邪，就研了一点放酒里给姬生喝。不一会儿，姬生忽然失声喊叫：『我怎么做了贼！』妻子替他分析了缘故，他感到非常懊丧。又听到富户失盗的消息，传遍了乡里。姬生终日吃不下饭，不知该怎么办才好。妻子给他出了个主意，让他乘夜把偷来的东西扔到富户的墙里头。姬生听了妻子的话。富户找到了丢失的东西，事情就平息了。

那年岁试，姬生得了冠军，又以品行优良受到保举，应当受到加倍奖赏。可是到了宣布奖赏等次那天，学道官署的梁上粘着一张纸条，写着：『姬某做过贼，偷过某家的貂皮衣服和金银香炉，怎能算是品行优良？』屋梁很高，不是踮着脚就能贴上去的。学道很奇怪，拿着纸条问姬生。姬生很吃惊，想这事除了妻子再没人知道；再说学道官署防守森严，有谁能来呢？于是明白了，说：『这定是狐狸精干的。』于是把从前之事毫无保留地说了，学道更加重重奖赏了他。姬生常常想：自己没有得罪狐狸精的地方，狐狸精老是陷害自己的原因，也许是坏人不愿自己独自为坏人吧。

异史氏说：『姬生本来想引导邪恶进入正道，但是反而被邪恶迷惑了。狐狸也未必十分坏，或许是姬生以玩笑方式引导它，狐狸也就开玩笑戏弄他罢了。但若不是本身有善良的根底，家里有贤良的妻子，有多少不像汉朝人原涉所说，寡妇一旦失守，就不容易坚守节操了，就会做出淫荡之事。啊！可怕呀！』

吴木欣说：『康熙甲戌年，一位举人担任浙江某县的县令，审讯囚犯。有个盗贼，已经在脸上刺完了字，照例应该赶出去释放。县令嫌「窃」字减了笔画写的是俗体，不是官方规定的正体字，就让人给他刮去；等伤口平复了，按照字典中「窃」字的笔画结构再给他刺上。盗贼口占一绝云：「手把菱花仔细看，淋漓鲜血旧痕斑。早知面上重为苦，窃物先防识字官。」狱卒们笑话他说：「你这位诗人不去求取功名，怎么做盗贼呢？」盗贼又口占一绝回答他：「少年学道志功名，只为家贫误一生。冀得资财权子母，囊游燕市博恩荣。」』由此观之，秀才做盗贼，也是做官上进的一种志向。狐狸精给了姬生进取的资本，而姬生却后悔被它所误，真笨啊！一笑。

韩方

明季，济郡以北数州县，邪疫大作，比户皆然。齐东农民韩方，性至孝。父母皆病，因具楮帛，哭祷于孤石大夫之庙。归途零涕。遇一人，衣冠清洁，问：『何悲？』韩具以告。其人曰：『孤石之神，不在于此，祷之何益？仆有小术，可以一试。』韩喜，诘其姓字。其人曰：『我不求报，何必通乡贯乎？』韩敦请临其家。其人曰：『无须。但归，以黄纸置床上，厉声言：「我明日赴都，告诸岳帝！」病当已。』韩恐不验，坚求移趾。其人曰：『实告子：我非人也。巡环使者以我诚笃，俾为南县土地。感君孝，指授此术。目前岳帝举枉死之鬼，其有功人民，或正直不作邪祟者，以城隍、土地用。今日殃人者，皆郡城北兵所杀之鬼，急欲赴都自投，故沿途索赂，以谋口食耳。言告岳帝，则彼必惧，故当已。』韩悚然起敬，伏地叩谢。及起，其人已渺。惊叹而归。遵其教，父母皆愈。以传邻村，无不验者。

异史氏曰：『沿途祟人而往，以求不作邪祟之用，此与策马应「不求闻达之科」者何殊哉！天下事大率类此。犹忆甲戌、乙亥之间，当事者使民捐谷，具疏谓民乐输。于是各州县如数取盈，甚费敲扑。时郡北七邑被水，岁祲，催办尤难。唐太史偶至利津，见系逮者十余人。因问：「为何事？」答曰：「官捉吾等赴城，比追乐输耳。」农民不知「乐输」二字作何解，遂以为徭役敲比之名，岂不可叹而可笑哉！」

【译文】

明朝末年，济南府以北的几个州县，瘟疫横行，家家受害。齐东有个名叫韩方的农民，天性至孝。他的父母都病了，他就买了香纸、锡箔，到孤石大夫庙里，哭哭啼啼地祷告。在回来的路上，还流着眼泪。他遇见一个人，那人的衣帽很整洁，问他：『何事悲痛？』他就把父母得病告诉给那个人。那个人说：『孤石庙的神灵，不在这里，向他祷告有什么好处？我有个小小的妙方，可以试一试。』韩方一听就高兴了，打听他的姓名。那个人说：『我不求报答，何必告诉你家乡住处呢？』韩方诚恳地请他登门看病。那个人说：『没有必要。你回去以后，把黄纸放在床上，厉声说：「我明天前往泰山，向东岳大帝告你们！」病就好了。』韩方害怕不灵验，坚持请他去一趟。那个人说：『实话告诉你吧，我不是活人。巡环使者看我真诚朴实，让我做了南乡的土地佬。感到你很孝顺，才教给你妙方。目前东岳大帝正在冤死鬼中挑选有功于人民的，或公正坦直不作邪祟的，任用为城隍、土地。现在祸害人的，都是济南城北被八旗大兵所杀的冤鬼，急着要去泰山自投地府，所以在索取财物，以谋求吃喝。你说要去东岳大帝那里告状，它们必然害怕，就不敢作祟了。』韩方悚然起敬，跪在地下，叩头致谢。等他站起来，那人已无影无踪了。惊叹着回到家里，遵照那人教给的办法，父母都痊愈了。将此妙方传给邻村，没有不灵验的。

异史氏说：『沿途祸害人民而前往地府，利用它们以求它们不再祸害人，这与那位策马参加「不求闻达考试」之人没有什么区别。再回想甲戌、乙亥二年之间，官府逼迫农民捐献粮食，给上级打报告，说是「乐输」。各州府县都用此法拿到了许多粮食，极尽敲诈勒索之能事。当时济南府以北的七个县受了水灾，是大灾之年，催办粮食尤其困难。太史唐继武偶然到了利津县，看见捆了十几个人，就问他们：「为了什么事？」回答说：「官府抓我们进城，是为了追缴乐输。」农民不知「乐输」二字作何解释，就认为那是徭役或敲扑的名目，岂不可叹而又可笑！』

粉蝶

阳曰旦，琼州士人也。偶自他郡归，泛舟于海。遭飓风，舟将覆；忽飘一虚舟来，急跃登之。回视则同舟尽没。风愈狂，瞑然任其所吹。亡何，风定。开眸，忽见岛屿，舍宇连亘。把棹近岸，直抵村门。村中寂然，行坐良久，鸡犬无声。见一门北向，松竹掩蔼。时已初冬，墙内不知何花，蓓蕾满树。心爱悦之，逡巡遂入。遥闻琴声，步少停。有婢自内出，年约十四五，飘洒艳丽。睹阳，返身遽入。俄闻琴声歇，一少年出，讶问客所自来。阳具告之。转诘邦族，阳又告之。少年喜曰：『我姻亲也。』遂揖请入院。院中精舍华好，又闻琴声。既入舍，则一少妇危坐，朱弦方调，年可十八九，风采焕映。见客入，推琴欲逝。少年止之曰：『勿遁，此正卿家瓜葛。』因代溯所由。少妇曰：『是吾侄也。』因问其『祖母尚健否？父母年几何矣？』阳曰：『父母四十余，都各无恙；惟祖母六旬，得疾沉痼，一步履须人耳。侄实不省姑系何房，望祈明告，以便归述。』少妇曰：『道途辽阔，音问梗塞久矣。归时但告而父，「十姑问讯矣」，渠自知之。』阳问：『姑丈何族？』少年曰：『海屿姓晏。此名神仙岛，离琼三千里，仆流寓亦不久也。』十娘趋入，使婢以酒食饷客，鲜蔬香美，亦不知其何名。饭已，引与瞻眺，见园中桃杏含苞，颇以为怪。晏曰：『此处夏无大暑，冬无大寒，花无断时。』阳喜曰：『此乃仙乡。归告父母，可以移家作邻。』晏但微笑。还斋炳烛，见琴横案上，请一聆其雅操。晏乃抚弦捻柱。十娘自内出，晏曰：『来，来！卿为若侄鼓之。』十娘即坐，问侄：『愿何闻？』阳曰：『侄素不读「琴操」，实无所愿。』十娘曰：『但随意命题，皆可成调。』阳笑曰：『海风引舟，亦可作一调否？』十娘曰：『可。』即按弦挑动，若有旧谱，意调崩腾；静会之，如身仍在舟中，为飓风之所摆簸。阳惊叹欲绝，问：『可学否？』十娘授琴，试使勾拨，曰：『可教也。欲何学？』曰：『适所奏「飓风操」，不知可得几日学？请先录其曲，吟诵之。』十娘曰：『此无文字，我以意谱之耳。』乃别取一琴，作勾剔之势，使阳效之。阳习至更余，音节粗合，夫妻始别去。阳目注心凝，对烛自鼓；久之，顿得妙悟，不觉起舞。举首，忽见婢立灯下，惊曰：『卿固犹未去耶？』婢笑曰：『十姑命待安寝，掩户移檠耳。』审顾之，秋水澄澄，意态媚绝。阳心动，微挑之；婢俯首含笑。阳益惑之，遽起挽颈。婢曰：『勿尔！夜已四漏，主人将起，彼此有心，来宵未晚。』方狎抱间，闻晏唤『粉蝶』。婢作色曰：『殆矣！』急奔而去。阳潜往听之。但闻晏曰：『我固谓婢子尘缘未灭，汝必欲收录之。今如何矣？宜鞭三百！』十娘曰：『此心一萌，不可给使，不如为吾侄遣之。』阳甚惭惧，返斋灭烛自寝。天明，有童子来侍盥沐，不复见粉蝶矣。心惴惴恐见谴逐。俄，晏与十姑并出，似无所介于怀，便考所业。阳为一鼓。

十娘曰：『虽未入神，已得什九，肆熟可以臻妙。』阳复求别传。晏教以『天女谪降』之曲，指法拗折，习之三日，始能成曲。晏曰：『梗概已尽，此后但须熟耳。娴此两曲，琴中无梗调矣。』阳颇忆家，告十娘曰：『吾居此，蒙姑抚养甚乐；顾家中悬念。离家三千里，何日可能还也！』十娘曰：『此即不难。故舟尚在，当助尔一帆风。子无家室，我已遣粉蝶矣。』乃赠以琴。又授以药，曰：『归医祖母，不惟却病，亦可延年。』遂送至海岸，俾登舟。阳觅楫，十娘曰：『无须此物。』因解裙作帆，为之萦系。阳虑迷途，十娘曰：『勿忧，但听帆漾耳。』系已，下舟。阳凄然，方欲拜别，而南风竟起，离岸已远矣。视舟中糗粮已具，然止足供一日之餐，心怨其吝。腹馁不敢多食，惟恐遽尽，但啖胡饼一枚，觉表里甘芳。余六七枚，珍而存之，即亦不复饥矣。俄见夕阳欲下，方悔来时未索膏烛。瞬息，遥见人烟；细审，则琼州也。喜极。旋已近岸，解裙裹饼而归。入门，举家惊喜，盖离家已十六年矣，始知其遇仙。视祖母老病益惫，出药投之，沉疴立除。共怪问之，因述所见。祖母泫然曰：『是汝姑也。』初，老夫人有少女，名十娘，生有仙姿。许字晏氏。婿十六岁入山不返。十娘待至二十余，忽无疾自殂，葬已三十余年。闻旦言，共疑其未死。出其裙，则犹在家所素着也。饼分啖之，一枚终日不饥，而精神倍生。老夫人命发冢验视，则空棺存焉。旦初聘吴氏女未娶，旦数年不还，遂他适。共信十娘言，以俟粉蝶之至；既而年余无音，始议他图。临邑钱秀才，有女名荷生，艳名远播。年十六，未嫁而三丧其婿。遂媒定之。涓吉成礼。既入门，光艳绝代。旦视之，则粉蝶也。惊问曩事，女茫然不知。盖被逐时，即降生之辰也。每为之鼓《天女谪降》之操，辄支颐凝想，若有所会。

【译文】

有一个人名字叫阳曰旦，是广东琼州府的读书人。有一天，他乘船从外省回来，在海上遭遇到飓风。船眼看就要沉没了，忽然漂过来一只空着的小船。他立刻跳上去，回头一看，原来乘坐的船和船上的人都一齐沉没了。这时候风刮得更加厉害，他只好把眼睛闭上任凭风吹着小船漂荡。

不一会儿，风停了。阳曰旦睁开眼睛一看，忽然看见前面有一个岛屿，岛上屋宇相连。他把船划到岸边，上岸一直走到村口。进村以后，村子里非常寂静，他一个人或走或坐，很长时间，连鸡鸣犬吠都没有听到一声。

忽然他看见有一扇门朝北开的宅院，院子里松竹掩映；这时候已经是初冬了，墙里面不知道是什么花，却正蓓蕾满树。阳曰旦非常喜欢，就慢慢地走了进去。忽然远远地就听到一阵琴声，他禁不住停下脚步。这时候，一个婢女从宅院里走出来，十四五岁，风度飘逸潇洒，姿容非常秀丽，看见有陌生人进来，马上反身回去。阳曰旦听到琴声突然停止，然后一位青年男子从屋子里走出来，惊奇地问客人是从什么地方来的，阳曰旦一一地对他说了；接着又问他的家族和姓氏，阳曰旦又告诉他。青年男子高兴地说：『原来咱们是姻亲啊！』于是很有礼貌地把他请进宅院里。

院子里的房屋非常精巧华美，从屋子里又传出来阵阵的琴声。进入屋子里，只见一位少妇端坐在案前，正在调琴音，十八九岁，光彩照人。看见有客人进来，把琴一推就要避开。青年男子劝阻她说：『不用走，这位正是你娘的亲人。』于是就让阳曰旦把海上遇风等事讲述一番。少妇听完后就介绍说：『这是我侄子啊！』于是接着问阳曰旦：『你祖母还活着吗？你父母现在多大年龄啦？』阳曰旦回答说：『父母四十多啦，都没有什么病；只是祖母六十多岁了，病得比较重，长期也没有治好，如今走路都得用人搀扶着。侄子真的不知道姑姑是哪一房的，请你明白地告诉我，好让我回去对祖母说。』少妇说：『路途遥远，音讯不通已经有很长时间了。回家以后只要告诉你父亲「十姑问你好」，他自然就会知道了。』阳曰旦又问：『姑父是哪一族的呢？』青年男子说：『我姓晏，名海屿。此岛名叫神仙岛，离琼州府有三千里的路程，我迁居在这里也没有多长时间。』十娘走进里面，让婢女捧出酒食招待客人，菜蔬的味道非常香美，也不知道这种菜叫什么名字。吃完饭以后，晏海屿又带着阳曰旦到花园里散步，只见园中桃杏正含苞待放，阳曰旦感觉非常奇怪。晏海屿说：『这个地方的夏天没有酷暑，冬天没有严寒，一年四季花开不败。』阳曰旦高兴地说：『这里真是神仙住的地方啊！回去以后打算和父母商议，一定把家搬到这里来，和姑母做邻居。』晏海屿没有说话，只是微微一笑。

回到书房里，点燃了蜡烛，看见琴在案上放着，阳曰旦对晏海屿说打算听一听他优雅的演奏。于是晏海屿坐下来抚弦捻柱，准备弹奏。这时，恰好十娘从里面走出来，晏海屿就说：『来，来！请你为侄子弹支曲子吧！』十娘也随着坐下，问阳曰旦说：『你愿意听哪支曲子？』阳曰旦说：『侄子平素没有读过《琴操》，真的说不出曲谱。』十娘说：『只要你随便命题，都能够弹出来。』阳曰旦笑着说：『海风吹舟也可以谱成一支曲子吗？』十娘说：『可以。』随即按挑琴弦，就像原来就有曲谱一样，其意境和曲调既像山崩海啸，又像万马奔腾，静静体会，就像仍然坐在船上，被飓风吹着在惊涛骇浪里摇摆颠簸。阳曰旦奇怪地赞叹：这琴弹奏得真是妙极了，禁不住地问：『这琴我能够学会吗？』十娘把琴递给他，先让他试着拨弄几下，然后说：『我可以教你，你想学会什么？』阳曰旦说：『您刚才弹奏的这首《飓风操》，不知道要几天才能够学得会？请你先把曲谱给我录下来吧，我好吟诵啊！』十娘说：『这支曲子没有曲谱，是我在心里谱成的。』于是另取一琴，做勾剔等弹奏动作，让阳曰旦效法。阳曰旦学习到一更多天，音节大致合拍了，十娘夫妻才回房休息。

阳曰旦眼睛看着心里疑惑，全神贯注地对着烛光继续弹奏，久而久之，立刻得到了神妙的领悟，高兴得不知不觉舞蹈起来，猛一抬头，忽然看见婢女站在灯下，惊奇地说：『原来你还没有走呢？』婢女笑着说：『十娘吩咐让我要等你睡下，才能够关门和移动灯架。』阳曰旦细细地端详她，只见她眼睛像秋水一样澄明，姿容和神态都非常美丽，不由得产生了爱慕之情。微微地挑逗，她只是低头含笑，阳曰旦更加迷恋，突然站起来把她的脖颈挽住了。婢女说：『不要这样！已经四更天，主人就要起床了，如果彼此有心，明天晚上也不迟。』二人正亲密拥抱的时候，忽然听到晏海屿在屋子里呼喊：『粉蝶！粉蝶！』婢女脸色大变，说：『不好了！』立刻挣脱出来跑开了。阳曰旦不放心，暗暗地跟去偷听，只听晏海屿说：『我早就说这个丫头的尘缘未了，但是你一定要把她收下。如今怎样啊？应当打她三百鞭子！』只听十娘说：『这种想法一萌发，就无法再使唤了。不如给我侄子，把她遣送走吧！』阳曰旦既惭愧又害怕，悄悄地返回书斋熄了灯自己睡了。天亮以后，有一个童子来伺候梳洗，再也看不到粉蝶了。阳曰旦心里惴惴不安，害怕因此受到十娘的责备或被赶走。

过了一会儿，晏海屿和十娘一起走出来，好像对于那件不愉快的事情一点也不在乎的样子，坐下来就考他琴学得怎么样了。阳曰旦为他们弹奏一遍。十娘说：『虽然还没有达到传神的境界，但是已经十之八九了，练习熟了以后就可以到达美妙的地步。』阳曰旦请求再传授别的曲谱，晏海屿又教给他一首《天女谪降》。这支曲子的指法非常难，练习了三天，才能弹成曲子。晏海屿说：『曲子的梗概已经掌握了，今后只是需要勤加练习。熟练地掌握了这两支曲子，就再没有什么琴曲不能弹奏了！』

虽然阳曰旦身居神仙岛，可是心里非常想念家乡。有一天，就对十娘说：『我在这里居住，受到姑母的抚养照顾，真是非常高兴，只是害怕家里人惦念我。而且这里离家有三千里的路程，什么时候才能够回去呀！』十娘说：『你想回去并不难。你乘来的船还在，只要助你一帆风顺就是了。你还没有成家，我已经把粉蝶给你打发去了。』于是赠送给他一张琴，又给他一些药，叮嘱说：『到家以后，把药给祖母服下，不仅能够治好她老人家的病，而且还能够长寿。』遂把阳曰旦送到海岸边，看着他登上船。阳曰旦到处寻找船桨，十娘说：『不需要什么桨。』于是，就将自己的围裙解下来当作帆，给他系好。阳曰旦害怕迷失方向，十娘说：『你不用担心，只要听凭风帆，让船在海上荡漾就是了。』十娘把围裙系完，就下了船。阳曰旦带着悲伤的心情刚刚打算向姑母拜别，突然南风刮起，船离岸已经很远了。

阳曰旦看到船里已经给准备好了干粮，但是只够一天吃的，心里埋怨十娘太小气。肚子饿了也不敢多吃，唯恐一下子吃光了，只吃了一枚芝麻饼，觉得又甜又香。剩下的六七枚，珍贵地保存起来，竟不觉得饿了。这时候，他看到夕阳就要落山了，正在后悔自己动身的时候没有想到索取灯烛。转眼间，又远远地望见了人烟；细细一辨认，原来正是自己的家乡琼州！阳曰旦真是高兴极了。船很快就靠岸了，他解下围裙，包上芝麻饼，就高高兴兴地回家了。

阳曰旦一进家门，全家都十分高兴。原来他离家已经有十六年了，这时候，大家才知道他是碰到仙人了。他去看望祖母，祖母的病情更加严重了，就立刻拿出药来让老人家服下，老人家多年的重病马上好了。全家人都觉得非常奇怪，就问他这是怎么回事，他就把事情的前后经过全部讲述了一遍。老祖母哭着说：『她就是你的小姑啊！』以前，老夫人有一个小女儿，名字叫十娘，生下来就有神仙的姿容，从小就嫁给宴海屿家。女婿十六岁时入山修道，一直没有回来。十娘到二十多岁的时候猝死，到现在已经有三十多年了。听了阳曰旦的介绍，全家都怀疑她实际上并没有死，就拿出她系在船上的围裙看，那还是她在家里的时候所穿戴的旧物。阳曰旦把船上剩的芝麻饼拿来大家分着尝一尝，吃一枚就整天也不饿了，而且精神增加几倍。老夫人吩咐家里人把十娘的坟墓打开验看，只见墓穴内仅有一个空棺材，遗体已经消失了。

阳曰旦开始聘的是吴家的女子，还没有娶过门来他就离开了家，因为多年没有回来，女子就另嫁了。这次回来以后，全家都相信十娘的话，等待着粉蝶的到来，也没有张罗给阳曰旦提亲，后来，等了一年多也没有音信，才商量另聘。邻邑钱秀才家有一个女儿名字叫荷生，远近的人们都知道她长得漂亮。这年已经十六岁，还没有正式出嫁就已经克死了三个未婚夫。阳曰旦就托媒和她家订了婚，并且选择了一个好日子成了亲。新娘子进门以后，大家一看，确实光彩照人，天下无双。阳曰旦一看，正是粉蝶。阳曰旦惊奇地向她问起往事，她茫茫然一点也记不起来。原来，她被十娘驱逐的时候，也就是她降生的时辰。后来每当阳曰旦给她弹奏《天女谪降》这支曲子的时候，她都托着腮凝思，好像有所心领神会。

锦瑟

沂人王生，少孤，自为族。家清贫；然风标修洁，洒然裙屐少年也。富翁兰氏，见而悦之，妻以女，许为起屋治产。娶未几而翁死。妻兄弟鄙不齿数。妇尤骄倨，常佣奴其夫；自享馐馔，生至，则脱粟瓢饮，折稊为匕，置其前。王悉隐忍之。年十九，往应童试，被黜。自郡中归，妇适不在室，釜中烹羊臛熟，就啖之。妇入，不语，移釜去。生大惭，抵箸地上，曰：『所遭如此，不如死！』妇恚，问死期，即授索为自经之具。生忿投羹碗，败妇颡。生含愤出，自念良不如死，遂怀带入深壑。至丛树下，方择枝系带，忽见土崖间，微露裙幅；瞬息，一婢出，睹生，急返，如影就灭，土壁亦无绽痕。固知妖异；然欲觅死，故无畏怖，释带坐觇之。少间，复露半面，一窥即缩去。念此鬼物，从之必有死乐。因抓石叩壁曰：『地如可入，幸示一途！我非求欢，乃求死者。』久之，无声。生又言之。内云：『求死请姑退，可以夜来。』音声清锐，细如游蜂。生曰：『诺。』遂退以待夕。未几，星宿已繁，崖间忽成高第，静敞双扉。生拾级而入。才数武，有横流涌注，气类温泉。以手探之，热如沸汤，不知其深几许。疑即鬼神示以死所，遂踊身入。热透重衣，肤痛欲糜，幸浮不沉。泅没良久，热渐可忍，极力爬抓，始登南岸，一身幸不泡伤。行次，遥见夏屋中有灯火，趋之。有猛犬暴出，龁衣败袜。摸石以投，犬稍却。又有群犬要吠，皆大如犊。危急间，婢出叱退，曰：『求死郎来耶？吾家娘子悯君厄穷，使妾送君入安乐窝，从此无灾矣。』挑灯导之。启后门，黯然行去。入一家，明烛射窗，曰：『君自入，妾去矣。』生入室四瞻，盖已入己家矣。反奔而出。遇妇所役老媪曰：『终日相觅，又焉往！』反曳入。妇帕裹伤处，下床笑逆，曰：『夫妻年余，狎谑顾不识耶？我知罪矣。君受虚诮，我被实伤，怒亦可以少解。』乃于床头取巨金二铤置生怀，曰：『以后衣食，一惟君命，可乎？』生不语，抛金夺门而奔，仍将入壑，以叩高第之门。既至野，则婢行缓弱，挑灯尤遥望之。生急奔且呼，灯乃止。既至，婢曰：『君又来，负娘子苦心矣。』生曰：『我求死，不谋与卿复求活。娘子巨家，地下亦应需人。我愿服役，实不以有生为乐。』婢曰：『乐死不如苦生，君设想何左也！吾家无他务，惟淘河、粪除、饲犬、负尸；作不如程，则刵耳劓鼻、敲刖到趾。君能之乎？』答曰：『能之。』又入后门，生问：『诸役何也？适言负尸，何处得如许死人？』婢曰：『娘子慈悲，设「给孤园」，收养九幽横死无归之鬼。鬼以千计，日有死亡，须负瘗之耳。请一过观之。』移时，入一门，署『给孤园』。入，见屋宇错杂，秽臭熏人。园中鬼见烛群集，皆断头缺足，不堪入目。回首欲行，见尸横墙下；近视之，血肉狼藉。曰：『半日未负，已被狗咋。』即使生移去之。生有难色。婢曰：『君如不能，请仍归享安乐。』生不得已，负置秘处。乃求婢缓颊，幸免尸污。婢诺。行近一舍，曰：『姑坐此，妾入言之。饲狗之役较轻，当代图之，庶几得当以报。』去少顷，奔出，曰：『来，来！娘子出矣。』生从入。见堂上笼烛四悬，有女郎近户坐，乃二十许天人也。生伏阶下。女郎命曳起之，曰：『此一儒生，乌能饲犬；可使居西堂，主簿。』生喜，伏谢。女曰：『汝以朴诚，可敬乃事。如有舛错，罪责不轻也！』生唯唯。婢导至西堂，见栋壁清洁，喜甚，谢婢。始问娘子官阀。婢曰：『小字锦瑟，东海薛侯女也。妾名春燕。旦夕所需，幸相闻。』婢去，旋以衣履衾褥来，置床上。生喜得所。黎明，早起视事，录鬼籍。一门仆役，尽来参谒，馈酒送脯甚多。生引嫌，悉却之。日两餐，皆自内出。娘子察其廉谨，特赐儒巾鲜衣。凡有赍赉，皆遣春燕。婢颇风格，既熟，颇以眉目送情。生斤斤自守，不敢少致差跌，但伪作钝。积二年余，赏给倍于常廪，而生谨抑如故。一夜，方寝，闻内第喊噪。急起，捉刀出，见炬火光天。入窥之，则群盗充庭，厮仆骇窜。一仆促与偕遁，生不肯，涂面束腰，杂盗中呼曰：『勿惊薛娘子！但当分括财物，勿使遗漏。』时诸舍群贼方搜锦瑟不得，生知未为所获，潜入第后独觅之。遇一伏妪，始知女与春燕皆越墙矣。生亦过墙，见主婢伏于暗陬。生曰：『此处乌可自匿？』女曰：『吾不能复行矣！』生弃刀负之。奔二三里许，汗流竟体，始入深谷，释肩令坐。欻一虎来。生大骇，欲迎当之，虎已衔女。生急捉虎耳，极力伸臂入虎口，以代锦瑟。虎怒，释女，嚼生臂，脆然有声。臂断落地，虎亦返去。女泣曰：『苦汝矣！苦汝矣！』生忙遽未知痛楚，但觉血溢如水，使婢裂衿裹断处。女止之，俯觅断臂，自为续之，乃裹之。东方渐白，始缓步归。登堂如墟。天既明，仆媪始渐集。女亲诣西堂，问生所苦。解裹，则臂骨已续；又出药糁其创，始去。由此益重生，使一切享用，悉与己等。臂愈，女置酒内室以劳之。赐之坐，三让而后隅坐。女举爵如让宾客。久之，曰：『妾身已附君体，意欲效楚王女之于臣建。但无媒，羞自荐耳。』生惶恐曰：『某受恩重，杀身不足酬。所为非分，惧遭雷殛，不敢从命。苟怜无室，赐婢已过。』一日，女长姊瑶台至，四十许佳人也。至夕，招生入，瑶台命坐，曰：『我千里来，为妹主婚，今夕可配君子。』生又起辞。瑶台遽命酒，使两人易盏。生固辞，瑶台夺易之。生乃伏地谢罪，受饮之。瑶台出，女曰：『实告君，妾乃仙姬，以罪被谪。自愿居地下，收养冤魂，以赎帝谴。适遭天魔之劫，遂与君有附体之缘。远邀大姊来，固主婚嫁，亦使代摄家政，以便从君归耳。』生起敬曰：『地下最乐！某家有悍妇，且屋宇隘陋，势不能容委曲以共其生。』女笑曰：『不妨。』既醉归寝，欢恋臻至。过数日，谓生曰：『冥会不可长，请郎归。君干理家事毕，妾当自至。』以马授生，启扉自出，壁复合矣。生骑马入村，村人尽骇。至家门，则高庐焕映矣。先是，生去，妻召两兄至，将棰楚报之；至暮，不归，始去。或于沟中得生履，疑其已死。既而年余无耗。有陕中贾某，媒通兰氏，遂就生弟与妇合。半年中，修建连亘。贾出经商，又买妾归，自此不安其室。贾亦恒数月不归。生讯得其故，怒，系马而入。见旧媪，媪惊伏地。生叱骂久，使导诣妇所，寻之已遁；既于舍后得之，已自经死，遂使人舁归兰氏。呼妾出，年十八九，风致亦佳，遂与寝处。贾托村人，求反其妾，妾哀号不肯去。生乃具状，将讼其霸产占妻之罪。贾不敢复言，收肆西去。方疑锦瑟负约；一夕，正与妾饮，则车马叩门而女至矣。女但留春燕，余即遣归。入室，妾朝拜之。女曰：『此有宜男相，可以代妾苦矣。』即赐以锦裳珠饰。妾拜受，立侍之；女挽坐，言笑甚欢。久之，曰：『我醉欲眠。』生亦解履登床，妾始出；入房，则生卧榻上，异而反窥之，烛已灭矣。生无夜不宿妾室。一夜，妾起，潜窥女所，则生及女方共笑语。大怪之。急反告生，则床上无人矣。天明，阴告生；生亦不自知，但觉时留女所、时寄妾宿耳。生嘱隐其异。久之，婢亦私生，女苦不知之。婢忽临蓐难产，但呼『娘子』。女入，胎即下；举之，男也。为断脐置婢怀，笑曰：『婢子勿复尔！业多，则割爱难矣。』自此，婢不复产。妾出五男二女。居三十年，女时返其家，往来皆以夜。一日，携婢去，不复来。生年八十，忽携老仆夜出，亦不返。

【译文】

山东沂水县有一个王生，年幼的时候死了父亲；在当地自成一族。虽然家境贫寒，然而他却是一位品格高尚懂得人情世故的潇洒美少年。有一位姓兰的富翁，看见他以后非常喜欢，就把女儿嫁给他做妻子，并且同意给他建造房屋，置办田产，他娶妻时间不长，岳父就死去了。妻兄弟们都瞧不起他，甚至不愿意提起他。他的妻子非常傲慢，经常把丈夫当作奴仆一样对待。她享用的是珍食美味，王生回到家里，就给他盛一碗糙米饭、一瓢汤，折两根草棍当作筷子，往他跟前一放。对此，王生都隐瞒不说，一一忍受下来。

王生十九岁的时候，到府里去考秀才，没有考中，回到家里，妻子正好不在屋子里，他看锅内煮的羊肉羹已经熟了，就吃了起来。他妻子进屋一看，也没有说话，就把锅给端走了。王生非常生气，用筷子拄着桌子，说：『咳！遭受这样的待遇还不如死了痛快！』妻子听后就气冲冲地问他想哪天死，还把绳子递给他作为上吊的工具。王生非常气愤，拿起盛羊羹的碗扔向妻子，把她的额头打破了。

王生满腔愤怒走出家门，心里想真的不如去寻死，就怀揣绳子走进深山里。来到树丛下面，刚要选择个树枝把绳子系上，忽然看见土崖中间，微微露出一角衣裙，一会儿工夫，走出来一个婢女，看见王生又立刻返回去了，就像影子一下子消失不见了，土壁上也没有任何痕迹。本来王生就知道这是妖魔鬼怪之类，然而自己既然是想来寻死的，所以也就没有什么害怕的了，于是就把绳子解了下来，坐在地上观看动静。不大一会儿，这个婢女又露出了半张脸，看了一下就又缩回去了。王生心里想，这一定是个鬼怪，跟着她去一定会死。因而抓起一个石块，用力敲打土壁，一边说：『如果我可以进去，请指示给我一条路径！我并不是寻求欢乐的人，而是来寻死的。』敲了很长时间，也没有声音。王生又说了一遍，只听里面说：『如果你真是来寻死的，请你暂且退下，可以晚上来！』声音非常清脆悦耳，纤细得就像蜜蜂的叫声一样。王生说：『那好吧！』于是就退下，等待晚上的到来。

不大一会儿，太阳落山，繁星密布，山崖间忽然变成了一座高耸的府第，静寂地敞开着两扇大门。王生顺着台阶就走了进去。刚走了几步，就看见有一条河流横在面前，河水涌流，像温泉似的冒着热气。他用手去试探，热得就像开水一样，也不知道水到底有多深。王生认为这就是鬼神指给的求死的地方，于是就纵身跳了进去。王生只觉得热透过层层衣服，皮肤就像要烫烂一样痛，幸好在水面浮着没有沉下去。泅渡时间长了，王生就觉得热度慢慢地能够忍受了，他极力抓挠，好不容易才登上南岸，幸好没被烫伤。又往前走，远远看见一座大屋里有灯光露出，他就奔了过去。突然有一只凶猛的狗跳了出来，把他的衣服袜子都撕破了。他摸着几块石头打了过去，这只狗才稍稍地后退几步，然后又有一群像牛犊一样大的狗狂叫着扑了上来。正在危急的时候，那个婢女走出来斥退了群狗，对他说：『求死郎已经来啦？我家娘子同情你遭到这样的厄运，让我把你送进安乐窝里，从此以后你就不会再有灾难了。』于是，挑着灯笼在前面领路，把后门打开，伴着昏暗的夜色，走了进去。

不大一会儿，他们进入一户人家，窗子上还闪着灯光。婢女对王生说：『你进去吧，我回去啦！』王生进入屋子里四处张望，原来是自己的家。他回身就跑了出来。正好遇到妻子所雇用的老妇嚷着：『到处寻你，还到什么地方去呀！』说着又把他拽进屋子里。他妻子用布包裹着伤口，下床笑脸迎接，说：『夫妻两人都一年多了，和你开个玩笑你还看不出来吗？我已经知道错啦！你受到了一些虚妄的讥笑，而我却实实在在地被你打伤了，你也可以解除怨恨了吧！』于是，从床头拿出两大块金子放在王生的怀里，说，『以后家里所有的事情，都听你的，还不行吗？』王生也没有说话，抛下金子，夺门而出，仍然还打算回到深山里，去敲那座府第的门。

王生来到野外，看见那个婢女正慢慢地无力往前走，而且经常挑起灯笼回过身子遥望王生。王生一边猛跑一边呼唤，那个慢慢而去的灯笼才停止前进。王生追赶到面前，婢女说：『你怎么又回来啦？真是把我们娘子的一片苦心给辜负了。』王生说：

『我只请求一死，不打算向你们再求活路。娘子是个世家贵族，就是阴间也需要用人吧？我愿意在你们那里干活，活着会有什么快乐之事？』婢女说：『常言说：「好死不如赖活着。」怎么你想的和这个正相反呢？在我们家里没有别的活可以干，只是淘河、除粪、养狗、背尸。如果不按照规矩干，就要割耳朵、割鼻子、砍掉小腿或脚趾。你能够办得到吗？』王生说：『能够办到。』

他们又从后门走进来。王生就问婢女：『你说的都是些什么活儿？刚才说背尸，从什么地方弄来这么多死人？』婢女说：『我家娘子以善良为本，设立了「给孤园」，收养阴曹地府里横死无家可归的鬼魂。鬼有几千，每天都有死的，需要背出去掩埋。请顺便到那里去看一看。』不一大会儿，进入一座大门，门上写着『给孤园』三个大字。进入里面，房屋杂乱无章，粪便臭气熏人。尸体都纷纷聚集过来，都是断头缺足，不堪入目。他们回身刚刚打算离开，看见有一具尸体横躺在墙下，已经是血肉模糊了。婢女说：『半天没有来背，就已经被狗给吃掉了。』马上让王生把他移走。王生脸上露出为难的样子。婢女说：『如果你办不到，就还是回家享你的福去吧！』王生没有办法，才把尸体背起来放到隐蔽的地方去。

从『给孤园』走出来，王生就央求婢女给求个情，以免再干那种背负尸体的污秽活儿婢女同意了。走进一所宅院，婢女对他说：『你暂且在这里坐一会儿，我进去给你通报一声。养狗的活儿比较轻松，我替你通融一下，如果可以的话，你一定要好好地干。』去了不长时间，婢女从屋子里奔跑出来，说：『来！来！娘子打算见你！』王生跟着她进入屋子里，只见堂上四面悬挂灯笼，有一位女子靠近门边坐着，原来是一位二十多岁的天仙。王生立刻跪倒参拜。女子让人把他拽起来，说：『这是一位儒生，怎么能去养狗？可以让他住在西堂，担任主簿办理文书。』王生十分高兴，又跪倒表示谢意。女子对他说：『看样子你像是个非常朴实的人，要敬重这件事情，把它办好。假如出了差错，罪责可是不轻啊！』王生点头答应了。

婢女将他领到西堂，房间十分整洁，王生非常高兴，连连致谢。王生又问娘子的姓名和家世，婢女说：『娘子名叫锦瑟，是东海薛侯的女儿。我的名字叫春燕。你需要什么，可以对我说。』春燕离开不长时间，就抱来衣服、鞋子、被褥，全部都放在床上。王生对自己的差事很满意，天色刚刚有点儿亮，就开始起身工作，登录鬼魂的名册。府里的全体仆役知道来了一位主簿，都来参谒，送酒和送肉脯的非常多。王生害怕招来嫌疑，全部都加以回绝，每天两餐，全部都是从内部送出。锦瑟经过观察，认为他为人廉洁谨慎，特意赐给他书生戴的方巾、穿的袍服，凡有赏赐，都是派春燕送来的。春燕非常风流标致，熟识以后，经常眉目传情。王生非常注意自己的操守，不敢有一点儿差错，只是装作迟钝。过了两年多以后，锦瑟对他的赏赐和供给都比其他的人多一倍，可是王生的谨慎小心依旧和以前一样。

有一天晚上，王生刚刚躺下，就听见内宅发出喊叫声。他立刻从床上爬了起来，拿刀走出，看见那边灯笼火把通明。走进去暗暗一看，满院子里都是强盗，奴仆们都被吓跑了。有个仆人催促他立刻和自己一起逃走，王生执意没有答应。他把自己的面部涂黑，把带子系在腰上，夹杂在群盗里喊叫：『千万不要惊动薛娘子！应该立刻分财物，不要让它遗漏！』这时候，盗贼们正在各个房间里搜寻锦瑟，王生意识到锦瑟没有被他们捉获，就潜入府第的后院一个人寻找。他碰见一个隐藏着的仆妇，才知道锦瑟和春燕都越墙离开了。王生也越过了墙，看见她们主仆都在黑暗的角落里伏着。王生说：『这个地方怎么能够遮人眼目？』锦瑟说：『我实在走不动了！』王生把手里的刀一扔就把她背起来了。奔跑了二三里，汗流浃背，才进入深谷。把她从肩上放下，刚刚坐好，忽然窜过来一只老虎。王生非常吃惊，刚想迎过去挡住锦瑟，但是老虎已经把她叼去。王生立刻捉住老虎的耳朵，极力把自己的一只胳臂伸入老虎的嘴里，来代替锦瑟。老虎非常生气，把锦瑟放开，就去咬王生的胳臂，咬得咯吱咯吱直响，臂断落在地上，老虎也就回去了。锦瑟流着眼泪说：『苦了你啦！苦了你啦！』王生在匆忙中竟然没感觉到疼痛，只是觉得血流如注，就让春燕撕下一块衣襟把断处裹住。锦瑟立刻阻拦，俯身找到断臂，亲自帮他接上，才进行了包扎。东方天色渐渐发白，三人才缓慢地走了回来，进屋一看，屋子被毁坏得已经和废墟一样。天色大亮，仆婢们才陆续地都回来了。锦瑟亲自来到西堂，问候王生。她解开包扎的东西一看，臂骨已经接上，又拿出药敷在伤口上，才回到屋子里。从此，她对王生更加敬重，让他的一切享用，全都和她自己一样。

胳臂痊愈以后，锦瑟在屋子里摆好酒宴进行慰劳。当请他坐下的时候，王生一再相让，然后才侧身坐在旁边。锦瑟举起杯子给他敬酒，就好像对待宾客一样。过了很长时间，锦瑟对他说：『我的身子已经附在了你的身体上。我打算像楚王女儿嫁给大臣钟建那样也嫁给你，只是没有媒人，又不好意思自荐。』王生诚惶诚恐地说：『我蒙受你的恩惠是非常重的，就是杀身也不能够酬报。如果有了非分之事，害怕会遭到雷击，真的不敢从命。假如你是同情我没有妻子，把春燕赐给我也已经是莫大荣幸了。』

有一天，锦瑟的大姐瑶台来了，她已经是四十多岁的女人了。到了晚上，她们把王生请了进去，让他坐好，瑶台说：『我不远千里来到这里，是来为妹妹主婚的，今天晚上就可以让我妹妹嫁给你。』王生又站起身来辞谢。瑶台马上吩咐人端上酒来，让两人换盏。王生执意推辞。瑶台就把两人的酒杯夺下来，给他们进行了交换。王生伏地谢罪以后，才喝了这盏交杯酒。瑶台离去以后，锦瑟对王生说：『实话对你说吧，其实我是天上的仙女，因为有罪而贬谪。我愿意来到阴间，收养冤魂，希望能够赎罪。正好遭受到天魔之劫，遂与你有了附体之缘。我将大姐请来是为了主持婚姻大事，也是打算让她代管家政，好跟随你回家。』王生站起来感激地说：『在冥间生活最让人觉得高兴了。我的家里有凶暴的妻子，并且房屋既狭窄又简陋，无法容身，也不能够让你委屈地生活。』锦瑟笑了笑说：『那也没有关系！』于是两人携手归寝，欢洽备至。

过了几天，锦瑟对王生说：『在冥间住的日子不可以太长，请你回去吧。你到家时把事情处理好以后，我立刻就到。』说完，给王生一匹马。王生开门走出去以后，土壁又重新合上了。王生骑马到了村子，村子里的人都非常惊讶。他来到自己家的门前一看，已经变成了一座高大明亮的房屋。原来，自从王生从家里逃出去以后，他的妻子就找来了两个哥哥，打算痛打他一顿，给自己出口气。直到晚上，还没有回来，两个哥哥也就回去了。有人从河沟里捡到王生的鞋，怀疑他已经死去了。后来，一年多也没有消息。有一个陕西姓贾的商人，经过王生妻子娘家人的撮合，就在王生的宅院里和他的妻子住在一起了。此后，半年的时间又把房屋重新翻盖了一下。贾某出外经商的时候，又买了个妾带回来，从此，兰氏也就不安于室了，贾某也经常数月不回来。王生了解到这些情况以后非常生气，把马系好就走进院子里去。他碰见原来雇用的老妇人，老妇人吓得立刻跪下磕头。王生把她痛骂了一顿，就让他带领着去找妻子算账。到了妻子住的屋子里一找，兰氏已经逃跑了。没有多长时间，在房后发现，她已经上吊自尽了。于是，王生让人把尸体给她娘家送去。他又把贾某买的妾叫出来一看，有十八九岁，容貌和举止也都非常好，王生也就把她收房了。贾某托付村子里的人来讲情，求王生把妾还给他，妾失声大哭，执意不愿意回去。王生看贾某仍然没有死心，就写了状纸，打算要告他霸户占妻之罪。贾某不敢再来啰唆，关了铺子就回到了陕西。

这时间，锦瑟仍然没有消息，王生非常思念，甚至想到她会不会失约。有一天晚上，正和小妾喝酒，忽然听见街上车马喧嚣，接着有人叩门，锦瑟真的来了。锦瑟只把春燕留下，把其他人都打发回去了。进入屋子里，小妾向她拜见。锦瑟说：『这位妹妹有生男孩的命相，可以替我「受苦」了！』立刻赐给她一些锦缎似的衣服和镶珍珠的首饰作为见面礼。小妾拜受以后，就站在旁边侍奉，锦瑟亲自把她拉坐在身边，两人谈笑，非常亲热。已经深夜了，锦瑟说：『我喝醉了，打算睡觉了！』王生也脱鞋上床，小妾才退了出来，但是回到自己的屋子里，王生已经躺在了床上。她感到非常奇怪，回到锦瑟的屋子里去看，灯已经熄灭了。王生天天晚上都居住在小妾的房子里。有一天晚上，睡下没有多长时间，小妾起来到锦瑟的住处去偷看，看见王生正在和她一起说笑，觉得非常奇怪。立刻跑回来打算告诉王生，但是床上已经没有人了。天明以后，她把这件事情偷偷地对王生说了，王生自己也不知道，只是觉得有时候留在锦瑟的身边，有时候在小妾的屋子里睡觉。日久天长，春燕和王生也产生了感情，锦瑟就像不知道似的，也不加以阻止。后来春燕难产，在床上躺着一个劲地呼唤『娘子』。娘子跑进她的屋子里，胎儿就生下来了，抱起一看，是个男孩子。断脐以后把孩子放在春燕的怀里，笑着对她说：『你这丫头不要再生啦！孽障一多，割爱就难了。』从此以后，春燕就再也没有生育。小妾先后生下了五个男孩和两个女孩。锦瑟在王生家住了三十年，有时候也回到她家里去看一看，往来都是在晚上。有一天，锦瑟携带春燕离开了，就再也没有回来。王生活到八十岁，一天晚上，忽然携带一名老仆人出走，再也没有回来过。

秦桧

青州冯中堂家，杀一豕，去毛鬣，肉内有字云：『秦桧七世身。』烹而啖之，其肉臭恶，因投诸犬。呜呼！桧之肉，恐犬亦不当食之矣！

闻益都人说：中堂之祖，前身在宋朝为桧所害，故生平最敬岳武穆。于青州城北通衢旁建岳王殿，秦桧、万俟伏跪地下。往来行人瞻礼岳王，则投石桧、离，香火不绝。后大兵征于七之年，冯氏子孙毁岳王像。数里外，有俗祠『子孙娘娘』，因舁桧、卨其中，使朝跪焉。百世下，必有杜十姨、伍髭须之误，甚可笑也。

又青州城内，旧有澹台子羽祠。当魏珰烜赫时，世家中有媚之者，就子羽毁冠去须，改作魏监。此亦骇人听闻者也。

【译文】

青州的冯中堂家，杀了一头猪。拔去猪毛，见肉上写着一行字：『秦桧七世身。』将猪肉烹了一尝，味道恶臭，不能下咽，只得扔给狗吃了。唉！秦桧的臭肉，恐怕狗也不愿吃啊！

听益都人说，冯中堂的祖先，是在宋朝时被秦桧害死的，所以后代最敬岳飞。在青州城北大街旁建了座『岳王殿』，又塑了秦桧、万俟卨二人，跪在岳飞像前。来往行人每去瞻拜岳王殿时，都用石块投打秦、万二人，殿内香火不绝。后来，朝廷大军征伐，冯家子弟毁了岳王像，将秦桧、万俟卨二人的塑像搬到几里外的『子孙娘娘庙』中，让他们跪起娘娘来。恐怕百年以后，必定又有『杜十姨』『伍髭须』之类的讹误出现，真是太可笑了。

青州城内，原有座『澹台子羽祠』，当魏忠贤显赫时，有个世家中人谄媚他，将子羽的塑像毁掉了帽子，打落了胡子，改成魏忠贤的模样，这也算是骇人听闻的一件丑事了！